西洲何處

夏磊——著

夏磊散文选集

生活·讀書·新知三联书店 生活書店出版有限公司

图书在版编目（CIP）数据

西洲何处：夏磊散文选集 / 夏磊著 . — 北京：生活书店出版有限公司，2018.10
ISBN 978-7-80768-258-5

Ⅰ . ①西… Ⅱ . ①夏… Ⅲ . ①散文集—中国—当代
Ⅳ . ① I267

中国版本图书馆 CIP 数据核字 (2018) 第 156158 号

责任编辑　苏　毅
封面设计　罗　洪
责任印制　常宁强
出版发行　生活書店出版有限公司
（北京市东城区美术馆东街 22 号）
邮　　编　100010
经　　销　新华书店
印　　刷　北京顶佳世纪印刷有限公司
版　　次　2018 年 10 月北京第 1 版
2018 年 10 月北京第 1 次印刷
开　　本　880 毫米 ×1230 毫米 1/32　印张 10.25
字　　数　193 千字
印　　数　0,001-3,000 册
定　　价　78.00 元
（印装查询：010-64052612；　邮购查询：010-84010542）

目　录

贰　乡愁

叁　家园

肆 读书

附 录

自 序

今年这个二月对我来说是不同寻常的。二月里有我的生日，而这回的生日宣告了我已经进入半百之年。我带着妻儿回到故乡江苏，我们夜泊枫桥，在沧浪亭看水，我在我当年生长的这片土地上一点一点寻找我的初心，在心里重置那时对于文学的梦想。我需要在这个时候看看来时的路。

在我们这个古老的国度，一个读书人穷其一生所追求的境界和状态大约就是斯文，斯文一脉从孔子开始就是道，是礼，传到今天，已不只是“斯文在兹”了，“文质彬彬，然后君子”，孔子的君子之道其实也早已把斯文提升到了价值观的高度。因之，半分百岁，蓦然回首，真的好想看到一个君子模样的人带着正直和儒雅斯文走来。起先想把书名取作“半世斯文”，可一想，真正的斯文境界岂是半生能达到的，它哪里有尽头呢。而我在书中的《西洲何处》一文中则说清楚了这半辈子的追寻，我理想中的“西洲”已经在追寻斯文的同时悄然抵达。因此，《西洲何处》虽属散文选集却并非杂陈，是对这些年读书、行走、处世、作文的一次梳理，所有的文字都是我走向“西洲”的脚印。

那是一九八四年春天，我们一家在绵绵细雨里坐船离开南京八卦洲，接着坐火车到了江西上饶，从此一缕乡愁就像自己的身影一样时时刻刻温暖地跟随着我。我在地质队子弟学校读书，在工厂当车工，去北京读大学，后来又四处奔波去到全国各地做着许多跟地质有关的工作，中间还当过挂职副县长。正像我在《西洲何处》里写的：“人的一生就是从一个渡口到另一个渡口，从一个彼岸到另一个彼岸。……就如同我们会面对这样那样的选择，结果不可能预知，但大致的方向还是要明确的。”追随内心，追随自然，追随新的时代，我感到这是文学带给我的幸福。

评论家古耜先生说我的散文“堪称地道的美文”。我的所有散文都是温和的，我认为想要人家听进你说的话，彼此的好感是必需的。不打算制造哲学，只是说说话。我在我的散文里从不掩饰我对汉语言的迷恋和对叙述的偏爱，我相信散文的表达和叙述是最贴近内心的，我喜欢用亲切的语言构建一个清静舒朗的空间，并且也同样用亲切来唤醒先贤给我的灵感和智慧。我想这也是重庆南开中学等学校用我的《匡庐晚钟》《月碎沱江》做教学范文的原因吧。

江西上饶鹅湖书院有一块匾额，上书“斯文宗主”，这是写给朱熹和这座书院的。我在上饶成人，从这里开始了我的读书和行走之旅，我很荣幸我是地质人，我感谢我的父辈传承给我的对于自然的尊敬和吃苦精神。所以，初心难忘，我只能把我的所有散文首先归纳为“行走”，比如《回到地坛》《天街小雨》。“行走”和“读书”是每个人都应该做一做的事，“乡愁”只能写给南京老家，“家园”则想写尽上饶的美好。

在这个文学日渐小众化的时代，尽管我们许多人也在心里向往纯真，追寻文学带来的善和美，然而那挥不去的乡愁，还有遥远的心灵原乡的呼唤，这些要在哪里才能安放得下呢。我不是研究文史，我的散文是一个有点文化的人对过往对家乡对山水的美学观照。一点崇高，一点善念，一点悲悯，是我珍惜的也是想传递的。

书里的四十篇文章用“2016江西文学榜”对我的获奖点评来说，“他的散文精致短小，寓意深邃，散发着亦儒亦道的书生气，这与其独特的人文情怀和人格修养有关”。我非常感谢我遇见的几位老师，我并不高明，他们给了我最诚挚的赏识，他们让我的文章发表在《人民日报》《散文》这样好的报刊，让我的几本书在三联书店、百花文艺出版社这样好的出版社出版，我的对于历史、人生、自然和文学的认识得以放大，我的一点点幸福的感觉得以和许多人分享。我想，一个人五十岁以后是否幸福，取决于在这之前分享给了他人多少幸福。那么，把我这些年的文章选一选，分分类结集出版，是一个读书人向斯文致敬，是一件开心的事，谢谢三联书店、生活书店。

龚鹏程先生曾经为我的散文写过这样一句话：“心渐至平静乃至蕴藉了起来，心香墨韵交织为一，令读着他的人也感到若有些尘世的抚慰了。”对文学的热爱让我的眼睛看到了更多的美好，让我找到了我生命里的“西洲”。那么，龚教授说的这一点抚慰是给读者的，而同时，又何尝不是给我自己的呢。

夏　磊

二〇一八年二月

壹

行 走

回到地坛

一

在地质大学读书那会儿，最喜欢的事就是骑着自行车满京城地转悠。北京的去处很多，对我来说最有吸引力的还是那些不要门票的地方，当时地坛开办了地坛书市，于是有书市的星期天我都会在那个园子待上半天。那时的地坛公园其实很冷清，高高的柏树和一丛丛杂草把园子弄得有点凄凉，我时常在灰白的水泥凳子上一坐就是很久。我总在脑子里想着从前皇帝来祭地时的情景，他们当时就在我眼前这地方走过，闭上眼睛我仿佛正置身其中，当然他们不知道许多年以后有个年轻人会在这个地方那么悠长地想着他们，有一点好奇，有一点羡慕，还有一点惆怅。

我有时候会情不自禁地也在心里祷告，为我的那个有着肥沃的土地当时却并不富裕的家乡。我知道这可能没什么作用，但如果所有的人都这么诚心祝福，那会不会就能凝聚起一种力量呢，毕竟土地是我们共同的和唯一的家园，我们在大地之上做的任何事情都是人神共知的，即便感动不了天地，能够感动人也是值得的。

后来我毕业到了江西，这才知道，我当时在地坛胡思乱想的时候，史铁生先生就坐在离我不远的地方，他几乎每天都在那儿慢慢地移动着他的轮椅，用他的目光记录着地坛里的许多人，思考着我们永远都想不透的一些事。或许有一天我正好在他面前走过，他看出了我的那点没有缘由的惆怅了吗？又或许我在一个天气不错的午后，也看到过一个人摇着轮椅若有所思地经过。这样一想，地坛就不只是僻静了，它显然还带给了我无限的亲切。

那么今天，时隔二十多年的这次重来，地坛还是昔日的光景吗，它带给我的还是当时的遐想吗？是的，地坛还在那儿，而且它一待就是近五百年，从明嘉靖开始，有十五位皇帝连续祭拜了三百八十一年，在它这里站过然后又匆匆离去的人太多了，他们生活在这片土地之上，又都怀着不同的梦想，他们来这里有的是为天下祈福，有的就是为了自己的一亩三分地能够有个好点的收成。读史铁生的《我与地坛》时我总会想起我在地坛的那一点点时光，以及后来这么多年走过的路。应该说没有人能够哪怕有一刻离开土地，而我从事的地质工作则不但需要时时刻刻走在大地上，而且还要心心念念地聆听着大地的声音。我愿意和大地一直保持着这份亲近，这似乎是一种本能。大地是一切，它几乎是万能的，而人在大地行走最终还是要回归大地的。土地滋养了无数生灵，万物最后又以不变的质量重归大地，这是一个多么巨大的轮回啊！人在这个世上走的时间越长走的路越多其实离土地就越近，正如史铁生说的，“死是一件不必急于求成的事，死是一个必然会降临的节日。”那么像我这样跟大地那么贴近，生命的一部分早就融入了自然之中，生命当然也就永远不会陨落，它会以一块矿石或一棵树的形式留在这个世界，而那棵树也会因此而容易活，那块矿石也该有着不一样的属性吧。走过那么多山山水水，也留下了许许多多足迹，人生已经很是不枉了。那么今天又回到地坛，我想完全可以把它当作是对大地的一个回访并且捎带着一份感激。

史铁生说清楚了一件事，那就是活下去的理由。他发现了太阳每天都是夕阳也都是旭日，人拄着拐杖向夕阳走去，然后有一个孩子就会从山的那一边走来。史铁生在地坛获得了涅槃和重生，那么我呢，我那么健康地活在这个世上，故乡南京给了我年少时最好的滋养，那是一片种什么都会活下来并且长得很茂盛的地方，而后江西的红土地以及许多的山山岭岭又让我活得和土石一样质地良好，所以我想要捋清楚的就是活给谁看和要感激谁的问题了。我们好像已经习惯了感谢上苍，可是当有一天黑夜来临，无论是心慌意乱还是心静如水，我们能够感知的真正能够帮我们的不是头上三尺的神灵，却还是一直踏在脚下的土地。即便有一天老去了，也只有在地上才能找到你我曾经来过的痕迹。

那么，感谢大地最好的办法就是好好活着，而最好的祭祀是告诉大地和神明：我们还在好好地活着。所以这次在地坛，在我想明白了这么些以后，我想留步于此并且让思绪在这方天地之间多缱绻一会儿。

二

六月的京城没有雾霾，因为这是祭地的时节吧，所以天空也常常是清清朗朗的。这时候“有芒的麦子要快收，有芒的稻子要快种”。南方进梅雨季节了，而芒种正是北方这一年中最好的时节，再往后几天就到夏至了，太阳带着它的光照和生机向南移动，阴盛阳衰随即开始，而地属阴，祭祀土地最好的时间就是夏至这天。从《周礼》的记载算来，“夏至祀地于泽中方丘”已经有四千多年了。

这几天日照时间最长，我早早地就来到了地坛。天蓝如洗，草绿如茵。高大的牌坊后面还是那条似乎永远都没有尽头的路。斋宫、神马殿还有钟楼这些宫殿还是没有开放，却丝毫不减皇家威严。远远近近传来各种音乐声，许多上了年纪的人正在晨练。方泽坛依然无比恢弘地昭示着“天圆地方”

和“天青地黄”，然而此刻却空无一人，仿佛是特意为今天的阳光留下的。如今的方泽坛经过修缮，比以前更显庄严，越往坛里走，院墙和门楼这些建筑物的高度越小，而当走到坛中间时回头一看，豁然开朗，感觉像是从很远的地方走来，脚下的方坛一下子被衬托得高大和宽阔，一种庄严不禁从心底慢慢升起。

站在方泽坛我想，这不大的一块祭坛所要传递和辐射的福祉绝不是通过鼓乐声音来实现的，一定有一种介质可以把我们心里想的东西输送到很远很远的地方，并且这样的感应并不会因为距离远而衰减。于是我又想到，就在方泽坛西南方向的黄河岸边，还有一个更古老的祭坛“后土祠”，正是它们从时间上把古代和今天、在空间上把北方和中原那么自然地维系在了一起。

山西万荣的后土祠供奉着我们民族最古老的后土圣母，那里的祭祀要上溯到四五千年前。那儿有轩辕黄帝“扫地为坛祭后土”的地方。公元前一六三年汉文帝在此地建造了后土庙，这应该是最早的一座正规的土地祭坛了。而那时也正是“文景之治”的开始时期，这大概不能说是历史的巧合，一个起始于农耕文明的人群对土地的感恩是天然的，他们设立了祭坛，然而所有的祭祀还是为了在大地上活着的那一群生灵。明代以后政治中心北移，后土祠逐渐成了民间的祭拜土地的场所，它显然已经是为每一个具体的生命祈福了。而如果每一个生命都享受了福祉，天下不就成了苍生福地、太平盛世了吗？只是不知到底有多少君王悟得了这个道理，又有多少是为百姓的一日三餐祈福而不仅仅是为了自己的江山呢。

那真是一个很好的年代，是一个最适合平民生活的年代。汉文帝即位第二年年底接连发生了日食和月食，刘恒马上想到这一定是自己的德行出了问题，他希望各级官员要多想皇帝做得不到的地方，而且要把想法告诉他。在随后的正月，刘恒说："农，天下之本，其开籍田，朕亲率耕，以给宗庙粢盛。"他觉得一定要自己亲自耕作打出粮食并且用来祭祀才对得起土地和黎民。他说到做到，这一做就是十年。十年后他又说了一段话："农，天下之本，务莫大焉。"几乎同样的一句话在十年后说出来，他已经知道了要把辛勤种田的和从事经商的人区分开来，没有什么比农业更为重要，应该免去土地的租税，"轻徭薄赋"说的就是这件事。

这是一个尊重土地并进而尊重农耕的皇帝，他虔诚到为了祭祀的粮食亲自去下地干活，用现今的话来说叫作接地气。或许大地对人的回报就是在人和它亲近的过程中教会了人如何做事。汉文帝在去世前留下了一份遗诏，其中有这样几句，"死者天地之理，物之自然者，奚可甚哀！""且朕既不德，无以佐百姓。""非旦夕临时，禁毋得擅哭。""霸陵山川因其故，勿有所改。"这是一个感人至深的遗诏，它亲切得仿佛就是家里的长者离世前的叮嘱。他说了，生死是一种自然规律，没有必要为此而悲哀。自己没有为大家做很多事情，而得到的荣誉却很大，所以，大家就再不需要把事情都放下来，更不需要耽误了耕种节气来为自己哀伤，特别是别中断了祭祀。葬礼只能进行三天，一切礼节从简。百姓婚丧嫁娶都不要有所顾忌，吃肉喝酒都可以。即便是自己的墓地霸陵那个地方的山山水水也要保持原貌，不要改变。这样的话语换在今天都是难能可贵的，一个皇帝把自己当作一个普通的生灵生活在世上，穿着粗布衣服，亲自耕作，他感恩天地，并且知道死是自然规律而无须大惊小怪。难怪司马迁在《孝文本纪》最后写道："汉兴。至孝文四十有余载，德至盛也。"

后来汉武帝刘彻延续了文帝的衣钵，文治武功，国土面积达到了一千零四十万平方公里，奠定了华夏版图。他在公元前一一三年到后土祠祭土，写下了流传至今的《秋风辞》，"秋风起兮白云飞，草木黄落兮雁南归"。后世学者大多认为这是汉武帝感时伤怀的"悲秋"之作，其实字里行间无处不流露着对于生命的礼赞以及对岁月的留恋。文帝到武帝的大约一百年间，正是"以德化民"、民族"休养生息"的时间，生命从来没有像那时那样显得那么珍贵。那天，刘彻泛舟汾河，萧瑟秋风里还有兰花和菊花可以赏心悦目，然而秋色虽好佳人难忘，"少壮几时兮奈老何"。一个盛世帝王怎能不留恋自己的江山，怎能不叹息生命苦短呢。或许刘彻是不该选在秋天来祭地的吧。

是啊！西望长安，目力所及只是一片地坛的柏林，然而大地的连绵不绝却完全让我们可以想见，并且它还会养育我们直到永远。我们依稀还能看到刘恒刘彻的背影，也许他们从来就没有走远，他们缔造的那个盛世在大地上被复制了好几次，因为有了他们，我们感谢养育我们的土地，我们有理由在记住曾经的苦难的同时记住大地给予我们的一切。

懂得感恩土地，生命才有尊严。“年年柳色，霸陵伤别。”站在阳光下的地坛，我不禁想起了李白这两句词。

三

一个人漫无目的地在园子里走走停停，时近中午，园子里的人少了许多，忽然一下重归肃穆。我想，一阵喧嚣之后还是应该把安静还给地坛，我们可以用一些欢快的形式来表达对于生活的热爱和对于大地的感激，而大地在承载了这一切之后或许也需要得到休养。

因为音乐声和人声小了，我听到了鸽子的哨音，还听到了高高的银杏树上的蝉鸣以及草丛里不知名的虫子的叫声，有的短促有的悠扬。我找了一张椅子坐下，却没有办法完成自拍，旁边椅子上的老阿姨示意老先生帮帮我，然后我们一直聊到他们说要回去做饭。

这个上午我听到了很多好听的声音，比如舞曲、鸽哨、蝉鸣，还有两位老人的亲切的京腔，安静下来以后我忽然想，当年地坛祭祀的时候人们唱着怎样的歌曲呢。也许已经没人知道更无法重现了，我们已经不习惯用这样一种方式来表达敬意了，地坛这些年仅仅是在正月里模仿表演几场祭祀以娱乐大众，它又能承载多少东西呢。

从江西来京的时候坐的是高铁，华北平原满眼都是金色的麦田，它们那么快地在我眼前舒舒卷卷，我第一次觉得麦收时节的大地是如此壮丽。然而在这些麦田中间却竖立着同样满眼的钢筋水泥构件，它们让我想起在医院看到过的插在人身上的许多管子，所不同的是，插在人身上的管子是输液，而插在大地上的管子无一例外是抽取。大地会有被抽干的那一天吗，到那时人们想到要感恩土地，去哪儿才能找到一方净土呢。

据说明清两代的皇帝来地坛祭祀，每次要拜七十多下，要磕两百多个头。康熙皇帝在位六十一年，亲自到地坛祭拜了二十六次，后来因为身体的缘故才让亲王或皇子代替。暂且不说这些帝王在执政的时候对百姓对土地是不是那样爱惜，至少在祭拜的时候他们是用心的甚至是感人的。乾隆时期，中国的国土面积一度达到一千三百八十万平方公里。可以说，中国历史上的盛世最明显的标志就是对土地的坚守。

我们现在常常炫耀我们已经能够预知风雨雷电，能够准备精确的预案，可是我们失去了对自然和神明的敬畏，我们的心里好像能够装得下整个世界，可我们的双手却留不住一丝光阴，还有什么理由去嘲笑我们的先人并把祭祀当成迷信呢。也有人怀疑过我们民族的信仰，的确，在对于生命的终极认识上我们一直没能达成大体上的统一，那么即便是本着实用主义原则，我们也都明白，大地是我们的最后归宿，生命还会在大地上进行另外一种组合和存在。秦兆阳在长篇小说《大地》扉页上的诗有两句："最应该感激的最易忘记，谁诚心亲吻过亲爱的土地。"面对土地人们只晓得吮吸乳汁，却已经失去了仿佛在母亲怀抱里的那许多天真和快乐。这其实是一件很遗憾的事。

说到快乐，不禁让我想起了古老的《诗经》。《诗经·小雅·大田》里有这样两段："有渰萋萋，兴云祈祈。雨我公田，遂及我私。彼有不获稚，此有不敛穧。彼有遗秉，此有滞穗，伊寡妇之利。曾孙来止，以其妇子。馌彼南亩，田畯至喜。来方禋祀，以其骍黑，与其黍稷。以享以祀，以介景福。"这是一首周王祭祀的诗，从语气来看，这就是自称曾孙的周王在祭祀时所吟唱的。大概的意思是：春末夏初的时候，周王和大家一起准备好了工具，带着丰收的喜悦兴高采烈地来到田里收割。天上下着淅淅沥沥的小雨，雨水滋润了大家的田地。收成很好，人们收割的时候却有意遗漏一些谷穗在田里，好让那些家里没男人的孤儿寡妇来拾捡。周王带着夫人和孩子，把饭送到田间，他是为了祭祀而来，他献上了牲畜和谷物这些祭品，祈求五谷丰登和更大的福祉。

我被这首诗深深地感动着，因为人们对土地那么热爱，因为一个君王亲自下田收割，因为人们那么虔诚地感恩和祭祀，还因为大家没有忘记那些没有劳力的人家，也让他们有尊严地享受土地上的果实。正如我前面说的，这首祈地诗的最动人之处就是告诉了神明，我们都还在好好地活着，好好地爱着。

微信里有个小故事叫“墙上的咖啡”，说的是洛杉矶有间咖啡厅，顾客喝一杯咖啡却都付两杯的钱，其中一杯则写成纸条贴在墙上，穷人进来只需揭下一张纸条就可以喝上一杯热腾腾的咖啡。这个故事被分享了无数次，然而我想，墙上的咖啡固然热乎，可我们的先民在三千年前故意遗漏在田里的谷穗所传递的温暖才真的是永远都不会消散的，才是最值得点赞的啊。

《汉书》里说：“一夫不耕或受之饥，一女不织或受之寒。”如今我们已经远离了那个年代，但我们仍旧生活在先民曾经生活过的土地之上。敬天敬地，也应该敬敬身边每天都在耕织的他和她。那么，且耕且织且珍惜，或许是我们每天都应该记取的。正像我在这个六月里回到地坛，虽然我不懂得古人如何祭祀土地，但我愿意在心里建立起对于土地的崇拜，我愿意在正午的阳光下，站在他们站过的方方正正的祭坛上诚心地致敬和怀想。

绣色倾城

今年的冬天雨水特别多，寒雨连天的日子最喜欢在傍晚时分与父母家人围坐灯下，热腾腾地吃个火锅，絮絮叨叨地说点家常话。因为前次去了苏州高新区，所以我就把话题往江苏老家引，我告诉他们，在这个以科技创新和湿地生态著称的高新区，最让我惊叹和流连的却是历史悠久的苏州刺绣，那里有八千绣娘，据说还有一名绣郎呢。果然这打开了大家的话匣子。

记得我小时候的南京，冬天特别冷，而太阳也总是特别的好，那时候，母亲和邻居家的几个婶婶每天都坐在向阳的门前，在忙一种叫作绣花的活计。她们把一批机织的绣品拿来，找出其中漏针的地方，然后用各种丝线进行修补，最后把线头剪齐就完成了。别看这简单的刺绣，它弥补了乡村里许多人家的生活用度，我们也都管她们叫绣娘。

后来我长大了，知道了这种绣花活计跟刺绣不是一回事，再后来，更知道了南京有一种极珍贵的东西叫云锦，在不远处的苏州还有一种在中国四大名绣中排在首位的苏绣。而我同时知道的是，不管是云锦、苏绣还是绣花，那每一针每一线是没有高低贵贱之分的，它们都是从江南女子心里流泻出来的对于生活最朴素的触摸，有谁能够知道每个绣娘的针线编织的是她们怎样的心事呢。所以，那天当我在主人的引导下来到苏州高新区镇湖这个中国刺绣艺术之乡时，我是感到非常亲切的，这里的绣娘中间依稀还能看到老家的绣花女子的身影。

镇湖街上坐落着“中国刺绣艺术馆”，这个全国最大的刺绣艺术馆本身就是一件艺术品，粉墙黛瓦、亭台楼阁、水榭回廊，是一座典型的江南园林。我去过很多园林，有一些也改成了展览馆，而这座园子则完全是一座艺术殿堂。如果用目不暇接和叹为观止这样的词语来形容这里的刺绣艺术品，我想是不够的，我宁愿放弃所有的词语而只跟随着自己的感觉和感动。我出神地凝视着一幅苏绣，画面上也是一座园林，桃花竞放，弱柳扶风，庭院之前一对鸳鸯正在戏水，这不就是我所在的园子吗，那泛着柔光的一池春水不就在窗外吗。我恍惚中走进了画面，我不知道这是哪个朝代，姑苏城外，运河岸边，薄薄的雨帘里不知谁家的绣娘正专注地在飞针走线，江南美景正从她纤秀的手指间一丝丝地展现出来，这是多美的景致呀！可是这绣娘怎么没有把自己一同绣入画中呢，姑苏园林之中怎能少了绣娘的倩影呢。

是的，刺绣从一开始就是上苍给女人的馈赠。在两千多年前的春秋时期，姑苏地界就盛行种桑养蚕，缫丝炼染。心灵手巧的江南女子用五彩丝线把一些好看的图案绣在衣袖上、裙边上、枕头上，马上这些物件就艳丽起来，而女子也袅袅婷婷更有风致了。于是刺绣很快就在吴地风行起来了，每家的闺女都把刺绣当作了必会的女红。“闺阁家家架绣棚，妇姑人人巧习针”说的就是刺绣风靡的情景。在艺术馆里，我看到了单面绣、双面绣、仿真绣、乱针绣和缂丝等好多精品。我不时想，那些绣品逼真不输于摄影，细致不亚于油画，意境不逊于水墨，难道绣娘们都是丹青好手，都能“以针作画”吗？同行的人告诉我，这要归功于三国时吴国丞相赵达的妹妹赵夫人，她为孙权绣了一幅《五岳列国阵势图》，开了画绣和艺术绣的先河。上世纪初，被称为“绣圣”的沈寿就依照油画，用一百多种颜色的线绣出了《耶稣像》这件举世闻名的艺术珍品，也开启了仿真绣的先河。而现在许多绣娘都具有很高的艺术修养，有些精品从读画开始要绣上一两年，而一个成熟的绣娘也要上十年才能磨炼出来。比如乱针绣的发明人杨守玉就是一名画家，而她有时完成一幅人像作品要用一年时间。

杨守玉也是一名绣娘，然而她是需要我仰视的。她从小和表兄刘海粟一起习画，后来他们相爱了，却受到了家庭的阻挠，有情人难成眷属。这位女子把原名瘦玉改成了守玉，她要为心上人守身如玉。从此他们天各一方，杨守玉全身心地投入绘画和刺绣之中，两人都成了一代大师，杨守玉真的是终生未嫁。刘海粟曾经这样介绍杨守玉的刺绣作品："以针代笔，以色丝为丹青，使绘画与绣工融合一体，自成品格。"六十年后，当刘海粟来到她的小屋探访的时候，杨守玉却悄然坐在书柜后面，她让刘海粟等了三天才相见，她就是想让刘海粟只记得六十年前那个美丽的表妹。如果我们要赞美苏州绣娘以及她们的德行的话，如果找不到最恰当的语言，那么就回味一下杨守玉令人感怀的倾城之恋吧。

在一件巨幅苏绣前我再一次陷入恍惚，画面上是一座庭院，初雪乍落，院门半掩，一树枯枝挑着雪花伸出墙外，一只花猫正安闲地坐在墙头，它是在等着晚归的主人吗。我好想轻轻地推门而入，好想走进这老家的旧屋。是啊，这不就是梦里的老家吗，它斑驳的院墙正刻满了昔日的影子，那只花猫的须眉怎么没有挂上一点岁月的沧桑，它会马上跳进我的怀中吗。我仿佛真的走进了这个院落，这个院落莫不是住着沈三白和芸这对苦情夫妇。其实，在《浮生六记》这部清代名著里，芸就住在这姑苏城外的沧浪亭边，她被林语堂称为"中国文学中最可爱的女人"。而芸正是一位绣娘，而且"刺绣之暇，渐通吟咏"。芸也和许多绣娘一样还是才女呢，她还有过"秋侵人影瘦，霜染菊花肥"的句子。可惜红颜薄命，芸在四十岁时就生了重病，她为了消除病灾，用十天时间为丈夫的朋友绣了一幅《心经》，她是多么希望用手中的针线来换取菩萨的慈悲啊。绣经之后，芸的病因为辛劳反而加重了，可是这位美丽的绣娘用刺绣传递的祝福却是感天动地的。也许从古至今，刺绣就不仅仅是一门技艺，苏绣也不仅仅是工艺品，这一针针一线线都是一代代绣娘对于幸福日子的憧憬和对于美丽生活的向往。

以前我买过一部收藏版的《清·孙温绘全本红楼梦》，当时就是想通过孙温的画笔来欣赏《红楼梦》里精致的服饰，这次在艺术馆里我十分荣幸地看到了一组金陵十二钗的刺绣屏风。这是一次神奇的视觉体验，金陵十二钗的服饰许多都是苏州刺绣，而这幅作品恰恰是苏绣绣成，用苏绣来再现苏绣，更加光彩夺目。她让我想起《红楼梦》里“荣国府元宵开夜宴”那一回，在这回里曹雪芹用了一个整段的篇幅来写苏绣。文中写的“是个姑苏女子，名唤慧娘”。慧娘出自书香宦门之家，“原精于书画，不过偶然绣一两件针线作耍，并非市卖之物。凡这屏上所绣之花卉，皆仿的是唐、宋、元、明各名家的折枝花卉，故其格式配色皆从雅，本来非一味浓艳匠工可比。每一枝花侧皆用古人题此花之旧句，或诗词歌赋不一，皆用黑绒绣出草字来，且字迹勾踢、转折、轻重、连断皆与笔草无异，亦不比市绣字迹板强可恨。他不仗此技获利，所以天下虽知，得者甚少，凡世宦富贵之家，无此物者甚多，当今便称为慧绣”。慧娘的作品应该可归为“闺阁绣”，后来有文人雅士认为慧绣的绣字并不能表达慧娘作品的妙处和高雅，于是就把她的作品称为“绣纹”了，因为作品太少，所以几近无价，以贾母之尊，也就只有一副璎珞。

慧娘在那个时候也可以算是绣神了，我想这还是得益于她的诗书画的素养，而像她这样的绣娘如今已经不少了。她们都是怎样的女子呢，她们出生在江南鱼米之乡，说的是吴侬软语，她们恬静优雅、心灵手巧而又能吃苦耐劳，她们能诗善画并且把日子也打理得精致和诗意。昆曲里唱道“则为你如花美眷，似水流年”。晨风暮雨里她们平静地送走了无数辛勤而又寂寞的日子。像芸、杨守玉、慧娘她们的生命却并不像她们的绣品那么绚丽，却反而带着些许的凄婉。而像我这样在乡村长大的孩子，滋养我们生命的营养有一部分就是母亲用针线辛辛苦苦换取的。我们真的应该记住她们同时还要感谢她们。

离开高新区的时候，太阳刚刚升起，坐在高铁上，这个湖滨城区的生态美景在眼前快速掠过，其实我倒希望列车能慢一点，我需要把思路慢慢地理一理。我想，这个世上肯定没有一个地方能够让那么多的女子娴静地聚集在一起，用她们纤巧的双手做着同样一件事，并且一做就是许多年，同时人间因为她们织出的锦绣而增加了许多的美好。这是多么动人的一件事啊！我想起了在刺绣艺术馆看到的另一幅巨作，那幅作品绣出的是整个高新区的无限风光。我忽然发现整个苏州高新区就宛如一幅苏绣，这里有清澈的湖水，有纵横的阡陌，有最智能的楼宇也有最怀旧的街巷。在这里忙碌的人们其实就是这座新城的绣娘，这里的一砖一瓦也正像绣娘手里的一针一线。正是这些“绣娘”用二十多年的时间，在这块两百六十平方公里的土地上绣出了一个新的同样美丽的苏州。

不禁想起昨夜吟成的两句诗，“姑苏城外绣新景，夜泊枫桥诵诗文”。是的，我愿意把我最中意的文字送给绣娘，我愿意在枫桥和沧浪亭徜徉，或在一幅刺绣前久久地凝视和怀想。

月碎沱江

一

一场暮春时节的雨早不下晚不下，却偏偏在我们将离开凤凰的时候淅淅沥沥地下了起来，使得本来就浮在心里的一丝感伤更加挥之不去。

雨是在清晨的时候下的，滴答滴答的雨声早已把我唤醒，我没有随即起来看雨中的小城，却努力地在迷迷糊糊里一点一点拼接昨夜的残梦，寻找凤凰留给我的和我在凤凰感受到的一些别样的东西。可是，我的梦里没有出现沈从文先生清瘦的身影，也没有浮现湘西如画的风景，以及翠翠姑娘俊秀的笑靥，却依稀闪烁着昨夜沱江里满江的河灯和轻波里散碎的月影。

是的，也许我真的还没有走近湘西，也许我从一开始就错带了那点伤感的情绪，也许沈从文的笔端流淌出来的从来就只有爱，我不甘心就这么匆匆地来去没有感觉。那么，我是该带着预定的情怀去寻找那远去的爱，还是该带着爱去走进沈先生博大的情怀呢。

我好几次拿起了笔又无奈地搁下，该从何处落笔呢。我知道，没有湘西这片神奇的土地，就孕育不出沈从文这位一代文豪；而没有沈从文，湘西怕也只能长久地悄无声息地美丽着。还有，翠翠在哪里，我能寻访到吗，我能把笔尖轻轻地落在翠翠的渡口去探究远方的人到底有没有回来吗。世上有的民族和地方会因为一个人的存在而声名远播，而眼前这个地方却很少见，它因为一个并不曲折的没有结果的爱情故事、一位故事中的纯朴的女孩而让无数人踏歌寻翠，嘘吁不已。

面对这一切，我分不清谁轻谁重，不知道他们之间的因果关系，沈先生、翠翠、凤凰、湘西，他们是那么浑然天成，我需要找到一个合适的切入点。

二

夜幕里的沱江是安静的，却也在不息地流淌着。倒映在水中的半轮明月，正被水面的波纹分成许多小块，闪烁着，荡漾着，缓缓地移动着。“滟滟随波千万里，何处春江无月明。”在另一个叫酉水的河里，月亮该也一样像一群金色的精灵吧，那水边叫茶峒的街市不知会不会还和昔日一样宁静。

茶峒就是沈从文笔下的“边城”，我试着向凤凰的人打听，他们告诉我，茶峒离这里不近，是个镇，比凤凰小许多，也破旧许多。我没有接着问下去，没有问他们知不知道翠翠，我相信他们会肯定地回答我，但我想问的是一个真实的人，就像打听老家的一个故人一样。听说在茶峒的一个小岛上有一座翠翠的雕像，是一副沉思的模样，后面还有那只大黄狗。我无法想象雕像的动作和表情，其实也不愿去设想。忽然似乎明白了，翠翠应该是没有固定形象的，她就应该像倒映在水中的月亮一样，以不同的姿态、不同的美丽留在不同人的想象里，时间越久远，就越朦胧。

我可以承受沈先生的离去，我可以在凤凰的老街上，或在我的书桌前深切地缅怀他。但是，我不愿接受翠翠的不存在，我相信她曾经就生活在这一带，我知道因为她的存在，这里后来就有了许多叫翠翠的女子，凤凰就出现了许多叫翠翠的店铺客栈。在街边上，我随手翻开一本书，书中有两句诗一下撞进了我的眼帘：“渡口一条乌篷船，仿佛梦境泪湿衫。”茶峒，你真的就在这沱江的上游吗；翠翠，你真的只能留在人们的梦境里吗。

茶峒的交通不便我是后来知道的，茶峒、凤凰乃至湘西自古以来就十分闭塞。在凌宇先生著的《沈从文传》中，对二十世纪初的湘西有一段较详细的描述：“一连几个小时在不见人烟的深山里走，你便有机会领会什么叫天籁地籁，寂寞会阻塞你的嗓子，让你心里发慌。路旁忽然一座烧毁的屋，一具开始腐烂的尸体，一丛红得凄惨的山莓。天黑前遇到一家客店，你得赶紧住下，再下去又是十几里没有人家。第二天再上路时，雨后松湿的泥路上，留有老虎路过时的巨大脚印。如果运气不好，即使是大白天，也会碰到强人拦路抢劫。”这就是在历史上被称为“苗蛮匪区”的湘西，凤凰的行政设置是在康熙年间，正式称凤凰县则是在民国二年。凤凰是沈从文的出生地，在《湘西》一书的题记中，沈从文写道：“当我拿起笔写到这个地方种种时，心情实在很激动，很痛苦。觉得故乡山川风物如此美好，一般人民如此勤俭耐劳，并富于热忱与艺术爱美心，地下所蕴集如此丰富，实寄无限希望于未来。因此这本书的最好读者，也许应当是生于斯，长于斯，将来与这个地方荣枯永远不可分的同乡。”这样看来，沈从文对湘西的爱是不止于寻常风物的。

我终于没能去茶峒，我和许多游人一样，就把凤凰当成了沈先生笔下的茶峒了，好在据说除了规模不同，风土民情是基本差不多的，更何况凤凰还有沈先生的故居和墓地。这是不能不去瞻仰的。

三

凤凰的一切似乎都与沈从文有关，也正因为如此，它才显出了它独特的风情。在这里，人们触摸不到太久远的历史，却可以感受到小城的变迁。城墙是老的但并不古老，吊脚楼是不断翻修了的，“溪桥夜月”也早已被“虹桥烟雨”替代了。沱江水不息地流淌，它早已洗去了边城的匪气，带走了旧日的人喊马嘶。划船的不再是江西的商人，尽管他们会称自己是江西商人的后裔。

逝者如斯，世上没有一样东西能经受时光的考验，没有什么能抗住流水的冲刷。人们可以无休止地修复一些历史遗迹，但是却无法恢复其内在的精神。有时我想，我们为什么要绞尽脑汁地去重现呢，让我们一起和它们随着岁月往前走，顺着流水往前淌，岂不更好。我们为什么不愿还历史发展的本质和进步的足迹呢。“日月交替，因之产生历史。”面对大半个世纪前沈从文说的这句话，我们真的应该汗颜。

吊脚楼上伸出来的笑脸还是一样的亲切，但却不是呼唤水手客商的。窗台上的灯笼还是高高地挂着，却都亮得耀眼，那种迷离，那种暧昧已无从找寻，谁还能读懂那倒映在水中的灯语呢。

然而有些东西是仍然能实实在在感受到的，并且可能永远不会变，那就是沈先生笔下的湘西纯朴的民风。沈先生在写《边城》的时候，其实是在怀旧。那么，今天我们来凤凰，则是更深的怀旧了。怀旧并不颓废，我们是在和先生一起呼唤那些曾经驻留在我们心里的、弥漫在我们周围的美好纯洁的东西。

在凤凰虹桥桥头的街市上，有一些年老的妇女在卖着银饰。她们并不太说话，她们更多的是默默摆弄自己的货物，她们爱这些东西，她们是想让客人们也像她们自己一样爱上这些东西。有一会儿我想，离开了这灯影迷离的街市，她们要走一段漆黑的山路，然后来到一个渡口，就可以看到对岸自家的灯光了。据说在凤凰买这些小物件可以随性地还价，也可以完全不用讲价。杀价并不会招来怨恨，不讲价也不会挨宰吃亏。这就是湘西人，以及他们的淡定。他们并不悠闲地过着自己的日子，仔细把玩自己的东西，他们不会对外乡人显出特别的殷勤，也不会流露出冷漠。他们的言语不多，似乎是告诉你，你就是一个寻常的过客。

在沈从文的《边城》里，老艄公在集上买肉颇为有趣，他怕别人不要钱，拿起肉就走，扔下钱就跑，不需称量。的确，秤可以称出物品的斤两，却如何能称出和谐的乡情呢。在沈从文的作品里，门口挂着灯笼的女子，会为她钟情的汉子日夜守候。在女人悠长的梦里，她看到船来了，灯影一散，正是自己的男人，女人便疯了似的冲过去。“全个身心为那点爱憎浸透，见寒作暖，忘了一切。”沈先生没告诉我们这些女子是怎么想的，但我们分明能感到一种爱的存在。这爱也是无法称量的。他们在第一次就称量过了，觉得值，他们就认了，这个女人就觉得她值得用一生等那个男人。这一生一世的爱，什么秤能称出它的分量呢。

那晚，或许天上也有半轮月亮，年轻的沈从文在下船时，听到一个人唱《十想曲》，曲调卑陋声音却清圆悦耳，他知道那是由谁口中唱出且为谁唱的，他在河边寒风中痴了很久。

四

沈从文笔下多次描写了湘西的月色。“月色极其柔和，溪面浮着一层薄薄的雾。这时节对溪若有人唱歌，隔溪应和，实在太美丽了。”沈从文当然知道，这世界每天都在变，湘西也会跟着变，但他同时知道，不变的或许只有这永恒的故乡的明月。即使他看到今夜江中的碎月，他也一定会认为，这样的月亮正可以洒满一条江。这是我的臆想，根据就是沈从文对湘西的生死眷恋。沈从文在离开湘西后直到去世没能再回故乡，正是这种眷恋，使得故乡在他的心目中越来越完美，因此，他选择了魂归故里。

是的，我们该带着敬仰的心情来缅怀沈从文先生了。

在中国现代文学史上，沈从文是个典型而独特的存在，从他青年时离开湘西直到去世这段时间来看，他是寂寞和孤独的。他在湘西生活了二十二年，却一生都把自己称为“乡下人”，这个称呼一方面说明了他对故乡的挚爱和深情，另一方面又明显地流露出他对人生的无奈和对社会的深深的失望。

他在乡下生活时间并不长，却一生都在讴歌这块神奇的土地。他似乎一直想说服人们，在那个被称为“蛮夷之地”的地方才能找到人世间至真至纯的东西。或许正是因为他对这个世界的怀疑和不信任，他的作品很长时间被所谓主流文化轻视，被认为是背离现实主义的唯美主义。对此，沈从文并没有过多争辩，他说：“我倒不明白真和不真在文学上的区别，也不能分辨它在情感上的区别。文学艺术只有美和不美，精卫填海，杜鹃啼血，情真事不正，并不妨事。”

初读《边城》时我还不太大，当时的印象只有渡口、黄狗、翠翠、艄公，和对岸唱歌的傩送。或者说留在我记忆里的就是一幅画。后来我开始系统接触中国现代文学，我知道了朱光潜先生说过《边城》“是在世界范围内已受到热烈欢迎的一部作品”；还非常认同美国学者金介甫的一段话，他认为《边城》是世界上文学学者永远要看，而且要给自己的子女看的作品。我开始一篇篇地重读沈从文的作品。

在《沈从文自传》中，我看到了一个矛盾着的沈从文。他怀念故乡的美好情景，同时又记得兵荒马乱时的许多杀戮和死亡。他真的当过一名士兵，而这名士兵正是在征途上完成了每个学者都要完成的苦读。如果说沈从文在写《长河》时还带着为故乡正名的功利色彩的话，那么《边城》则无疑是他对湘西的挚爱，和对人性美的呼唤了。

这样就可以理解沈从文何以能从一个士兵转变为一个关

照生命、推崇人性美的作家了。他感受过最美的人性，也看到过最惨的杀戮。他有他“自己的尺寸和分量，来证实生命的价值和意义”。沈从文始终没能融入旧时代的城市文化，也没有成为真正意义上的民主主义者。他呼唤建立新的文化人格却一无所获。他最后选择了停止写作。这无疑是中国文学的一大遗憾。而这些或许正是沈从文去世后备受中国乃至世界尊崇的原因之一。

在凤凰时，我怀着虔诚的心情去了沈从文的墓地。听涛山下，树木繁茂；沱江岸边，芳草萋萋。沈先生的墓地就坐落在这寻常而幽静的地方。墓地是一小块狭长的平地，没有坟冢，却在埋骨灰的小丘对面竖着一块五彩巨石。在这块石头上镌刻着沈从文的一句话，“照我思索，能理解‘我’；照我思索，可认识‘人’”。巨石的背面是姨妹张充和撰写的一副联，“不折不从，亦慈亦让；星斗其文，赤子其人”。联尾四字正是“从文让人”。在墓地下方还有一块石碑，碑上刻着同是湘西人的大画家黄永玉的一句话，“一个士兵要不战死沙场，便是回到故乡”。墓地上没有香火，却有无数的黄花点亮丛林。我想，如果说“从文让人”概括了沈从文的品德风骨的话，那么，黄永玉的话则显出了几许悲壮，他告诉了我们一个战士的倔强，一个文人的博爱，和一个游子的赤诚。是的，一个战士要不战死沙场便是回到故乡。

五

话又回到开始，难怪我在看《边城》时总有一丝莫名的伤感，原来这里面有沈从文那么深沉的情感，那么厚重的叹息，那么执着的呼唤。这种情绪不知打动了多少人。翠翠是那么美好，她的身上集中了人世间最珍贵的美，然而翠翠又是悲剧的，她的相依为命的爷爷老去了，爱她的人为她淹坏了，而她爱的人却已远走他乡。“这个人也许永不回来了，也许明天回来。”

我无法回避内心的伤感，我知道很多人就因为这句话而来到凤凰，我懂得爱是一种至真的美。而一种没有结果的爱呢，或者说一种似有似无的从未表达过的爱呢，它也美吗？回答是肯定的，那点缺憾恰恰是人性升华的空间。我懂了，这正是沈先生在呼唤我们内心的最真最美的人性，我又怎能不为之感动。我终于为我初来凤凰时的那点情绪找到了合理的解释。

凤凰渐渐模糊在雨雾里，听涛山也变得亦真亦幻。我忽而又想起了昨夜的一江河灯。河灯只碗口大，中间点着个小小的蜡烛，放灯的人在上游把河灯放下，河灯就随着沱江的轻波缓缓流去。据说每一个河灯都寄托着人的一个心愿或一个祝福，它会一直漂到你看不见的地方，然后出现在你要祝福的人的梦里。有一会儿，我恍惚得分不清，哪些是河灯，哪些是星星，哪些是沱江里的碎月。

匡庐晚钟

一

每次与外地朋友通电话，末了总要说一句：欢迎来江西做客，我们一起去登庐山。可当朋友真的来了，却总为如何登山而犯难，是真的爬好汉坡上去呢，还是驱车直到牯岭。朋友中多有儒雅之士，如果走好汉坡，登三叠泉，怕是体力不支，显出狼狈；可如果只在牯岭或山顶转转，又怕怠慢人家。虽然牯岭已是难得一见的天上的街市，但它毕竟不能完全代表庐山，若是把庐山比作一部百回大书，牯岭所书写的大约只是后面的几回。

话是这么说，其实我也没有真正地攀过好汉坡，可却从未放弃登一次的念头。我一直认为山是有生命的，人只有在登山的时候，才能与这个伟大的生命进行交流，每一次剧烈的喘息和每一次牙关紧咬，都是对生命的一次原始的体验，是一次心无杂念的回归。

因此当我在这个深秋的傍晚试着在好汉坡爬一段的时候，心中是怀着对山对生命的敬意的。

从山谷吹来的寒风，似乎隐隐约约总像带着点山中寺院的晚祈的钟鸣，我知道这只是一种感觉，但是这感觉从我踏上第一个台阶就有了，或许这钟声正是我期望听到的，并已经在我心中萦绕多时了。是的，一个俗人面对着这座“一山藏六教”的宗教名山，是没有办法不诚心祈福的，面对着无数神明的仁爱，谁都没有办法不去做一次虔诚的参悟，尤其是在这夕阳如血的黄昏。那若有若无的晚钟里会藏着多少轮回的秘密和天堂的消息呢。

这么一想，这次留宿庐山就几乎相当于一次宗教式的膜拜了。

深秋不是上庐山最好的季节，却是最能够让人感怀的。各式各样别墅的红色的屋顶，点缀在萧瑟的秋风里，旧一些的显得凝重，新一些的则渲染出一片灿烂，鲜红的枫叶散布在其间，提醒着人们岁月和季节的变迁。中国文人素来就有悲秋情结，几乎谁面对着层林尽染、红叶如霜，聆听着孤雁长鸣、枯溪浅唱，都不可能无动于衷。他们从来不缺乏想象，眼看着一个个生命在这个季节无声地衰落，联想到人世无常，就难免会生出几许凄凉和叹息。于是，中国最伟大的悲情人物司马迁来到了庐山，他“南登庐山”，为庐山两千年的文化史翻开了第一页，写下了第一个篇章。

司马迁是孤独的，在他之后上山的人里面，也有许多是孤独的，像陶渊明、朱熹、苏轼等。我不知道是什么让他们中的一些人那么执着地登上山顶，然后选个地方住下来，与青灯黄卷、竹影林风为伴。我不止一次地想，或许他们是为了感悟什么，也可能是已经感悟到了什么，他们之中许多人还写过不少诗篇，而那些诗文一旦从口中吟出，感悟也就画上了句号，那么他们的诗又是写给谁看的呢。看来，他们的孤独和感悟也是希望有人来一同品尝和分享的。

他们由于内心的矛盾和挣扎选择了隐居庐山，他们又因为庐山消解了矛盾，停止了挣扎，这本身就已经具有了一些宗教的意味，更何况他们其中的几位正是中国儒道佛领域划时代的人物。还是我前面说的，庐山是有生命的，它被长江和鄱阳湖滋养着，它的个性里面充满了水的圆融。仁者乐山，智者乐水，这一大片山水原本就是为了启迪人的智慧而生的，难怪那么早那么多人把庐山当成了仙山福地。

二

有一阵笑声可以为我前面这段话做个注脚，这笑声远远地从山中传来，与寺院的钟鼓和鸣，在空荡的山谷里回响了整整七百年，这就是庐山乃至中国文化史上著名的“虎溪三笑”。我看过宋人的《虎溪三笑图》，也看过傅抱石先生的《虎溪三笑图》，宋人画中红叶缤纷，画中人长衣飘飘，一看而知，正是深秋时节；而傅抱石画中不但也是冬衣加身，似乎还能感到正有雪花飘下。由此看来，这件事是发生在庐山的秋冬季节，尽管这事本身还很值得推敲。

这一天，莲教创始人慧远法师还和平日一样誊写经文，毕竟佛教传入中国还不久，兴盛才不过百年，正有大量培养弟子、译注佛经的工作要做，他已经三十多年没有下山了。尽管来客很多，但他每次送客都止步于门前的虎溪，然而他的这条戒律却在今天被两位来客打破了，他们是儒生陶渊明和道教宗师陆修静。三人谈兴正浓，不觉已月出猿啼，慧远意犹未尽，边送客边交谈，竟已过了虎溪。这时，守山老虎也觉奇怪，这位老僧竟然走过了虎溪，于是大声吼叫起来，三人这才惊觉，旋即会心地纵情大笑起来。

翻遍《世说新语》和《莲社高贤传》，也找不到他们谈话内容的只言片语，我们只知道慧远早年研究过老庄学说，并且在讲经的时候常引用儒道经典来解释佛教教义。或许正因为如此，这个笑声才充满了神秘，充满了玄机，也充满了诱惑，毕竟是儒道佛三位高师同时发出来的，毕竟在这之前还找不到类似的记载。

正是因为有了这个笑声，庐山便有了更广阔的胸怀，后世的人们无论是怀着怎样的心思来到庐山，充耳便是这爽朗的笑声，谁能不为之感染，谁又能不变得豁达宽容一些呢。一座东林寺，一座简寂观，这两个不同信仰的中国人的心灵家园，这两个南中国最大的道场，居然同处一山，而且并无对峙，这实在是中国文化和宗教史上影响深远的一件事。

我曾经这样思考，中国的三教自创立以来，没有过十分激烈的冲突，虽然唐代有过把道教尊为国教，清代有过兴佛抑道，但总体上是温和的，没有出现过长时间的宗教冲突，这与中国幅员广阔、人口众多有关，人们你修你的来世，我做我的神仙，大不了道不同不相为谋而已。还有一个更深层次的原因，那就是他们在终极价值取向上虽然有很大差异，但追求这个价值的过程，也就是对修行的要求却是基本一致的。无论是佛教的轮回，还是道教的羽化登仙，或是儒家的修身齐家、治国平天下的入世思想，都是以修身为前提，以“内圣”为标准。那么，越是高深的修炼，就应该越是平和圆融的，这或许能解释东晋之后的几百年里，庐山三教共荣的景象。三百多座寺庙和两百多座道观，该能住下多少神仙呀，庐山的钟灵毓秀也就自然而然了，谁都想象不出那么多钟声和在一起能传出去多远，又能回荡多久。

庐山的三笑亭中有副对联，妙趣横生，而又意味深长。

桥夸虎溪，三教三源流，三人三笑语。

莲开僧舍，一花一世界，一叶一如来。

有了这经久不息的笑声和钟声，谁还能说庐山没有生命，不是生生不息呢。

三

我们应该说说庐山这部书的后几回了。在这几回里，另外几个宗教远涉重洋，在遥远的中国腹地找到了他们心中的伊甸园。空寂的牯岭响起了另外一种钟鸣，这钟声并不浑厚，它伴着悠扬的诗唱，通过教堂顶上的十字架，直接把祈祷送上了寥廓的天空，随后又把天国的福音带回来，像种子一样种在人的心里。

还是一个冬天，时间是一八八六年。这一天，在通往庐山山顶的樵夫小道上，走着一个年轻的英国传教士，他的中文名字叫李德立。他尚不清楚自己此行的意义，实际上，他一开始是不打算上山的，他看中的是山下狮子庵附近的一块地，可当他发现了地势平坦、水木葱茏的牯牛岭之后，他知道功夫没有白费，更是兴奋得把这块地的名字都改了，为它取了一个清凉的名字，叫“牯岭”。在其后的四十年里，李德立始终把持着牯岭的大权，庐山也先后建起了数百栋风格各异的别墅。

光阴荏苒，岁月悠悠，在这些别墅里，发生了不知多少浮沉往事，迎来了不知多少中外主人，也送走了不知多少历史风流。一出出人间的悲欢离合，一场场政治的风云变幻，在这里交替上演和落幕。

面对这一切，我总是叹为观止。我不知到底对李德立应该感谢，还是应该诅咒。毫无疑问，作为一项商业运作，庐山的开发是非常成功的，庐山也因此而被全世界知晓。然而我总是无法忽略李的另一个身份，他本来真的是一个传教士。客观上他带来了庐山的宗教繁荣，天主教、东正教、伊斯兰教和一批批传教士纷至沓来，小小的牯岭居然建起了十几座教堂。我不想过多地说李德立，毕竟我们是没有办法引以为荣的。

我每次同时想起，而又倍感温暖的是另外两个外国人，他们是来自美国、中文名字叫赛兆祥的基督教传教士，以及他的女儿赛珍珠。

我还是要把话题拉回到宗教上。

赛兆祥和许多外国人上庐山的初衷是为了躲避南方的热病，然而他却没有忘记把上帝的福音和仁爱也一同带上庐山。这是一位真正的传教士，十九世纪八十年代他带着他的新婚妻子来到中国，在中国生下了四个孩子，却有三个被热病夺去了生命。他在中国失去了太多，但仍是那么执着，真的看不出他有什么企图和野心。他穿着中国人的服装，走在中国的乡间小道上，说着土洋结合的中国话。他在村庄里租个小房间，排几条长凳，一个小小的教堂就建好了。他告诉人们，他是按上帝的指派来传达拯救他们的意旨。这个情景似乎很滑稽，村民们从最初的敌视戒备到困惑不解，之后甚至开始有人可怜他，有位妇女就说过：让我们帮帮这个洋人拯救他的灵魂吧。最后大家终于发现，这个奇怪的洋人的确没有害人的意思，他什么也不索取，他教人祈祷忏悔似乎只是想让人得到上帝的宽恕，死后好进入天堂。

说着这位令人尊敬的传教士，我的眼前不禁又虚幻出庐山上六教争辉的景象。比起虎溪三笑那时，这时的宗教融合好像更容易了些。中国传统的儒道佛虽然有些交叉，但在人生哲学上却只有入世和出世两种方法，而这两种方法从来就没有统一过。“穷则独善其身，达则兼善天下”，这两句代表儒道处世观的话虽然放在了一起，但却是非此即彼的，核心上仍是分裂的。好在我前面所说，对修行的要求是基本一致的。而基督教却调和了这两方面，他们找到了一条既可以拯救世界，又可以拯救灵魂的道路。赛兆祥们看起来笨拙得有些可笑，但他们却一直在思索着上帝会怎么样、不会怎么样，他们执着地希望自己每个脚印上都留下上帝的意志和光荣，努力用人性来表现神性，所以传教士们常用丰富的入世思想和入世言行，为自己最终的出世作准备。这样，出世的平等和入世的自由就慢慢占据了基督徒的心的家园。

说到这里，我想我已经明白了庐山宗教繁荣的秘密了。近代传教士们已不仅仅像他们的先驱利玛窦那样敬儒、“让耶稣更像孔子”，而是积极地运用近代科学技术来张扬他们的宗教文化，加上西方强势的政治文化，入住庐山，甚至入主庐山都不足为奇了。当然，他们也包容了我们本土的宗教。庐山便钟鼓和鸣了。

四

我已经流露了不少对庐山上传教士和外国居民的好感，他们中的绝大部分人是爱中国的，他们在庐山居住只是为了避难，他们中的许多人一生都在山下为中国的百姓布道和做着慈善事业。是的，我经常为我的这些看法在内心做着反复的挣扎，我无法无视我们民族曾经的苦难，但又无法忘记一张张肤色异样却同样真诚的面庞，这其中有一张就是赛珍珠的。

赛珍珠别墅里的蜡像做得非常优秀，她亲切得让人忘记了她的伟大，她平常得让人想去和她交谈。赛珍珠信奉基督教，却在中国生活了近四十年；她用英文写作，却写了一部反映中国农民生活的长篇巨著，并以此获得诺贝尔文学奖；她金发碧眼，美丽高贵，却取了一个连中国农民都觉得土气的名字赛珍珠。

这是一栋并不起眼的别墅，安静地伫立在半山坡上，如果不知道这栋别墅的主人是谁，可能真的不会引起注意。这符合那位传教士的个性，他不喜欢张扬，也不喜欢和富有的同胞在一起。“每年六月，当秧苗从旱地秧田移到水田的时候，也就是去牯岭的时候了。”童年和之后的许多日子，赛珍珠就住在这幢别墅里。

站在别墅门前的台阶上，我感到一点庄严，并一同感到了一点温暖。别墅周围大树参天，树顶上的红叶映衬着被晚霞点缀的湛蓝的天空，地上的落叶铺了厚厚的一层，像是告诉我们岁月在这里沉睡了许久，脚步要轻些再轻些。书房里的打字机再也不会动了，但仿佛还能听到隐隐约约的敲击，看到一串串字母像长了翅膀的精灵从窗户里向山谷飞去。

我无法把赛珍珠和我们本土的大儒硬扯在一起，但却并不影响我对她的崇敬。我感动于赛珍珠平缓深情的笔触，我感动于一个外国作家能爱着我们的土地，这位传教士的女儿给予了中国农村深切的关注，给予了中国妇女深切的同情，也在黄褐色的泥土里挖掘出了中华民族高贵的灵魂。

为了写这篇文字，我重新找来了赛珍珠的《大地》，然而我却没有看完，我看到王龙临终时对儿子们说的那段话，就合上了书页，我记住了这样几句：我们从土地上来，我们还必须回到土地上去，如果你们看得住，你们就能活下去，谁也不能把你们的土地抢走。

从赛珍珠别墅走到如琴湖边，已是暮色四合，寒气从四周弥漫过来，湖边的店铺和别墅里已亮起了点点灯光。我努力寻找着其中的一盏，这灯光是从一栋叫“快乐家”的美式别墅里照出来的。“快乐家”是一所孤儿院，是由美国、瑞典和中国的三位女士一位传一位办下来的，在日军围攻庐山的时候，她们从难民手中和路边收养了四十二名孤儿，她们用募集的善款让这些贫苦的孩子第一次吃到了奶粉，她们的正义使日军的铁蹄没有踏进孤儿院一步，她们甚至教会了两位盲女朗诵冰心的《寄小读者》，老一辈的庐山人还记得她们灯下夜读时摇曳的身影。宋美龄女士曾经到孤儿院探视，她走到钢琴前，非常动情地说：请允许我弹支曲子，向布朗女士、牧选青女士、胡爱德女士及保教人员致敬。说完，她弹奏了贝多芬的《月光曲》。悠扬的琴声在山中回荡了许久。

这个晚上，我恍惚中不知道到底有没有听到牯岭的晚钟，也许钟声真的传来，我也不一定听得见，因为我久久地被那束灯光吸引，感动着那三位不同国籍不同信仰的女士传递来的同样的爱，我隐约听到了《月光曲》，我看到了如琴湖里倒映着的宛若精灵般闪烁的半轮秋月。

夜饮富春江

一

如果能在一个安静的冬夜投宿桐庐，并住在推开窗子就能看到富春江的房间；如果灯下夜读，手捧的书上正好有一篇郁达夫先生的《钓台的春昼》，毫无疑问，这个夜晚将是恬静的、安适的，是可以令人长久神往的。前次，因为工作的原因，我来到桐庐，非常幸运地拥有了这样一个夜晚。

对桐庐以及富春江的风物我并不很陌生，来来往往总有三四次，老早就知道桐庐这个地名的由来。说的是有一位采药老翁，在江边的山上依着桐树，搭起茅屋，为百姓看病，人们不知道其姓名，就尊称他为桐君，把他住的小山称为桐君山，以后就又有了桐君观、桐溪江，以及被宋代范仲淹赞为“潇洒桐庐”的这些地方。可尽管如此，每次经过桐庐却都有别样的感觉。季节的不同，晴雨的不同，一天之中早晚的不同，留在眼中和心里的印象也是迥然各异。这次夜宿，却还是头一次。

我不知道郁达夫先生在文中所说的“鱼梁渡头”到底在哪里，想必早已无法考证，估计就在这旅店的附近吧。我拣了个临窗的桌子坐下，热腾腾的黄酒端来，我忙问店家，此处是否还有夜渡，店家茫然，说不曾听过什么夜渡，又问，江对面看起来灯火稀疏，可是“十里花田”，店家一笑，十里花田可不止一处，钓台都还有三个，更何况这个季节哪有那映日的黄花。

店家招呼我慢用，我便把目光移向窗外。江面上舟船很少，船上灯火闪烁，向灯影微茫的地方望去，江面上却已起了一层薄雾，天上月色清朗，左边的桐君山依稀可辨，江对面或更远处的富春山景，则只现出一抹黛色，那十里之外的严子陵钓台呢，是不是还像郁先生说的那样阴森清冷。我不禁为刚才急急忙忙的提问感到汗颜，这百里富春山水哪是几句话就问得清的，这千年流淌的一江碧水哪是三言两语就说得透的，同样的今夜，不知有多少代的多少学子把酒临江，嘘吁不止。而我对这片山水能知道多少，我能有幸消受这夜色中的景致，聆听脚下这千年不息的涛声，已经很是不枉了，又何须问那么多呢。

眼前夜色迷蒙，心头却特别的充盈，我可以从远处的灯火里勾勒出一幅山水画卷，我能从河岸人家传来的吴侬软语里听到当年的隐者们如歌的叹息，我甚至担心，这漫漫流淌的富春江在明天早晨会像那许许多多伟大的背影一样，从我们的视线里远去。

我不知道怎么不禁用了“伟大的背影”这个词，其实富春江不息地流淌了不知多少年，并还将永远地向东流去，真正远去的只是江边的那几个老人。是江更伟大，还是人更伟大，也许当江水载着人远去的时候，他们是一样的同时显得伟大。

读过几本旧书，就总会有一些无端的感慨。今晚坐在这江边的酒楼上，不禁希望时间就此停住，好让我去追寻隐士们依稀的足迹，去探究他们为什么把足迹留在这不深不浅的富春江边。

二

我国的封建社会太过漫长，文字狱几乎历代都有，读书做学问既是踏上仕途出人头地的必经之路，又是忽然一日身首异处的直接祸因。那么，如果读过书入过仕，而后又愤世嫉俗全身隐退，这是许多文人梦寐以求的结果，或者说是一种境界，能做得到这样的一类人常常被称为隐士。他们享受过人间的富贵，又保住了读书人的清高；他们有意无意地给后人留下了不少遗憾，让人们长久地去假设去扼腕叹息。随着这些人的增多，后人把他们的事情和想法总结出了一门学问，这就是“隐士文化”和“隐士思想”。我们在陶渊明身上知道了什么是大隐的淡泊，我们在这富春江边的严子陵身上悟出了什么是“高风亮节”，而同时我们又为“大隐隐于市”这句话感到十分的茫然，到底有没有真正的隐士呢，严子陵、陶渊明算不算呢。

隐逸其实更多表现为一种理想，它绝不是指真正意义上的归居田园把酒桑麻，我们所尊崇的隐士都是怀着大抱负的，而他们之中不少是以归隐显操守，并日日在等待机会的。这个机会东晋的谢安得到了，虽然谢安出山后，每每提及归隐之事“甚有愧色”，但这并没妨碍他成为一代名臣。可最早的两位隐士伯夷和叔齐却没那么幸运，作为商朝的贵族，他们在扣马而谏不成后，选择了归隐，最后因耻食周粟而饿死在首阳山下。

那么，隐士最终还是要成为显士的。如果我们不把归隐作为一种生存方式，而当作一种人生追求，很多隐士就让我们肃然起敬了。恰恰是这批隐士，常能临危受命挺身而出，他们代表着民众和志士的心声，融合着自己对于政治和历史的思考，他们冷静、睿智、无欲则刚，正是凭借着这些品格操守，他们常能书写新的历史篇章。

也有对此持不同意见的，陆游就是其中一个，他写过这样一首诗：

志士栖山恨不深，人知已是负初心。

不须更说严光辈，直自巢由错到今。

陆游的意思是说，隐士让人知道了，就不是真正的隐士了。按他的观点，历史上是不存在隐士的，史书上有记载的都不能算。我想，真如陆游所说的隐者，他未能给人类社会带来任何东西，他们甚至未能让后人知晓并记住他们的品格，其存在与否又有什么意义呢。在这首诗中，陆游点名批评了严光，而严光严子陵正是富春江上最伟大的隐士。

写到这里，我不禁把思绪收回到富春江，收回到严子陵的钓台上。可以说，富春江如果少了严子陵，它依然秀丽，却少了许多清逸；它依然雄峻，却减了几分风骨；“七里扬帆”依旧，却没有了闲庭信步的从容；那几十米的险峻钓台怕也只是两块碍眼的顽石了。按严子陵在文化史上的地位以及他对历代文人的影响，如果没有他，中国文人的整体性格里就少了些许骨气。

上回去严子陵钓台，走的是水路，十几里的行程又是逆流而上，本以为会有些难耐，想不到这一路上在欣赏富春美景的同时，又寻访到一位江上隐者，这人便是被尊为“元四家”之首的大画家黄公望。

暂时搁下严子陵，且说说这不可不说的黄公望，以及他的那幅巨画。

黄公望姓陆名坚，说他是隐士，也是指他的后半生，这之前他想投身仕途做一番大事业，却不想由于种族的原因和吏制的腐败，官未做成，竟两次入狱。于是他决定远离尘世，隐居山林，五十岁时正式师从赵孟頫学画，晚年以道人的身份隐居桐庐，历经七载，画成了《富春山居图》这幅旷世巨制。

我们已无福看到《富春山居图》全本真迹。在杭州时，我专门去浙江省博物馆看过这幅画的前半段，而仅这前半截的《剩山图》已是该馆的镇馆之宝，亦是国宝中的国宝。《富春山居图》高三十三厘米，长六百三十六点九厘米，后人评价此画时说：

凡数十峰，一峰一状，数百树，一树一态，雄秀苍茫，变化极矣。

这幅画的传奇经历我不想在这里赘述，我想说的是，这幅写意水墨画其实并非尽是富春山水的如实写照，它表达的是八十高龄的黄公望对这片山水的痴爱情绪。恬淡的笔触，宽舒的布局，峰峦叠嶂，松石挺秀，云山烟树，沙汀村舍，哪怕是淡淡的一抹，处处显露出画者对隐居之地的天堂般的眷恋。

同是大名鼎鼎的隐士，黄公望笔下的富春“浩渺连绵，草木华滋”，尽是人间胜景，而严子陵选择的钓台，则雄浑险峻，气象万千。这样看来，隐士们也并非都心静如水，其隐逸目的和隐居方式也各有千秋。也许相同的一点就是，他们都胸藏万仞，志在千里。黄公望用他的画作流芳千古，严子陵呢，或许他是想用他的节操来彪炳后世，警醒后人。果真如此的话，他们的目的都达到了，他们成了隐之大者。

三

走完十几里的山水画廊，就到了“七里泷”，山势变得雄峻，山峰也开始陡峭，森林茂密，阴绿幽深，半山腰上常有巨石突兀，而山脚江边，则出现一片粉墙黛瓦，这里就是严子陵的钓台了。

历史上的钓台算起来也有十几处，如陕西渭河的吕尚钓台，山东濮州的庄周钓台，江苏淮安的韩信钓台，而据清代学者严懋功考证，“然均不及桐庐富春山严子陵钓台”。这一方面由于严子陵钓台风景独特，气度不凡，另一方面由于这钓台处在江南的百里画廊之上。更重要的一方面，还是来自严本人。他的并不复杂的生命历程所表现出来的全部精神就是不慕虚荣，不怵权贵，淡泊名利。正像范仲淹在他所撰《严先生祠堂记》中说的：

云山苍苍，江水泱泱。先生之风，山高水长。

其实严子陵穷其一生，并未做出什么丰功伟绩，而他死后却受到历代文人学者以及官员的顶礼膜拜，仅写给他的诗篇就有两千多首，这恐怕并不仅仅是严先生的气节使然，我想其中一定还有一些别的原因。

东汉建立以后，光武帝刘秀对严子陵也曾三顾茅庐，严两次进宫又两次退隐，每次都是发现刘秀身边有佞臣而不愿同污，当刘秀最后一次征召时，他早已不问世事，独钓寒江了。纵观中国历史，我想，有谁能够被一代君王自始至终恩宠有加；有谁能够无功无过，来去自由；又有谁得罪了许多权贵，却能毫发无伤，终老钓台。这些或许还得归功于严先生的气节，不过严先生的境遇却不是天下文人能奢望得到的，他怎么能不让人崇敬和羡慕呢。

一位圣贤成了隐士，这是光武帝和严子陵的悲哀，怪只怪富春江的景色太美，怪只怪朝堂的污浊。同样是富春江边的柳亚子先生，却因为毛泽东的两句诗而改变了隐居的打算。

新中国成立之初，柳亚子也是担心陷入政治旋涡不能自拔，同时又为进香山拜祭孙中山灵堂没有车用而苦恼，于是他写下：

安得南征驰捷报，分湖便是子陵滩。

他以这样的诗句表达了想回桐庐富阳隐居的意思。

毛泽东得知后，随即作了妥善安排，亲自到颐和园，一同与柳先生湖上泛舟，并和了一首七律，诗的后两句是：

莫道昆明池水浅，观鱼胜过富春江。

诗中的昆明是指北京的昆明湖，可谓意味深长。这是一位君王与一位贤士的对话，由于有了这段对话，富春江边少了一位隐士，世上多了一个贤臣，人间多了一段佳话。看来，有时候，隐士的气节和贤士的责任也是可以融合并统一于一个人身上的。相比柳亚子，严子陵就显得过于执着，他是否是在等待一个机会呢，不得而知。然而我们假设他认可了一个机会，并成为一代贤臣，那么他就肯定成不了一个比之更为伟大的隐士。少了这位伟大的隐士，却不知这条富春江的一千七百年怎么度过。当然，它还是要不息地静静流淌的。

四

那一晚，酒至半酣，唤店家同饮，问店家可知严子陵，店家说当然知晓，只是觉得桐君更加亲切一些，毕竟桐君是可以为百姓赐福的。

江雾不知什么时候却变得淡薄，月亮已升至中天，更加清朗，也更明亮了些，船上的灯火不如原先的多，都是静止的，江水还在缓缓流淌，只是看不清楚。偶尔有东西掉进水里，水中的灯影随即打散，并无声地荡漾，江上则更显得安静了。桐溪对面的桐君山上没有什么灯火，有一会儿我甚至想，如果这时我站在江边喊两声，会不会有只小船咿呀咿呀地划过来，要是真有，我就可以像郁达夫先生一样夜游桐君山了。站在桐君观外宽宽的石墙上，一边听着观里的晚祈钟鼓，一边遥望着沉沉夜幕里的子陵滩。

不知不觉我已有几分醉意，江风吹来，打了一个冷战，赶紧回到房间，关上窗户，却不想把这夜的富春江也关在了窗外，于是翻开郁达夫先生的《钓台的春昼》，细细品读起来。郁先生一生都无比钟爱这故乡的山水，并为它奉献了大量精彩的文字，而在写《钓台的春昼》时，他正处在失意落魄之中，难得他在那种境况下，还能写出这样的美文，看来，富春山水真的很醉人很留人。先生在文章里有一段话道出了他当时的心思：

真也难怪得严子陵，难怪得戴征士，倘使我若能在这样的地方结屋读书，以养天年，那还要什么的高官厚禄，还要什么的浮名虚誉哩？

郁达夫先生终于没能成为隐士，却以一个革命烈士的身份被后人永远敬仰，这一片山水因此在拥有了明媚、秀逸、雄峻的同时，又平添了一份壮烈。

渐渐地酒劲上来，便合上书，心想，整个晚上胡思乱想了那么多，真的有点庸人自扰。自己不可能成为隐士，大约也成不了什么贤能，普通人做着普通的工作，尽了所能尽的责任，享受到了普通人的乐趣，真的应该心安理得了。只是希望今夜在这富春江边能做个好梦，明天好以一个好的心情去做明天该做的事。

一枕清霜

一

没有人能够告诉我，这里从什么时候就开满了鲜花，甚至没有谁记得这些花分别叫什么名字，当我看到它们在秋天的时候依然漫山遍野地盛开着，我总想知道草原的尽头真的是传说中神居住的地方、是已经消失了的地平线吗？于是，就这么天真地想着，就这么让心自由地在湛蓝的天空下流浪，也就是在这时我认识了美丽的格桑梅朵。

格桑梅朵就是格桑花，在藏语里是幸福花的意思，这是在我刚刚进入香格里拉的时候，当地的向导告诉我的。我不知为什么，香格里拉那么一直牵动着我的思绪，那一方山水那一片天空有一种说不清的亲切，让我一想到这个名字就感到几许温暖。我期待着这次旅行，期待着让心灵和脚步一点一点走向心中那个圣洁的地方，期待着在那个地方找到已经丢失了的和从来没见过的一些纯净的东西。有人告诉我，春天的时候那里会开满五彩缤纷的杜鹃，而秋天该是狼毒花火红的时节了。

世上没有一种花是这样命名的，当你心里感到幸福的时候，你看到身边有一朵无名小花，那么这花就可以叫作格桑花，或者当你看到一朵小花感到特别喜悦而又不知这花的名字的时候，你也可以称它为格桑花。因此，当我离开丽江几小时停下车，向着香格里拉腹地慢慢走着的时候，我感到心里是那么的温暖，我真的没想到这里除了已经凋谢的杜鹃，竟然还有那么多幸福的格桑花在幸福地开着。

我相信眼前这个开阔的山谷就是真正意义上的香格里拉，这里就是传说中的和我想象中的“心中的日月”，正如一朵无名花开在了心里它就是幸福的格桑花一样。我无须像很多人一样总去探究到底哪里是香格里拉，因为香格里拉是遥远地驻扎在心里和梦里的。

午后的天空蓝得叫我心慌，我不知道它的高低，但我知道只有不停地仰望心里才会安静。白云变幻着身姿仿佛是告诉我那里是他们自由的家园，有一会儿我想我要是一片自由自在的云该有多好；山看起来都是那么遥远，或者说根本无法判断它们的远近，白绒毛一样的雪山就像是地平线以外的，让我觉得它们是超生命的智者正在静静地凝视我们；无数的格桑花覆盖着山丘，反射着从云层里透出的阳光，让我感到它们是那样的鲜活和神秘，鲜活得根本不忍心走近，神秘得根本不能走近；而脚下一片片连天接日的狼毒花却正把这个秋天燃烧得火红火红。

我感到从未有过的放松，我好想就这样和衣在这个巨大的山谷躺下，我感到时光就像天上悠悠飘荡的白云，你看着它它就不走了。心里有一点说不清的感动，如果上天再赐我一生，我愿意在这样的地方就这样开始……

或许当年正是和我今天一样，英国作家詹姆斯·希尔顿也走在这样的草原上，他在上世纪三十年代写的《消失的地平线》里这样告诉我们，“香格里拉是那样可爱；那深深蕴含于它秀丽高雅的芯蕊之中的那份神秘让人为之怦然心动。那清凉的空气静谧得似乎停止了流动”。书中说大约在七十年前，几个英国人因为避难而迫降在一个叫蓝月山谷的地方，这里四面雪山环绕，只有冰川峡谷、森林草甸、湖泊寺庙，没有贫穷和仇恨，只有开满山野的鲜花和健壮的牛羊。这里的人都很长寿，人们自由自在地静静享受阳光和雪山以及自然界的一切。在这里时间是没有意义的，蓝天下到处挂满了经幡，喇嘛庙永远都香火缭绕，庇护着这一方生灵。后来他们就留在了这里，香格里拉就成了西方人心里的世外桃源。

这是一个许多人都知道的故事，可当我实实在在走在这片土地上的时候，我其实并没有想起这些往事，我只想着一直往前走，仿佛有一种神秘的力量在牵引着，或者说更像一种召唤，也许这正是一种皈依的状态，正是那种说不清的亲切的来由。人的心灵有时强大得能容得下所有的俗事纷扰甚至苦难，可当面对这陌生的纯净的时候，却渺小得只能先选择屈服。

是的。我必须搁下心里的一切，甚至包括许多熟悉的文字和修辞，我只能这样写下我的感受，我无法告诉你我看到的一切，我正努力记录下我的心境，而这个心境早已被荡涤得清清明明。我需要并甘愿被某种意念主宰，我需要在这个时刻坐在自己内心早已熟悉的地方安静一会儿。对了，这就是我潜意识里要寻找的心的故乡吧！

在藏族同胞中流传着一个美丽的传说，不管是谁，只要找到了有着八个花瓣的格桑花，就找到了幸福，而这花总会为你的女子带来美好的时光。那么，我的格桑梅朵在哪里，我知道它就在我边上的一个地方，我相信它会和我一起把幸福送给我心爱的人的。

是啊，终究还是俗人，终究还有许许多多的情怀萦绕于心，又怎能做到超然出世了无牵挂呢？又怎能把一颗火热的心完全融化在清凉的风里并一同消失在地平线呢？而当一些情感本身就纯净得宛如这高原的雪水，它何尝不是上天的恩赐，它正是上天要求我们记住并永远珍藏的。仰望着松赞林寺雄伟灿烂的金顶，我在心里祷告：无量的佛啊，赐我们爱和幸福，让我们在滚滚红尘里按您的旨意度我们自己吧！

二

走累了，我在一个小海子边坐下，望着面前的一大片水，忽然有个奇怪的问题在脑子里产生：如果大观楼上的孙髯翁来到香格里拉，或者他到过香格里拉，他还能写出那天下第一长联吗？他会有另外一番感慨吗？之所以产生这个疑问，恐怕是因为我刚刚离开大观楼吧！不敢自比前人，孙髯翁面对的是万顷滇池，千年沧桑，而我面对的是百里花地，一己私情。但同是读书人，又同样面对着这方神奇的土地感慨于心，这中间多少有一些对生命和世事的看法是传承着同一文化脉搏的，因此姑且这么联想吧！

孙髯翁活了八十多岁，见证了中国历史上的康乾盛世，而他本人的经历也几乎和时代同步。他年轻的时候家境富足，步入老年则贫病交加，他一辈子拒绝应试没能入第，所以后人称之为布衣诗人。应该说他对世事人生的看法是比较客观的，让我感到惊奇的是他曾经描述过他心目中的理想社会，而这个理想社会竟然和外国人眼中的香格里拉那么相似。他遐想着“别宫离馆规仿土茅之制，则春风过处，村村闻赛鼓之声，秋露溥时，处处见烹葵之乐矣”。意思是做官的也和百姓过一样的日子，那么无论春风秋露，到处都会是快乐祥和的了。

那么，孙髯翁眼里的“四围香稻”“九夏芙蓉”不正是香格里拉的蓝天碧海、格桑梅朵吗？它们真的是不可以辜负的。

如今的大观楼已经没有了旧制，当年只是两层，却已经吸引了“高人韵士，选胜登临”，孙髯翁的长联问世以后，大观楼到了道光年间才增建为三层，现在看到的基本上是光绪二年重修后的样子，而大观楼周边的公园则是百年之中不断修建起来的。我不知道“五百里滇池奔来眼底”的壮观景象当年在楼上能否看得到，但大观楼因为长联的出现而为世人所知是不容置疑的。中国的名楼很多，但比较权威的所谓江南四大名楼是一直把大观楼包括其中的，这恐怕也是因为这副长联可以与黄鹤楼诗、岳阳楼记、滕王阁序相比肩的缘故吧。

我还是先默诵一遍这副长联吧。

五百里滇池，奔来眼底，披襟岸帻，喜茫茫空阔无边。看：东骧神骏，西翥灵仪，北走蜿蜒，南翔缟素。高人韵士，何妨选胜登临。趁蟹屿螺洲，梳裹就风鬟雾鬓；更苹天苇地，点缀些翠羽丹霞，莫孤负：四围香稻，万顷晴沙，九夏芙蓉，三春杨柳。

数千年往事，注到心头，把酒凌虚，叹滚滚英雄谁在。想：汉习楼船，唐标铁柱，宋挥玉斧，元跨革囊。伟烈丰功，费尽移山心力。尽珠帘画栋，卷不及暮雨朝云；便断碣残碑，都付与苍烟落照。只赢得：几杵疏钟，半江渔火，两行秋雁，一枕清霜。

蛮早的时候我就能背下这副长联，后来我向我的恩师、中国楹联学会名誉主席常江先生请教这副对联的艺术特点，先生饶有兴致地说，下联中的一个字值得考证，那就是“费尽移山心力”的“心”字，因为下联中第二句“注到心头”里已经出现了一个“心”字，而孙髯翁作为一个老学究肯定知道要避免在下联中出现同一个字，并且上联在此处也没有同字。其实道光年间的云南总督阮元曾经把这个“心”改为“气”，不想却备受指责。那么孰是孰非，就成了一个文化迷案了。

其实这会儿我站在香格里拉的碧塔海边上，我的眼前不时闪现那浩瀚的滇池，我没有办法像刚来时那样心如止水。是啊，无论是心力还是气力，面对着千年如此静止在那儿的雪山和湖水以及漫山遍野的花草，我们除了选择和它们一起静止一起参悟，又能有什么作为呢？所有的伟烈丰功移山心力在这里真的只能付与苍烟落照。像珍惜心里的格桑花一样珍惜生命中遇见的人和生活中的点滴美好，恐怕是唯一应该做的。

同是登高远望，孙髯翁的确有过人之处，纵谈古今，气魄恢弘，最后落脚在自己内心。这种对历史沧桑对岁月无情对人生苦短的感慨是理性的是客观的，没有必要像有些学者那样批评作者没有展示人民的力量，没有改天换地的豪情。其实能真正认识到自然的伟大以及个体生命的渺小，在今天看来都是难能可贵的，又有几个人注意到孙髯翁曾经勾画过的香格里拉式的理想社会呢？

如果孙髯翁到了香格里拉，也许他就会沉醉在这和谐美好之中，也许就不会有那副长联。若因为这而没有那副长联，真的未尝不是一件好事。

三

傍晚的时候，我又离开车子向草场走去，这时的我不再像希尔顿那样总是睁大惊奇的眼睛，也没有了孙髯翁的苍凉的感慨。我什么都没想，身心从来没有这样纯净得仿佛成了虚无，我安静地一步一步在慢慢走。

香格里拉的天变得很快，先头还是如洗的蓝天，这会儿却不知从哪儿涌出那么多云彩。太阳慢慢地在天边落着，光线穿过云层时，不但把云染成火红，还把眼前的山和山上的花草映照得五彩斑斓。远处的雪山，可能因为海拔更高的缘故，它们仍旧沉浸在阳光里，它们看起来不完全是白的，似乎还带着些红色和金色。此刻这些山就像神一样在远远地凝视着这里，它们待着的地方真的就是地平线吗？

草原上的狼毒花不像中午的时候那么火红，但一丛一丛的依然十分绚丽，一动不动的似乎还透着一点诡异。这花也可以被称作格桑花，春夏时节它会呈现各种各样的黄色而绚丽迷人。据说狼毒花原先是生长在山上的，后来它们不知从什么时候开始慢慢占据了草原，此刻正是它们把香格里拉的黄昏装点得如此动人心魄。

三三两两晚归的牦牛正绕开狼毒花，慢悠悠地走在回家的路上。我也远远地跟着牦牛慢慢地走。不远处散落着一些民居，高大的青稞架上挂满了干草，夕阳在那些干草和白色的屋顶上洒满了红色，五彩的经幡挂在青稞架和房顶之间，在这个无风的傍晚，它们和晚霞一起把天空渲染得庄严而凄美。

几个藏族居民正在家门口做着事，也许这时是他们一天之中稍显忙碌的时刻，大人们把牦牛赶进房子下面的围栏，孩子们在路边收拾用来出租给游客照相用的藏族服装，房子后面升起了一缕炊烟，这家的女人应该已经点起了火炉。我感到了他们正向着我微笑，这笑容写在他们红红的脸上，与他们暖和的目光一起向我迎来，在这样的笑容面前我的心变得特别妥帖。虽然他们幸福地生活在这里并不为许多人所知，可我觉得好像和他们早就认识一样，感觉无限亲切，这一片平静祥和似乎正是我在心里神往过无数次的梦里的香格里拉。像我前面说的，如果真的能借来一生，我愿意从香格里拉开始，我要让自己的心灵和眼睛如碧塔海的湖水般清澈透亮，我要拥有永远挂在脸上的和他们一样的天然的笑容与暖和的目光。

暮色渐浓，孩子们身上的民族服装依然鲜丽。我决定要走进一户好客的香格里拉人家，我要和这家的藏族兄弟喝一碗青稞酒，在他家的火炉边听他们唱一首地道的藏民歌，听他们讲一些生活中快乐而有趣的故事，还想在月亮出来以后一个人去开满格桑花的草地上躺一躺，头枕清霜，和白天一样仰望宝蓝色的天空，去聆听自己平和的心跳以及香格里拉纯净的天籁。

沈园春雪

一

那一场春雪来得真是不可思议，它选择的是江南的三月，正是一个本该桃红柳绿、四处飞花的季节。因此，当习惯了在不紧不慢的桨声里醒来的绍兴人，听到沙沙的扫雪声时，惊喜之余不禁有些忐忑不安。这雪是二〇〇三年三月下的，那天我投宿在绍兴，听人说，这个时节下雪已多年不见了。

只知道江南的雨留客不说话，却不知这东方水城的一夜春雪也会让我这个外地人感到了料峭的春寒，而只能闲在宾馆里。看着窗外纷飞的雪花，一种人在旅途客在他乡的落寞丝丝缕缕地袭上心头。

忽然我想，这雪中的沈园该是怎样一幅景象呢？毕竟已是阳春三月，那桥下的清波在白雪的映衬下，该现出一些别样的情致吧，这座爱情名园此时又会传递出怎样的深义，它会不会出现陆游诗里写的“惊鸿照影”，仙姿一现呢？这么想着，披衣出门，踏着积雪，不知不觉就穿过了放翁桥，来到了一片老式的宅第之间，郭沫若先生题写的“沈氏园”三个字正像门楼上的积雪一样，在两个红灯笼的衬托下，醒目地一点一点地进入了我的眼帘。

以前去过几座江南园林，沈园已是重来了。沈园是南宋越州沈家的私宅花园，沈家人真的很好，他们在每年的春季把自家花园对大众开放。岁月沧桑，或许正是主人的好客，沈园年年花开，沈氏香火不断，才会出现解放初沈家后人把沈园原貌平面图捐赠给国家的一段佳话。重读郭沫若的《访沈园》真是“别有一番滋味在心头”，短短四十年，郭老《钗头凤》里的“满畦蔬菜，一池萍藻”已完全改观。那么，八百多个寒暑交替里，这里又发生了多少兴衰变迁呢。

若在平常日子，我也许不会来重游，可每次途经绍兴，我都会禁不住想起这座园子，说不清是什么原因，也许来自心底的一些感动原本就是说不清的。在我的阅历里，要论园林的大气恢弘，沈园比不上上海的豫园；要说布局规整，它也比不上苏州的留园那么宜游宜居；要比园内景物的独特别致，沈园真的不如扬州的个园，那里的竹子和太湖石堪称天下无双。沈园所拥有的，还是亭台曲径、小桥流水、假山叠石、丹枫翠竹这样一些寻常景物，甚至有时候，这园子看起来杂草丛生，透着几许凄凉。

很难用喜欢或不喜欢来表达我的态度。每一座园林都透着设计者和主人的智慧和思想，他们都希望把他们自己见过的人间美景汇聚一园，尽情欣赏，或是依照自己喜爱的诗文的意境加以再现，所谓“诗文造园”，沈园自然也不例外。我无从猜测八百多年前沈家主人的心思，我只是觉得，这座园子实在承载得太多了，一段生离死别的爱情已经使一池清水浓得化不开，再加上几百年里又不知接受了多少人的眼泪和叹息，见证了多少痴情男女的海誓山盟，园子里的空气都似乎是凝固了的。我真的不想去惊扰那段早已尘封了的美丽的往事，我相信陆游和唐婉一定早已在天堂做了一对神仙眷侣；我也不情愿在园子的“断云悲歌”和“孤鹤哀鸣”里再反复搜索内心的敏感脆弱的东西，然后带着伤感的情绪黯然离开。

那么，我今天来，就只为看雪，并且我认为，随着这春雪的融化，会带走沈园留在我记忆里的以及弥漫在园中的阴郁和凝重。这么想着，心里一下子松弛了许多。

二

踏雪寻梅。这对南方人来说是一件非常奢侈的事，奢侈得许多年都很难遇着一次。可这会儿，站在沈园门外，就已经看到了雪中的腊梅正迎风怒放。沈园有道风景叫“踏雪问梅”，还有一个景点叫“问梅槛”，小小的几间草棚亭子，质朴简约，让人浮想联翩。这一切我想都应该与陆游喜欢梅花有关，“香穿客袖梅花在，绿蘸寺桥春水生”，当七十九岁的陆游梦回沈园的时候，还能吟出这样的诗句，足见这里的梅花何止是让人魂牵梦萦。园子里的腊梅树并不很多，主要便是集中在问梅槛两侧，而因为雪的缘故，却仿佛到处都是，一蓬蓬茂密的花枝挑着满身的雪花，再用黄色的花朵点缀其间，让人真的不知道是雪衬梅花，还是梅花映雪，或许，像这样不期而遇才是它们生命中最美丽的时刻。我不由得又想起陆游与唐婉的那一次沈园相遇，也是春天，尽管那次相遇引出的是一出悲剧，但一定有正如今天梅雪相逢时的瞬间美丽。

透过梅花看过去，雪中的沈园显得比平时更幽深。顺着弯弯的石头小径，走过诗境石，穿过碧绿的小竹林，再轻轻踏过伤心桥，往日威严肃静的孤鹤轩就到了眼前。在这个楼堂中，可以环视整个园子。此刻，春风正带着如针的细雪，拂面而过，覆盖在梅花和竹叶上的积雪不时地随风落下；葫芦池里，残荷片片；伤心桥头，芳草青青；一园春水，波澜不兴。

轻扶石栏，金石家钱君匋先生的一副对联依然清晰如昨：“宫墙柳，一片柔情，付与东风飞白絮。六曲栏，几多绮思，频抛细雨送黄昏。”不知钱先生有没有见过沈园的雪，其实，春雪一样可以飞如白絮，融化的雪水顺着飞檐滴下，也恰好如绵绵细雨，与黄昏一同藏进暮色。可是毕竟，沈园下雪的日子很少，它留在人们眼中的，留在人们记忆里的，还是满园的春色，以及发生在春天里的故事，尽管这里充满了伤春情结。

是的，来到沈园真的没有办法只是看雪，有些东西我们永远也回避不了，正像这座园子告诉我们的一样，深深的爱有时候换来的恰恰是深深的痛。一方面，我们怕这种痛会影响了自己游园的情绪，另一方面，又不得不承认，扼腕叹息有时真的是一种美丽的情绪。如果缺少了这一切，沈园也许只是一座普通的园子，我也不会和许多人一样，记住这个地方并重游了，也不会在重游的时候仍为这里的往事而平生许多感怀。

然而往事的确太过久远了，有时我会忽然怀疑这一切的真实性。尽管的确有学者质疑陆游的《钗头凤》是写给唐婉的，但我从来没有试图去探究过，我只是觉得思路有些模糊。我不太明白，在陆游这样一位豪放的诗人身上，何以会发生这么凄美的爱情故事，他是如何在“匹马戍梁州”“忧国复忧民”的同时，还怀揣着无尽的思念和柔情的呢？

三

我站在《钗头凤》词碑前面，由着思绪像细雪一样随风飘洒。

公元一一五二年，农历三月初五，传说是禹的生日，陆游去了禹庙以后，离开喧闹的人群，信步朝不远处的沈园走去。

他不知道他此行将意味着什么，他更不知道他这一去改变了他和唐婉的一生，并因此留下旷世绝响。应该说，诗人这时的心情仍是郁闷的，他郁闷的是，为什么他和表妹唐婉情投意合、美满的婚姻刚刚开始，就被母亲生生拆散；为什么自己科考失败、父亲病故，大家却要把责任推到自己的新婚妻子身上；还有，唐婉早已改嫁他人，他们同在绍兴却咫尺天涯。而让陆游没想到的是，此刻唐婉也正在沈园和夫婿赵士程游春。

接下来的相逢或许就像我前面说的，梅雪相逢带来了瞬间的美丽。然而在这春天的园子里，他们是不能互诉衷肠的，见陆游惆怅徘徊，唐婉心酸不忍，随即叫人为陆游置了些酒菜，就匆匆离去了，真是宛若惊鸿。陆游何尝不知表妹对自己的深情，然而对此良辰美景，纵有千种风情，万般思念，却是无从倾诉。诗人百感交集，端起一杯苦酒，一饮而尽，就在园中墙上写下了那曲不朽的《钗头凤》。之后唐婉知道了，她在词中读出了陆游对往日的追忆，对自己的眷爱，以及对俗事的无奈。她把自己的满腔愁绪和着泪水也写成了一曲《钗头凤》，从此忧郁成疾，不久就含恨而去了，把无尽的忏悔、愧疚以及思念留给了陆游。

这就是那段爱情悲剧。我曾经试图寻找浙江小百花越剧团演出的《钗头凤》录像，想看一看剧中是如何表现陆游唐婉沈园相逢的，但终于没能如愿。那么，还是吟诵一遍这两首《钗头凤》吧。

红酥手，黄縢酒，满城春色宫墙柳。东风恶，欢情薄，一怀愁绪，几年离索。错，错，错。

春如旧，人空瘦，泪痕红浥鲛绡透。桃花落，闲池阁，山盟虽在，锦书难托。莫，莫，莫。

世情薄，人情恶，雨送黄昏花易落。晓风干，泪痕残，欲笺心事，独语斜阑。难，难，难。

人成各，今非昨，病魂常似秋千索。角声寒，夜阑珊，怕人寻问，咽泪妆欢。瞒，瞒，瞒。

我没有顺着先前的思路想下去。毕竟，陆游是伟大的，他在其后的半个世纪里，怀着一腔报国热忱，足迹遍布江南大地，留下了近万首璀璨夺目的诗篇。支撑着他的当然是他的远大抱负和对家国的热爱，但我想说的是，这其中一定还有一种力量，这就是爱的力量。陆游在入蜀途中写过一首《重阳》，“照江丹叶一林霜，折得黄花更断肠。商略此时须痛饮，细腰宫畔过重阳。”我们可以理解为，诗人在柔肠寸断之后，唤起的正是昂扬的精神。而这样的诗篇几乎闪亮在他的一生。当诗人七十五岁重游沈园时，他吟出了“伤心桥下春波绿，曾是惊鸿照影来”，这爱真的是历久弥新。

起初只是想来看雪，不知不觉还是生出了一些感触，一场大雪盖住了沈园的春色，却平添了别样的风情。我为我开始时的想法感到惭愧。也许沈园原本就并不阴郁，也许为爱而感动是永远都不需要掩饰的，也许我们已不太习惯表达内心的情感而真的要沐浴在爱的空气里，去接受爱的洗礼。

那天的雪上午就化得差不多了，词碑上方的竹叶重又显出翠绿，园中的梅花抖落积雪，一缕幽香开始在空气里浮动，融化的雪水无声地淌进了葫芦池。我想，过不了多久，沈园又该是浓荫蔽日，荷花盛开了。

天街小雨

在学校时，念过李白的《蜀道难》，印象最深的两句就是“蜀道之难，难于上青天”。四川自古就被称为“天府之国”，这除了物华天宝、人杰地灵之外，多少也是因为这里海拔较高，从东部广阔的平原进入四川，怕是真有上青天和入天府的感觉。

这次从宜昌到重庆，临出发前就有人提醒，要在山里转一整天。没有多想就一头闯进山中，反正陆路也只有一条，就是三一八国道。

刚才还在感叹长江的浩瀚博大、奔腾不息，转瞬间，就又被深山中的景色吸引住了。车子一直在上坡，间或也有平坦的一段。时近中秋，却并不冷。路边，树木葱茏，不时又有红叶点缀。远处，群山起伏，群峰叠起，气象万千。一条路把雄奇和俊美这么好地结合在一起，算是平生仅见。

当然，路是不好走的，果然是“无限风光在险峰”。在自然界里面，艰险总是与壮美相伴相生。艰险是人的感受，如果没有人的历尽艰辛去开辟去攀登，那么壮美就无法进入人的感知。这是个美学的话题，我无意在这里探究下去。为了这条路，为了在自然的阻碍下生存，我们的先人不知道耗费了多少心血，而他们或许根本就无暇欣赏这里的美景。“巴山楚水凄凉地”，唐代诗人刘禹锡在写下这句诗的时候，心情想来也不会太轻松。

一山有四季，十里不同天。更何况我们已不知翻了多少座山。

天色将晚，海拔在升高，山里的雾气加重。看地图我们知道，前面有个镇，是巴东县的野三关。前面路不熟，看来晚上只得住在这个小镇了。

我不知道这会是个怎样的镇。由于历史和交通的原因，这里的县城都设在临江的地方，我们一直在和长江平行，没有路过一座县城，所见到的村镇都是小小的，悄寂的。尽管我设想过野三关的一些情况，比如会很小，会很荒僻，没有多少现代气息。可是当野三关一点点进入视线的时候，我还是感到了心灵的颤动。

天还没太黑，可我已看到了更高的地方的点点灯光。我本以为我们会下个大坡才能到镇上，却怎么也没想到，野三关竟是建在山顶上的。

这是山顶上一块狭长的平地，说是平地，其实是相对而言，两三百米长就有两个大坡。镇子四周有几座山峰，像个天然的屏障。镇的规模不算太小，所以，远远望去，一片灯火闪烁，说得美一点，就像一片星空浮在群山之上。

我忽然想起沿途看到的另一个景象。在很多大山的山腰上，甚至在接近山顶的地方，散落着一些民居。如此荒僻的地方，住在山脚下已是很清苦，而住在交通更不便的山腰山顶，简直是不可思议。我是隔着山谷看到的，无法走近他们。我不明白的有几点，比如，山脚下的土地难道那么昂贵吗，似乎不太可能，何况我们还有各级政府；上山的路可能会有一条，可是出一次门或回一次家，非要爬半天山不可，碰到生病和急事怎么办；山里没有电，更没有学校，孩子的教育怎么办；另外，他们是祖祖辈辈就在那里，还是后来搬上去的。如果不联想到这些，谁都会觉得居住在那里的简直就是神仙，“白云生处有人家”，多么浪漫，多么脱俗。可是事实上，他们会幸福地生活，而对所有困难都熟视无睹，同时对山脚下的现代生活不屑一顾吗？

我心里再次生出先头在路上的感叹。人在和自然亲近融合时，有些东西肯定是我这样的生活在城市的人不知道的。我只能欣赏这种壮美，但我绝对不能创造这种美，甚至走近这种美。那么，此刻我走进了这座山顶小镇，估计我可能想不透任何一件事。

我们找个店住下，原先的水雾已变成了小雨。

天气确实不冷，我只穿件夹克就够了。可我却发现，小镇上几乎所有的人家和小店都生着一盆炭火，闲下来的人都坐在火盆边。这让我非常惊讶。有一会儿，我久久地注视着大堂里的火盆。

这盆火跟山下的火没有什么区别，可它却早早地走进了山里，成了山民生活的一部分，我想，这不是季节的原因。这火是跟雨一起来的，一旦有雨雾，山上就特别潮湿，烤火是山里人祖祖辈辈防湿的最好办法。我的这个猜测之后被证明是正确的。

看着窗外的雨丝，再看看屋里的炭火，我觉得我隐约明白了点什么。

曾经看过莫应丰先生的长篇小说《桃源梦》，那群人也是住在山顶上，过着与世隔绝的生活，很多年里从不下山。他们忍受着极端的困苦，他们不知道，也不想知道山下的情况。当然这个遗世独立的王国最终只能是一个梦。可眼前的野三关并非如此，看着人们恬静的表情，似乎对这里的一切都感觉非常正常。他们不是躲避什么，他们已经适应了这里，除了海拔较高，这里的一切跟山下没什么区别，也有自己的特色经济。我们的到来对他们来说已是司空见惯。

雨水和炭火的相克相生，山顶和山下的一脉相承，贫穷与富贵也许就在人的一念之间。这些简单的道理是我这样生活在平原上的人很难弄清楚的，我们在城市里糊里糊涂地不知是迎接还是躲避扑面而来的污染和俗气。《桃源梦》里的人们最终没能挡住世俗的侵袭而下了山，而整个人类最后怕是还要返璞归真，只是这个轮回的时间无人能猜出有多长。

夜里，雨始终不紧不慢地下着，也许是想的东西多了点，怎么也睡不着，索性关了灯，站在窗前，看外面下雨。

路灯昏黄，纷飞的雨丝在灯影里显得更细密。

思绪很顿涩，其实在很多个雨夜我都有展不开思路的感觉。

人的思维是可以穿越时空、任意驰骋的，而在雨夜，特别是在这个山顶小镇，就是不行，是雨雾增大了空气的湿度，还是山顶空气较稀，限制了思维反应速度。再有，难道这是一种远离尘世的感觉吗？也许在这样的空山雨夜，就是人与自然最贴近的时候，就是人的身体和大脑最放松的时候。

我知道，我们是看不到山脚下的，可是在很远的山下，却能看到我们。白天这里就在云里雾中，宛如仙境；晚上，闪烁的灯火，也如天上的街市。读过郭沫若的《天上的市街》，诗中写道：

远远的街灯明了，好像闪着无数的明星。

天上的明星现了，好像点着无数的街灯。

这种隔世的感觉，不停地涌进心田，慢慢地使自己的心彻底落了下来。在这一刻，该忘的都忘了，该想的都没想，平日奋发追求的东西，此时都不觉得有什么挂念。

如果现在有人造访，哪怕是敌人，都会围炉而坐，化干戈为玉帛；

如果感觉自己被爱着，心中一定会生出无限的感激；

如果心中还有烦恼，那么这天上的小雨一定可以洗刷掉一切。

路灯灭了，外面忽然一片漆黑。雨丝看不见了，只能听到屋檐上滴水的声音。稍远的地方，有窗口透出暗淡的灯光，不知主人这个时候还在忙什么。

不禁想起李商隐的《夜雨寄北》。

君问归期未有期，巴山夜雨涨秋池。

何当共剪西窗烛，却话巴山夜雨时。

雨夜里，心中最放不下赶不走的，也许就是思念。无论贫富贵贱，无论身在何方，思念都始终跟随，而思念如果有形状，就一定像雨丝，绵绵不绝。今夜更是。

为了这些雨，这座天上的街市点起了无数炭火；因为这些雨，人的心中平添了无限的温暖。

夜还未深，忽然有敲门声，一位上了点年纪的大嫂拎着两小桶水走了进来。她告诉我，野三关最近供水不太正常，这么高的地方，希望外面旅客能理解，存的水用完了，她们几个人用小桶接了雨水，一桶烧热了，一桶是凉的，给客人送来洗漱用。

多好的山里人，多纯净的雨水，刚才我还在为这山中夜雨而浮想联翩，现在，却又为这成桶的雨水而深深地感动了。

画船听雨眠

绵绵的秋雨细细密密地像是怎么也下不完，一直到下午还没有停下的迹象。房东大嫂说，这雨一时半会停不了，这会儿去走走，正好人不多。于是我就撑起一把雨伞，一个人闲适地走进了周庄，走进了那几条深深的雨巷。

说起来这次算是重游了，而十几年前周庄的景象还一直淡淡地留在记忆里。正如房东说的，此刻游人很少。眼前这个中国第一水乡，仿佛被秋雨洗去了平时的喧嚣，变得跟昔日一样宁静，宁静得让人想起河畔人家里温暖的灯火和茶楼里升腾的茶雾，宁静得都能听到很远的地方传来的断断续续的生涩的昆曲。或许这才是真正的周庄，或许只有在这烟雨蒙蒙的下午，我们才能走近原生态的、那个似乎已经远去了的家园。

小镇的日子是恬淡的，尤其是在深秋季节。一切都像是静止的，我不得不很俗套地把它比作一幅画，也不由得就想起了陈逸飞先生的那幅《故乡的回忆》，也许回忆里的颜色正是灰灰的、黄黄的，仿佛是褪了色的却珍藏在心里的一张照片。

记得在早晨的时候，一层薄雾会盖在静止的水面上，小石桥只有走近了才看得见，仔细听，能听到不紧不慢的摇橹的声音，大概就是乌篷船吧，吱吱呀呀的橹声正叙述着小镇居民对生活的咀嚼和满足。水雾里，还能听到早起的主妇洗衣的声音，捣衣棒打在衣服上，声音厚实，能传出很远。随着这声音的不断增多，小镇新的一天就这样开始了。

我一直认为，江南水镇作为旅游点，它真正的价值在于它的文化氛围和千年不变的生活方式。它的情调和韵味只有在桨声灯影里，只有在小巷徘徊中才能慢慢地感受，它像一杯陈年的女儿红，不宜畅饮，而需要细细品尝。时间在这里，像河里的水一样，仿佛是凝固的。弯弯的河道任性地延伸着，而曲折的街道也自然地跟随着，浑然天成。如果站在周庄十四座桥的任意一座上，看水中的倒影，一条小船会悄无声息地从脚下滑过；黄昏，细雨，窄巷里只有雨水顺着瓦檐落下的声音，转过一个街角，会有一个女郎撑着紫色的雨伞在你眼前一闪而过，宛若惊鸿。那么今天，同样的雨巷，我还能逢着那撑着油纸伞，结着丁香一样愁怨的姑娘吗？

坐在小船上，不禁在心里设想着这里过去的繁华。也许是历史在这里积淀得太厚了，怎么也想不真切。明清的老宅，几易其主，多少代下来，物是人非。扶在光滑的门框上，思绪忽然飘忽起来，竟不知感受到的是哪个朝代哪位先人的气息；站在小小的天井里，抬头望着上面的一方天空，雨丝正纷纷落下，不知道有多少故人在这里望着同样的天空，也不知道在他们的思绪里，是否有一部分是对未来的遐想。

徜徉周庄，一直浮想联翩。我总觉得，岁月好像忽略了这里，更好像特别厚爱这里，许许多多的历史冲突都与它擦肩而过，这除了因为周庄四面环水被河湖环护之外，一定还有其他原因。从北宋周庄开埠时起，这里就种桑养蚕，酿酒绩麻，逐渐形成了以粮食为主而又特色分明的传统农业结构，出现了沈万三这样一批富可敌国的巨商，它是任何一个统治者都需要依靠的物质基础。还有文化的原因吗？我想是的。吴越文化是在不断吸收融合北方文化而逐渐形成的，吴文化的突出特征就是融合性和发展性。由此我想，周庄的完全不设防和出入口众多，恰恰昭示了它的与世无争和包容并蓄，这也正好诠释了根植在我们民族内心的儒家理念，那么平稳周正，那么襟怀博大，那么生生不息。不然，它何以吸引并留住刘禹锡、陆龟蒙、赵孟頫、茅盾、柳亚子等领一代风骚的人物呢。有两句诗写得好："一渠翠染诗人袖，终古波清客子心。"

小镇的日子在一天天过去，贞丰桥头的迷楼依然静静地矗立着，花草依旧，人去楼空，阿金姑娘的浅浅笑靥早已随波而去，连写下《迷楼曲》的柳亚子先生也成了古人，"贞丰桥畔屋三间，一角迷楼夜未天”。驻足楼上，一丝惆怅怎么也挥之不去。

当年的“敬业堂”记载了沈万三的荣华富贵，在这个堂上，达官贵人进进出出；在这个堂上，沈家后代无数次聆听祖训，心里默想着有朝一日超越先人。而今天的沈厅，威严依旧，可是铅华洗尽，早已风范尽失，就仅是一个褪色的遗址了，这多少让人平添几声叹息。

我想，我们到周庄，不要只想着这是一次旅游，而可以把它当作一次沐浴，沐浴在历史的醇香中，沐浴在生活的温馨里，如果在秋冬季，则又可以沐浴在暖和的阳光下。

忽而想起唐代诗人韦庄的一曲《菩萨蛮》，“人人尽说江南好，游人只合江南老。春水碧于天，画船听雨眠”。

那么今夜，在细雨里，在迷茫的灯影中，在枕河而卧的画舫里，不知有多少人会凭着一枕青霜，续写着这千年周庄怎么也写不完的故事。

在那遥远的地方

一

那一片湛蓝的湖水在我的心头荡漾了一年多时间了，却总是没能把它用文字描绘出来，或许它真的只能用画笔，或只能用音乐，只能用《在那遥远的地方》那种遥远得仿佛是天堂里的旋律才能让它浮现在眼前。那么，在那遥远的地方的同样火热的八月，我的永远的青海湖，你那里的油菜花还和往年一样盛开着吗？

大约是生活在岛上的缘故吧，我从小看到的就是四周的长江水，因而一直以来就特别向往岛外的世界。我喜欢看地图，我总爱遐想着那些花花绿绿的地方哪里是高山哪里是田野，哪里是城市哪里是乡村，而最喜欢的还是那些浅蓝色或深蓝色的江河湖海，因为我知道全世界的水都是连通的，水是可以把我带到世界上任何一个地方的。后来去江西从事了地质勘查这个职业，尽管看图成了我的日常工作，可是我依然喜欢图上的蓝色，它是造物主给我们这个星球最美丽的馈赠。在走过了许多地方之后，每每的，我的目光总会停留在地图上宛如一颗蓝宝石的地点。它稍显孤单地落在了一片淡黄色中间，不过也正因为这个原因，它的幽蓝更加的显眼。那就是青海湖，它看起来离我们真的有点远。

我始终觉得我是最喜欢看水的，这似乎和“智者乐水”没多少关系，相反的是，我每次站在水边，思绪基本上是停滞的。水是生命之源，我觉得我面前的水本身就是一个鲜活的生命，它越是一望无际就越是显得博大深沉，我愿意在它面前被震慑，也不惧怕内心的无助，我还会陶醉于什么都不想和什么都想不起来。因此，当我终于在这个八月来到青海时，面对着青海湖的广阔无垠的湖面，我的心在经过短促的战栗之后变得和湖水一样平静，我选择了久久地坐在湖边的草地上，就如同回到我儿时的家园。

我记得我的老师曾经打过的一个比方，他说青海湖是沧海桑田大洋东去时失落在青藏高原上的一颗明珠。其实在两百万年前成湖初期，青海湖是一个淡水湖，与黄河水系是相通的，原本自西向东流的倒淌河是青海湖的入海通道。后来由于地质历史上的新构造运动，湖周围山地隆起，气候开始变干燥，倒淌河被堵塞，青海湖就慢慢变成了一个闭塞的咸水湖了，青海湖的蓝宝石一样的美也是这时才慢慢显露出来的。

这是一个神奇的过程并且还在继续着。我想，我是幸运的，我见证了青海湖千万年来最美丽的这一瞬间，尽管这一瞬间里有无数的生命匆匆来去，但能够有机会静静地在湖边坐坐，能够有机会陪伴它一会儿，能够让自己的情感自然地流露，并且可以让思绪在千万年里穿行，也实在是不枉了。这会儿，作为一个弱小的生命置身这沧桑巨变之中，我是多么希望能和它们一起成为永远啊。

二

我是二月出生的，我迷恋这个时节里的所有东西，我最喜欢的花就是在二月里漫山遍野开着的油菜花，那一片金黄早已在我心底打上了底色，因此，当我一步一步走近青海湖，当油菜花的清香一点一点在鼻腔里弥漫开来，我觉得这会是我生命中一个重要的邂逅。我进而知道，油菜花不仅仅只在二月开，它会盛开在适合它的每个季节和每个地方，而我要做的则是痴情地寻访，谁愿意错过本来就属于自己的美丽呢！

正是晴朗的午后，青藏高原上的太阳从不吝啬自己的热情，天地之间的好多东西都在反射着阳光，耀眼而神秘。很远很远的地方，日月山和大通山上的雪峰和白云缠绵在一起，若即若离如真似幻。稍稍收回眼神，就是那万顷碧水和遍地繁花。文章开头说了，我没有办法用语言来描绘我看到的一切，而如果要把它比作一幅画，那么，上帝在途经我们青海的那天，一定是一位善于泼墨写意的丹青大家，他仅仅用了最干净的白色、最纯粹的深蓝和最灿烂的金黄这几种颜色，没有亭台点缀，没有弱柳扶风，恣意挥洒，寥寥数笔，便留下了这幅苍劲壮丽的巨作。

青海湖和湖周围的一切都是远的和慢的，正如时光和岁月在慢慢地流淌。远处草原上的牛羊也似乎是静止不动的，唯有那五彩的经幡在料峭的冷风吹拂下扑棱棱作响，为这广袤的湖光山色平添了几许庄严。油菜花真是开得好美，没有谁能说清这里什么时候开始有油菜花，以及周围的许许多多各色花草。湖边的土地不见得很肥沃，但这里有世界上最干净的空气和最好的阳光，这里的所有生灵无疑是世上最幸运的。是的，我没有去鸟岛，更没有去试图品尝湟鱼，因为这里的世界是它们的，我们没有权利去惊扰它们，我只愿意呆呆地站在无边的油菜花海之中，让那几种纯粹的颜色把我染得和它们一样，让油菜花朴实的清香把我的身体浸透。油菜花开在了青海湖边，我没有选择地喜欢上了这里和在这里遇见的一切。

青海湖东岸的日月山是一定要去的，那是文成公主远嫁松赞干布途经并停留的地方，我们在敬畏自然的同时也一样应该感念崇高。

八九月的青海，风中已满是凉意，而公元六四一年文成公主入藏经过这里时已是隆冬时节。之所以要在冬季出发，是因为从长安到青海再到西藏有一个多月的路程，只有这个季节沿途中的河流才容易通过。很难想象那天的日月山口有多么寒冷，而闭上眼睛却仿佛看到那支庞大的送亲队伍正慢慢走来，看不见他们携带着的丰盛的嫁妆，也不知道他们带了多少书籍、乐器、绢帛和粮食种子，以及工匠艺人，然而正是这支队伍在这里告别了故乡，随即走进了中华民族的历史华章。当文成公主走过玉树到达河源的时候，那里已经春暖花开了。如果说他们路过的青海的风光是一幅壮丽的画卷，那么这一行人开辟唐蕃古道的经历则是一部伟大的史诗，他们也属于永远。

日月山口高高矗立着文成公主的雕像，代表思乡之情的日亭和月亭两座山头上布满了绚丽的经幡。仿佛是突然地我的眼前一亮，我看到了一位像是这一带的人的老婆婆，老人家穿着一件镶着彩边的红色藏袍，头戴一顶白色的绒帽，她抱着一只很小的雪白的小羊羔，坐在一头有着同样雪白长毛的牦牛背上。羊羔和牦牛都很温顺，只偶尔转一转眼睛，而那老人却一直灿烂地笑着。这是一张没有任何杂质的笑脸，这幅动人的画面镶嵌在白云蓝天和雪山草原之上，任谁都会为之心灵震撼。不知道有多少人要经过这里踏上唐蕃古道，他们心中该有很多不舍吧！许多年以后，当我仰望这片神奇的土地时，我可能最先想到的就是这幅画。如今，我们的心灵中已经快没有一方净土了，如果还能永远珍藏着这样一张画，还能珍藏着画中那一张笑脸和心里这一份感动，还能用他们来照亮一会儿阴郁的日子，真的是一件幸福和需要感恩的事呢。

三

在青海湖边的每一天，总是情不自禁地哼起一个熟悉和优美的旋律，当我在那个黄昏静静躺在青海湖东金银滩大草原柔软的草地上时，这歌声再次由远而近地传来，我几乎分不清这歌声是从草原上传来的，还是在我的心底缓缓流淌着的。

对我这样的内地人来说，这的确是个遥远的地方，遥远得在梦里都不会出现，这里该是最接近天堂的地方吧。看不到人们有多忙碌，那些如白云一样的羊群缓缓地在草原上飘动，雪白的藏民帐房和同样洁白的蒙古族毡包散落在蓝天碧草中间，也恰如漂浮在海上的白帆或飘在天上的云朵，无边的起伏的草原上开满了一种叫金露梅或银露梅的鲜艳的格桑花。真的，它们看过去都是那么遥远，它们完全不同于我以往所见的一切，让我觉得我是永远都无法走近它们的。

在那遥远的地方有位好姑娘，人们走过她的帐房都要回头留恋地张望。

她那粉红的笑脸好像红太阳，她那美丽动人的眼睛好像晚上明媚的月亮。

我愿流浪在草原跟她去放羊，每天看着那粉红的笑脸和那美丽金边的衣裳。

我愿做一只小羊跟在她身旁，我愿她拿着细细的皮鞭不断轻轻打在我身上。

这首歌又一次悠悠响起，我隐约觉得这首歌所唱的要比我以前理解得更深邃，或者说它同样是很遥远的，它不能仅仅被理解为一首情歌，它更应该是人类对一种最纯粹的情感的憧憬。和其他美丽的诗篇不同的是，它是用那样动人的旋律歌唱出来的。

第一个唱这首歌的人王洛宾先生，七十年前的那天傍晚也在这片草原上。

来金银滩之前，王洛宾先生在西宁教书，他肯定想不到他的青海湖之行意味着什么，他不知道他会在这里遇见“好姑娘”卓玛，并且因此而达到他创作的最高境界，写出了世界音乐史上不朽的作品《在那遥远的地方》。二十七岁的王洛宾是随抗战纪录片《民族万岁》剧组来到金银滩的，剧情要求他为藏族牧羊女当帮工。那天下午，他见到了十七岁的当地千户的女儿萨耶卓玛。他从未见过那么红红的笑脸，没见过那么清澈的眼睛，更没见过那么热情奔放的女孩，这正是他内心崇拜着并甘愿追随的美丽，他无法用语言记录自己的感受，而同时，一串音符却在心底缓缓流出。王洛宾和卓玛同乘一匹马驰向草原深处，当他们回来的时候草原上已经洒满了金色的余晖，调皮的卓玛扬起马鞭轻轻地在王洛宾的身上打了一下，然后像一朵白云一样飘然而去。

没有人能准确猜出卓玛这一鞭子的含意，是喜爱还是嗔怪，或者只是她愉快心情的自然流露和一种率性的表达吧。第二年，王洛宾又来到金银滩采风，他和卓玛又一次策马奔向草原。此后，王洛宾再没来过这里，他没想到的是他的“好姑娘”卓玛在三十二岁的时候永远离开了她心爱的草原，草原上也永远地留下了卓玛年轻美丽的容颜。我没有去仔细端详“好姑娘卓玛”的好几米高的雕像，我相信她有着青海湖水一样清澈的眼睛和让人久久留恋的粉红的笑脸，我觉得卓玛最应该永远留在人们最美的想象之中。

四

回想着这许许多多往事，一缕忧伤不知什么时候轻轻覆盖在了心头，它不是因为王洛宾和卓玛的美好的故事，也仿佛不是因为我在这里感受到了自己生命的渺小，我觉得多半是因为《在那遥远的地方》的那些音符吧！据说上世纪八十年代，台湾作家三毛为那首歌而感动，专门去新疆找王洛宾，她甚至穿着特别定制的当年卓玛会穿的藏族服装，但还是没能唤醒王洛宾心中的爱，他的爱也许完全留在了那个遥远的地方了吧。

人生中有些事回过头想时，竟发现不经意间已经错过了那么多美好，王洛宾也把深深的遗憾留在了卓玛和三毛身上。是啊！上苍给我们的日子只是沧桑中的一瞬，而属于自己的美丽更是这一瞬中的一瞬，有很多珍贵的东西还没有来得及好好珍惜就悄然失落了。日月山上的那位老人怕是再也看不到了，青海湖畔飘摇的经幡莫不是一双双手，在真诚挽留那匆匆的日月。

如果爱一个人，那就带着他或她来青海；如果你伤心了，最好也来青海，同样是这里的一切会让人的心变得很安详，并且会明白，那些伤心的事包括无数的生命在这亘古不变的蓝天碧水白云草场之间，真的不算什么。

当心头反复重播《在那遥远的地方》时，我觉得有时候忧伤也可以咀嚼出丝丝的甜蜜。我想在月色皎洁的青海湖边，想在夕阳映照下的金银滩草地上，无限亲切地想念生命中一些难忘的瞬间，我想让它们和那歌声一起永远回响并珍藏在这个遥远的地方。

停车爱晚

一直以来都十分喜爱杜牧的绝句，那份脱俗的清俊让我觉得他是无愧于进入唐诗的最高殿堂的，而把杜牧和毛泽东联系在一起，是多年以前在扬州的瘦西湖。在二十四桥边上有毛泽东主席手书的杜牧诗“二十四桥明月夜，玉人何处教吹箫”。一代伟人何以如此喜爱这样的诗句，我不得而知，可当我伫立在岳麓山中的爱晚亭时，我的脑海里又一次同时浮现了他们的名字。

上次来岳麓山恰是深秋，正是漫山红遍层林尽染的时节，而这次和大家同来却是江南的四月，风里满是凉意，水边的杨柳已是飞絮轻扬，丛林里几树红叶斜斜伸出，像是提醒我们这里已是那个“霜叶红于二月花”的所在了。爱晚亭的亭形为重檐八柱，琉璃碧瓦，亭角飞翘，和许多古亭一样似乎要凌空飞起。东西两面都悬挂着红底鎏金的毛泽东手书的“爱晚亭”匾额。亭内有一座石碑，上刻毛泽东手书《沁园春·长沙》，笔走龙蛇，雄浑自如，平添许多大气。亭子三面环山，东向开阔，正好是典型的冲型地貌，林木葱茏，流水潺潺。亭前有个小池塘，一池春水，波澜不惊。亭前石柱上刻着晚清大学者罗典的一副对联："山径晚红舒，五百夭桃新种得；峡云深翠滴，一双驯鹤待笼来。"而罗典的另一副同样是写爱晚亭的对联似乎更让人赏心悦目："晚景自堪嗟，落日余晖，凭添枫叶三分艳；春光无限好，生花妙笔，难写江天一色秋。"

爱晚亭始建于清乾隆五十七年，为岳麓书院院长罗典创建，原名红叶亭，后由湖广总督毕沅根据唐代诗人杜牧的诗句"远上寒山石径斜，白云生处有人家。停车坐爱枫林晚，霜叶红于二月花"改名爱晚亭，不想这一改，居然改出了一座中国名亭。经过清同治、光绪、宣统，民国至新中国成立后的多次大修，爱晚亭逐渐形成了今天的格局。它与安徽滁县的醉翁亭、杭州西湖的湖心亭、北京陶然亭公园的陶然亭并称中国四大名亭。中国的许多亭子都与大大小小的文人有些关联，醉翁亭有欧阳修的《醉翁亭记》，湖心亭有张岱的《湖心亭看雪》，而陶然亭的名字则是取自白居易诗"更待菊黄家酿熟，与君一醉一陶然"句中的"陶然"二字，这与爱晚亭颇为相似。青年毛泽东也因为这个名字而特别喜欢这个亭子，那时毛泽东在湖南第一师范求学，常与罗学瓒、张昆弟等人一起到岳麓书院，与蔡和森聚会爱晚亭下，纵谈时局，探求真理。因为这个缘故，一九二五年重修爱晚亭时，湖南大学校长李达致书毛泽东，请求题写亭名，毛泽东主席才会愉快地接受了请求。

翻了许多典籍都没有弄清杜牧诗中写的是哪里，而把这首诗放在这里也真是很贴切的。稍稍联想，毛泽东和杜牧在才情上是有一点点相似之处的，杜牧也是年少时就怀有济世宏图，也是熟读兵书战策，而他的诗作同样颇多豪迈俊爽之情，尽管没有毛泽东的大气磅礴，却深得毛泽东的欣赏。毛泽东不但手书过《题乌江亭》：“胜败兵家事不期，包羞忍耻是男儿。江东子弟多才俊，卷土重来未可知。”而且曾吟诵杜牧《赤壁》中的“折戟沉沙铁未销”等句来说林彪“九一三事件”。

长沙这块地方真是人杰地灵，闭上眼睛，我能想见当年的毛泽东就在这亭中博览群书，就在不远处的橘子洲头指点江山，就沿着山中的小路说笑走来。有一年学校放暑假，他没有回家，而是寄居在岳麓山脚下的岳麓书院，为了考验自己，锻炼自己的胆量，他曾多次夜宿山中，用风浴和雨浴来磨砺自己的意志。他还经常和蔡和森等人在山中和乡村长时间徒步行走以锻炼自己的耐受力。大凡伟人，我们总能找到一些他们曾经落脚的地方，而这些地方又总是那么与众不同，哪怕是一个山冈、一口池塘，或一棵不一样的树，更何况是这样一个亭子呢。每当想起毛泽东就是从这个亭子里走出来，走出湖南，进而走向全中国，就不能不感叹这里真的是钟灵毓秀，甚至充满了神奇。

或许是我们身边就有信江书院和鹅湖书院吧，这次湖南之行我们没有去岳麓山脚下的岳麓书院。这是中国四大书院之一，是真正的千年书院，讲堂位于书院的中心位置，是书院的教学重地和举行重大活动的场所。张栻、朱熹曾在此举行会讲，开了中国书院会讲的先河。那是南宋乾道三年（公元一一六七年）八月，朱熹应主教张栻之邀，来到岳麓书院与张栻会讲。一个是理学正宗，一个是岳麓山长。二人当时都是身处中国学术文化前沿的大师，当然是盛况空前，“一时舆马之众，饮池水立涸”。据说当时朱熹和张栻意见不合，在这里就理学问题讨论了三天三夜，来听讲的人太多了，以至马匹很快就把边上墨池的水都喝干了，这真是一段佳话。

从此岳麓书院渐渐成为人才荟萃之地。从公元一〇一二年至一九一七年，出任岳麓书院院长的有五十四人。历代许多著名学者和不同学派的代表人物都来过，如宋代的陆九渊、明代的王守仁、清代的罗典等都还专门来此讲学或主持书院。近代历史人物王船山、左宗棠、曾国藩、郭嵩焘曾就读于此。书院改名学堂以后，更有大批爱国志士和革命先辈如陈天华、邓中夏、蔡和森、何孟雄等来院求学。毛泽东也多次寓居书院的半学斋，从事主编《湘江评论》等革命活动。可以说，岳麓书院既是中国传统文化发扬光大的重要场所，又是新民主主义思想的一个重要启蒙地。

这是一座还在使用着的书院而不仅仅是一座遗址，讲堂悬有“实事求是”匾，这是民国初期湖南工专校长宾步程撰写的。“实事求是”四个字出自《汉书》。东汉著名历史学家班固在《汉书·景十三王传第二十三》中介绍河间献王刘德时说了这样一段话：“河间献王德以孝景前二年立，修学好古，实事求是。”这本来是班固赞誉汉景帝的儿子刘德严谨治学态度的话。后来，唐朝的颜师古对“实事求是”作了这样的解释：“务得事实，每求真是也。”意思是做学问务必详细地掌握事实材料，以求得真实的知识和符合实际的结论。从此，这句富有哲理的古语就成为许多有志之士的座右铭，在中国广泛地流传开来。

真正把“实事求是”一词作为校训，悬挂于岳麓书院讲堂前檐下的是宾步程。一九一七年，当时的湖南工专学校并入岳麓书院合并办学，时任校长的宾步程撰写了“实事求是”作为校训，并制成匾额悬挂在讲堂的前檐下。后来，中共中央党校、湖南大学、天津大学的校训都是“实事求是”这四个字。

而我们如今每天都在努力遵循着这句古训，这四个字传承的某种传统精神的确值得感慨和思忖。

是的，爱晚亭没有生在江南的园林之中，倒反而有些委屈地坐落在这山冲里边，欣赏它该是懂得之人吧！同行的老大哥远耀先生大约就是这样的人，他的身上永远有着一种淡定，当我费力地寻找看景的最佳角度时，他总是会出现在一个看起来最合适的地方，那里一定不会太拥挤，宽敞得可以随意地席地而坐，而从那里看过去，风景真的很好。我想，当我们远离繁杂的俗事纷扰，躲开了人声鼎沸之后，那一片小小的安静和短短的淡然该是我们都在努力寻找的吧，其实，能够像杜牧一样“停车坐爱”也实在是不枉了。

水上嘉兴

一直想用一堆文字来认真地记叙一座城市，但每次铺开纸来，总是觉得难以下笔。不是没内容可写，而是想写的这些城市大都历史悠久，都打上了太多的时代变迁的烙印。历史的、文化的、民族的、地缘的、政治的、经济的，所有的东西都交织在一起，选任何一条线索都难免挂一漏万。不知该选个什么角度，更拿不准该站在怎样的一个高度，生怕写不全面而贻笑大方，更怕写不公平而遭人唾骂。

嘉兴是我酝酿已久想写一写的城市，因为我曾经在这座城市小住过，因为我在这座城市里的生活工作非常顺利，还因为，这是一座有个性的城市。尽管我知道，我只能写一点自己的感受而已。

第一次去嘉兴，没想到竟是坐船去的。

当时是从苏州出发，顺运河南下。这是我心仪已久的事。几乎是一直坐在船头，任冬日的河风吹在脸上。第一次坐船在运河里穿行，思绪竟有些纷乱，就像不经意地走进一位先贤的书斋，既舍不得离开，又怕被人撞见。是的，运河太博大了，它像一个人身上的主脉，它是一棵大树的主干。世界上没有哪一条运河像它一样，那么深刻地影响了一个国家和民族，并滋润和哺育了那么广阔的土地。

我只希望船能慢一点，好让我有时间把思路理清，让我能想象出在这河里流淌过的盛世景象，以及重叠在一起的历史云烟。

船近嘉兴，河道开始变宽，大塘也渐渐增多。不知不觉中，船老大告诉我，已进入嘉兴市了。我连忙把思绪收回，没想到这就是嘉兴，水路的嘉兴竟是这样的与众不同。

嘉兴的个性都反映在水上，嘉兴的一切似乎都与水有关。

京杭大运河的南端在这一带，而最富庶的苏嘉杭又是以嘉兴为枢。史料记载，京杭运河建成后，到了五代后晋的天福年间，这里仍旧是芦蒿丛生。虽然水草丰美，可还是一片水乡泽国。“轻烟拂渚，微风欲来。”到了明代，江南一带的作坊经济和商品贸易快速发展，嘉兴府已是相当富裕。嘉靖二十七年，知府赵瀛疏浚城河，运土填于南湖之中，形成了今天的湖心岛，南湖因此又被称为鸳鸯。其实在这之前的宋代，这里已是鱼米之乡。有关南湖的诗篇有许多，其中一首写道：

闻道南湖曲，芙蓉似锦张。

如何一夜雨，空见水茫茫。

南湖的中间建起了烟雨楼。从此，这一湖碧水就与中国历史结下了不解之缘。烟雨楼前的五百年古银杏目睹了乾隆皇帝八次登楼的盛景。

作为一位北方君主，乾隆对江南的山水却是非常羡慕。水是生命之源，也是滋养一个民族的最重要的营养。于是乾隆在他的北方扎根处选了两个水源最丰富的地方，改建兴建了两个大园子，一个是北京颐和园，一个是承德避暑山庄。在颐和园甚至像模像样地建了一条苏州水街。而在承德，他仿照烟雨楼建了一座几乎完全一样的楼，并且亲笔书写了“烟雨楼”的匾额。

我想，每当山雨迷蒙、湖山掩映的时候，乾隆皇帝会怎样惦记他的江南呢。他绝不会只想着江南的一座楼，他会想着这楼下的水，以及这水灌养出的物产，和同样是水滋养出的淳朴智慧的江南民族。他把烟雨楼搬到了北方，似乎有点放心了。天下莫非王土，江南也可以搬到燕京，江南的水他在北方也找到了。他兴致盎然地写了一首诗：

最宜雨态烟容处，无碍天高地广文。

却胜南巡凭赏者，平湖风递芰荷芬。

—

时光行进到公元一九二一年，一艘红船在雨雾迷蒙的湖面上轻摇缓行，湖水不知，它托载起的这艘船上正在开会，正是这个会，指明了中国革命的方向，为中国的历史带来了翻天覆地的变迁。

现在的南湖已在城市中间，而湖中却仍然能见到芦苇，这是不多见的。南湖大体上还是那个烟雨蒙蒙的南湖。

上善如水。水的平和、水的融容、水的不息，这一切又都像水一样渗透进嘉兴的每个地方，折射在每个人的身上。

嘉兴是浮在水上的城市，而这里的水是流动的活水。

前面我说城市难写，主要是指一些中小城市，因为我很难找到它们的个性。从东到西，从南到北，我到过很多地方，可如果忽然把我放在一个城市中，睁开眼睛，一定分辨不出在哪里。当然，它们的历史完全不同，但却都把历史放在了地方志里，而不把历史当作一种与众不同的个性代代相传。如今，它们有着同样众多的建筑工地，有着一模一样的楼房，无处不在的川菜粤菜和土菜馆，再有就是杂乱无章的店铺和服饰发型一样的人群，以及永远都嘈杂的街道。

这些城市有一个共同的追求，那就是发展，我无数次听官员们聊发展。有的说：幸好我们还有一片原始森林，可以大力发展生态旅游。还有一位说：老城墙边上有一些古民居，那块地的升值潜力很大，要加快发展速度。每次我都心里一寒，人们又把眼光瞄到历史和环境上了。似乎很难说出官员们有什么不对，发展更是大势所趋，但一味片面地追求发展，我们失去的同样很多。

我曾经注意过许多发达国家的城市，几百年来一直都是几万人口，几百年来甚至都是一样的建筑一样的街道，但这丝毫不影响他们的富裕和他们国家的强盛。他们的市长也像普通市民一样常去小咖啡馆，讨论的话题是环境、税收、社保，还有宠物，他们的政府不像我们千篇一律是生产建设型的，而大都是公共服务型的。

就像一个永远忙碌的人，谁也不知道他的性格和兴趣，一座上足了发条的城市，如何能享受夕阳晚照的安宁，如何能陶醉在岁月的醇香里呢。

我说嘉兴是浮在水上的，这水是悠悠流淌着的。所有的深巷都是宁静安详的，就像边上的乌镇和西塘古镇。宽些的河道里机船穿梭往来，却并不拥挤，就是最繁华的中山路上人流也显得恰到好处。

可是，嘉兴同样是发达的，它距离上海、杭州、苏州几乎是一样的路程，它没有理由不发达，但它的发达却与众不同。嘉兴不像上海那样精细张扬，不像苏州的好为人先，也不像杭州的先天优越。嘉兴是不动声色的，是冲淡平和的，这又使我想起了水来。

从经济角度来说，嘉兴跟前面几座著名的城市很难相提并论。当然我也不可能知道嘉兴的官员们的内心想法。但是我感受到嘉兴并没有去拼命追赶，尽管据说它的很多指标都名列全省前茅。超常规的发展，必然是以破坏自然环境和人的生存环境为代价的。嘉兴的周边，现代企业林立，而城区水绕城郭，树笼街巷。我们从人文历史的角度来看，嘉兴的发展观体现了一种大智慧。

忽然又想起了一个典故。有年冬天，康熙皇帝微服私访，来到现在的嘉兴秀州区王店，见一位老者袒胸露腹在一个亭子边晒太阳，颇感诧异，从未见过有人如此晒太阳的，便上前询问，没想到老者竟答道："肚中书多久闷，恐霉而曝。"康熙已觉出此人非同凡响，一打听，才知道，老者名叫朱彝尊，是当时的大学者，浙西词派的创始人，这个亭子后来就被称作曝书亭。

我边写边问自己，为什么会写下这段典故呢，其实，曝书亭与这座水城倒也没什么天然联系，而朱彝尊的任性而为更与现代嘉兴扯不上。也许是这座城市的儒雅、冲淡、率直，以及睿智使我想起了这个典故，或者是这个典故个性突出，让我想起了嘉兴这座城市。

在嘉兴小住是寄居在城边，隔壁住着老两口，老汉每天晚上都出去捕鱼。起初我觉得奇怪，他也不带渔网，更没有划船，怎么捕鱼呢。后来熟了，有一回就一同去。原来，老汉是专门捕小鱼虾的，晚上，他头上戴个电瓶灯，身穿防水皮衣，手里只有两样东西，一根竹竿，一张小抄网。他在小河沟的边上，用头上的电瓶灯照着，用竹竿赶一赶，再用抄网一抄，就行了。第二天一早，老伴把鱼虾分拣好，等着小贩来收。据说以前这些东西很好卖，价钱也好，可现在，河水没以前干净，鱼虾的味道也差了些。

乡村公路上，常有轿车或摩托呼啸而过。老汉头上的灯光显得很弱，但用来在河边捕鱼倒也够亮了。

我走的时候，老汉告诉我说，他有个熟人正好要开船上行，要搭他的船说一声就行了。

我深感诧异，他如何知道我一个外乡人对坐船那么有兴趣呢。

真没想到，离开嘉兴的时候居然又是坐在船上。

桥边红药

一

一直以来，对有关花的事情知道得很少。生长在江南鱼米之乡，男孩子所要熟悉的是水土和庄稼，以及与此相关的农事。

真正对花怀有了一些感觉，还是在看了唐敏的名作《女孩子的花》之后，那时我才知道，原来水仙花是传说中一对夫妻变成，单瓣的金盏是男子，复瓣的百叶是女子，而单瓣的金盏形如酒杯，竟不折不扣是男人的花。原先只晓得女人可以被形容成花，男人则应该懂得欣赏和爱护，却没想到，男人其实也可以被比作花。不知不觉中，我们竟失去并永远错过了这许许多多的美好，而所有的错过往往只是因为世人的一些俗见。刹那间，我忽然想起了乡下水边的红红的芍药，和那些藏在女生抽屉里满教室飘香的洁白的栀子花。

于是我开始留意花的知识，也着意翻找出许多歌咏花草的诗句，这才发现，在中国文人整体的对事物的感知里，怜惜花草几乎可称为一种情结。古老的《诗经》里写的“蒹葭苍苍，白露为霜”，描绘的大约就是十一月纷飞的芦花，以此来寄托对“伊人”的无边的思慕。“有女同行，颜如舜英”，则是直接把女子美好的容貌比作了鲜花。毛泽东即使在战斗的硝烟里都依然能感受到“战地黄花分外香”。由此看来，花不仅仅可以用来观赏和示爱，还可以用来寄托许多其他的情感或更深厚的东西，它几乎成了历代文人托物寄情和附庸风雅的重要载体了。

说了这么多，我觉得自己已有附庸风雅之嫌，而我提笔写这篇文章的目的是想说一个关于扬州的话题。

上回去扬州是第一次，在美丽的瘦西湖边，最先引起我注意的就是小时候常常见到的芍药花。我自问还算不得一个文化人，但我的确在那片芍药前站了有一会儿。扬州的一切对我来说都是陌生的，唯一熟悉的就是这在乡下岁岁枯荣、楚楚可怜的野花。那么，我写扬州而先从花落笔，还是说得过去的。

红芍药因为花朵极红也被称为红药。眼前的芍药鲜艳得有点凄美，它们一大群地簇拥在湖边路旁，把稍嫌冷清的景区渲染得有了几分热闹。我不知道我怎么忽然想起了凄美这个词，或许是因为我对这种花本来就熟悉，而熟悉的这种花原先是自由地生长在沟塘边的，现而今却盛开在这水榭亭台之间；或许还因为，这花又叫“将离草”，它让我一下心潮起伏，想起了许多刻骨铭心的离别的时刻，“如此花开慵不采，怕人猜道赠新离”，这么婉转优美的句子，竟是断肠人的心语。

二

我在想，是什么原因使得扬州的芍药跟别处的不同呢，它的枝叶上何以被点缀了那么多情感的色彩，它生长在二十四桥边上跟生长在旷野中究竟有什么不一样呢，延伸开去说，扬州的月亮也显得比任何一个地方的都要美一些，尽管它一样也会阴晴圆缺。这一切的答案似乎并不难找，那就是因为扬州的历史，以及和历史一样层层叠加的只属于这里的文化。

扬州的每一片花叶都被岁月的醇香熏陶过，每一滴湖水都溶入过太多的脂粉和眼泪，每一缕月光透过婆娑的树叶都能筛出一地前朝的诗篇文字。要想真正地走近扬州，恐怕还是要安静地在湖边坐坐。

不同的历史会孕育出不同的文化，不同的地区，因为历史沿革的不同，形成了丰富多彩的民族个性和风土人情。文化的形成就有如酿酒，酿酒的原料本就不同，而时间越长，这酒的味道就更加独特。所以每一种文化都打上了不同朝代的不同的色彩，有的雍容大气，有的强悍泼辣，有的倦懒斯文，有的则表现为一种氛围或一种感觉。

而扬州不一样，它在历史上没有被真正当过都城，它也的确看不出属于过什么朝代，它似乎更像是属于某一类人的，这一类人散落在各个时代的各个地方，他们用手中的笔记录着历史，记录着情感，尽管他们生活在社会的上层，无忧无虑，却仍有一些人把羡慕的多情的目光投向了扬州，这里成了他们心灵的故乡和精神的家园。他们就是中国的文人，是他们在扬州推出了伟大的乐曲《广陵散》和“孤篇盖全唐”的乐府诗《春江花月夜》，以及让包括毛泽东在内的无数人非常欣赏的不朽的诗人杜牧。同时，他们也爱上了，并继而让许多人喜欢上了芍药花。

三

我并不打算在这里研究扬州的历史，毕竟那是一个非常浩大的题目。我其实只想在瘦西湖边走走，在二十四桥上停一停，切近地看看我童年就相识的芍药，晚上再望一望扬州的月亮，然后在灯残漏尽的时候，胡乱地翻两本旧书，试着和前朝的文人聊几句关于维扬文化的话题，弄明白扬州的风物何以那么与众不同。

在瘦西湖边，我掬起一捧湖水，倒映在水中的白塔和岸柳一下子随波摇动起来。我忽然顿悟了，扬州的一切其实都与水有关。

当扬州在汉代还被称为广陵的时候，就开凿了运河，到隋炀帝乘着他的龙舟三下扬州的时候，扬州实际上已经成了当时中国最通达的口岸，“烟花三月下扬州”成了无数人梦想的一次旅行。因为有了无尽的水源，就有了丰润玲珑的瘦西湖，又有了二十四桥。曹雪芹在《红楼梦》里有这样几句，“春花秋月，水秀山明。二十四桥，六朝遗迹”。如果把这也看成一个依据的话，结合其他的考证来推算，这座著名的桥成于六朝和隋朝期间大约是可信的。

接着，扬州的月亮就开始变得多情。月亮因为有了水，便有了根基，变得更加灵动了；而水因为有了月亮，便有了生命，变得更加通透了。它们从此吸引了不知道多少哀怨迷离的目光。

我想我有理由多说说扬州的水和月，因为这些风物都有着相同的属性，它们以不同的具象共同占据着人们的心灵，不叠加起来想，怕是什么都想不透。

月下花前，有情人海誓山盟；天涯游子，则在月光里看到了故乡和远方的情人；当忧伤的人举杯望月时，就把心中无处倾诉的话告诉了这个安静的倾听者。这些情感更多也更集中地表现在善感的文人身上。他们之中的相当一部分人是入了仕的，他们浪漫风流，却经不起多少挫折，不管成功与否，都很难让他们回到普通的劳动者中间，所以寄情于物成了很多人回归精神家园的方式。因此，扬州的月亮就具有了生命的属性，它渐渐地不再是普通人眼里的月亮了。初读张若虚的《春江花月夜》，整个人都仿佛沉浸在了变幻的时空里，飘摇在诗的磅礴意境里。不知多少次感叹“江畔何人初见月，江月何年初照人”，更不知多少回为“不知乘月几人归，落月摇情满江树”这样的句子嘘吁不止。而感叹之后，却是越来越不敢望月了。

四

在所有望月的目光里，有一束注定是与众不同的，是注定要永恒的。这束目光就是杜牧的，就是那个“尘世难逢开口笑，菊花须插满头归”的杜牧，就是那个“十年一觉扬州梦，赢得青楼薄幸名”的诗人。

那一晚，杜牧坐着船沿运河来到扬州，当他的船划进一条岔道，沿着泄洪渠来到一片较开阔的水面时，他看到了一座桥。当晚，明月当空，水天一色，小小的灯笼照出了桥的大体轮廓。这桥形如玉带，又像一条白色绸带被随手一抖而划出的一条优雅的弧线，桥的两边，树影婆娑。而最让诗人恍如身处仙境的是，在这良辰美景之中，竟有二十四位女子在吹箫弄笛。见诗人走来，其中一位最美丽的女子手捧一把芍药，献给诗人，并请赋诗一首。月色如水，灯影朦胧；佳人浅笑，花气袭人；静夜箫声，如怨如慕。诗人早已忘了归程。

传说到这里就结束了。在所有的对二十四桥的考证里，这个传说是最浪漫的，也是最经不起推敲的。但我觉得，这也是比较得人心的，否则不至于流传至今。其实，“二十四桥明月夜，玉人何处教吹箫”这著名的诗句是在杜牧离开扬州后，与朋友调侃时吟成，而这也同时说明了诗人和当时扬州的一帮文人，确曾经常流连于湖畔桥边，并且诗中的吹箫玉人也一定曾经仙姿一现。杜牧有一首追惜吹箫女的诗，十分伤感，却不为太多人知晓。

玉箫声断没流年，满目春愁陇树烟。
艳质已随云雨散，凤楼空锁月明天。

我不得不多次地大量引用现成的诗句，因为我的确太喜欢这些文字了。如果把扬州的文化史比作一条五彩丝练，这些诗句就是练上的夺目的珍珠。

我也不得不把话题转到杜牧身上，因为如果不提杜牧，扬州的许多东西就和其他地方的不好区分了。换句话说，由于有了杜牧和他的诗篇，扬州的月亮多情却不妖媚，扬州的水柔滑却也不息，扬州的芍药才显得艳而不俗。这是走近和读懂扬州很重要的一点。

杜牧出身豪门，任过几任州郡刺史，他喜欢考据政论和集注，他甚至爱研究兵法。如果不是因为朝廷朋党相争殃及池鱼，他或许会走上坦荡的仕途。我不同意许多人把杜牧说成风流诗人，我甚至认为他应该被列入唐代诗人的高端殿堂，他的高屋建瓴的学识和潇洒的气质是大多数诗人所不具备的。杜牧的诗在清丽之中常有昂扬的气概，即便是缠绵伤感的作品也能读出他的俊爽大气。他才高八斗，风流倜傥，虽经常出入青楼，但留给歌女舞姬的诗篇里却尽是由衷的赞美和真切的同情，其中还包括了他深刻的自省。一个能咏出“商女不知亡国恨，隔江犹唱后庭花”的诗人，是无论如何都应该得到敬重的。

五

话再转回来，杜牧在他的诗作中提到芍药的地方其实并不多，在《旧游》中有“闲吟芍药诗，怅望久颦眉”两句，诗人对这种色彩鲜艳的花赋予了一些感怀的情调。我想这是合理的，芍药既然从《诗经》开始无数次地出现在爱情诗中，而它的花语里后来又加上了离愁别绪，这就使得扬州的芍药成了爱恨交织的寄情物了。或许正因为如此，芍药成就了另一位文人的一篇千古传颂的作品，这就是宋代词人姜夔的《扬州慢》。

……杜郎俊赏，算而今、重到须惊。纵豆蔻词工，青楼梦好，难赋深情。二十四桥仍在，波心荡、冷月无声。念桥边红药，年年知为谁生。

写到这里，我隐约明白了我开始时的疑问。扬州的芍药和明月是属于扬州的，正如乡下的芍药属于乡下，正如他乡的明月也会伴着他乡的人入眠一样。另一个问题是，这桥边的芍药年年为谁绽放呢。我起先说，扬州是属于古往今来的文人的，那么从历史的角度来看，千年的风雨带走了无数风流人物，留下的是他们的灿烂的诗篇，带不走的仍是天上的明月和水边的芍药。明月见证了这里的兴衰变迁，芍药收藏了无数离人的眼泪。它们告诉我们的不仅仅是一个个陈年往事，它们还提供了打开我们民族文化宝库的密码，以及之所以生生不息的原因。那么从这个意义上来说，它们是属于天下人的。

当然，它们首先还是属于扬州人的，毕竟它们已成了扬州的一部分。正像郑板桥诗里说的：“千家养女先教曲，十里栽花算种田。”

多年以前在农村的有线广播里就听过好听的江苏民歌，上回又听到了。走在古城的巷子里，那歌声一会儿从远处的窗户里悠悠地飘来，一会儿又从近处的什么地方四散着飘去。听清楚了，还是那首扬州民歌《拔根芦柴花》。

洗好那个衣服忙把桑来采，洗衣那个哪怕啊黄昏那个后呀，采桑那个哪怕露水湿青苔。小小的郎儿来哎，月下芙蓉牡丹花儿开。

也许在扬州百姓的眼里，和芍药、月亮一样值得骄傲的还有芙蓉、牡丹，还有随风飞舞的芦柴花，还有许许多多外地人并不知道的东西。

做客客家

阿耕是在永定的客家土楼里长大的，他已经五十多岁了，如今他每天要做的事就是打好领带穿戴整齐，在振成楼的大门口迎接天下来客。他只有小学文化，却很自豪地向游客推介他写的旅游书籍，他经营着振成楼四分之一的产业，他常以客家人特有的真诚说：他感谢客家祖先带给他的一切。

二〇一〇年春节期间，时任中共中央总书记胡锦涛考察福建，参观了被列入世界文化遗产名录的永定客家土楼，就到了被称为“土楼王子”的振成楼，称赞客家土楼“是大家庭、小社会和谐相处的典范”。当时阿耕在场，这是他最引以为荣的事。

阿耕的自豪真的太有理由了。十几年前，振成楼的建筑模型曾同北京的天坛模型一起送往美国洛杉矶参加国际建筑模型展览，以其独特的风格和别具一格的造型，被认为是客家人聪明智慧的结晶，是中华民族优秀的文化遗产。“世界上独一无二的集居住和防御功能于一体的山区民居建筑的福建土楼，体现了聚族而居这一根深蒂固的中原儒家传统观念，更体现了聚集力量、共御外敌的现实需要。同时，土楼与山水交融、与天地参合，是人类民居的杰出典范。”二〇〇八年七月，福建土楼（永定客家土楼）被正式列入《世界文化遗产名录》，世界遗产委员会对福建土楼写下了这样的评语。

客家人原是中原一带汉民，西晋末年，因战乱、饥荒等各种原因被迫南迁，至南宋时历近千年，辗转万里，在闽粤赣三省边区形成客家民系。在他们被迫离乡背井，流落他乡的过程中，经历了千辛万苦，他们都有深切的体会。因为对中原战乱心有余悸，也是出于对陌生地方的防范，新到一处人生地不熟的居地，他们知道许多困难都得依靠自己人团结互助、同心协力去解决，才能共渡难关。因此，他们每到一处，本姓本家人总要聚居在一起，建起高大结实的圆形城堡，这样也就形成了客家民居独特的建筑形式——土楼。土楼里俨然就是一个世外桃源，他们在这里繁衍生息，他们都说着一种非常独特的方言“客家话”。

土楼的建筑结构奇特而又美轮美奂，可以说融合了当时北方的相对发达的儒释道文化。就拿振成楼来说，圆楼外左右有对称的半月形馆相辅，外观建筑恰似一顶封建官吏的乌纱帽，以我国神奇的八卦楼所布局。外环楼是架梁式的土木结构，内环楼是砖木结构，有外土内洋之称。外环楼墙是当地取材的生土经加工后夯筑而成，最厚的地方有两米，墙内布满竹板式木条作墙筋，楼高十九米。内外三环共有二百零八个房间，分别是厨房和饭厅、粮仓和卧室。每层楼有房间四十间，配四副楼梯，按八卦方位设计，乾巽艮坤卦位为公共场所，分别为后厅、门厅和左右侧门；坎震兑离卦方位为住房。卦与卦之间设防火隔墙，建造成辐射状八等分，功能各不相同，具有卦门开即连成一体、卦门闭则自成单元的特点。

整体看来土楼外圆内方，圆融和谐而又中规中矩。楼上还有观戏台，中间的客人位子比两旁高六寸，取敬重客人的意思，这也是客家好客的象征，体现了客家人既团结和睦又广结善缘。

大厅方方正正，天井中有两个小型的花圃作点缀，更显雅致。楼内的东西两侧设有两口水井，也就是八卦图中的阴阳二太极，代表日月。非常奇特的是，两口井水的水位清浊各不相同，这让我们学水文的都一时说不清楚。

客家土楼的主要建筑材料是黄土和杉木。黄土取自山坡，因而不存在破坏耕地问题，旧楼若须拆除重建则墙土可以重复使用，不会产生任何建筑垃圾。一般来说，由于屋架通风较畅，木构件受白蚁侵袭或潮湿腐朽的情形并不严重，旧料可以二次使用，土楼的施工技术较易掌握，可以完全人力操作，无须特殊设备。土楼除了具有防御匪盗的功能之外，还有很强的抗地震功能，据永定县志记载，一九四〇年农历正月初六日，县内发生强烈地震，倒塌不少方形土楼，而所有圆形土楼则安然无恙，而南溪村有一幢圆形土楼“环极楼”的大墙当时被震开尺余宽的裂缝，地震后又自行复合，现尚有一裂缝为证。这看似匪夷所思，其实其中深藏着智慧呢。

漫步在永定的青山绿水之间，徜徉在大大小小土楼中间，仿佛置身于一幅前朝的世俗生活画卷。两万多座土楼几乎都依山傍水，这不能不使人惊叹客家人以至我们这个民族的伟大和生生不息。土楼的建筑过程都是就地取材，不会造成任何污染，其中最古老的一座楼距今竟然已有六百多年，它几乎正好是我国建筑史上从单一的木构向土木和筑过渡的见证。而每一个土楼群都和周围山水那么和谐，真的要感谢我们的祖先的智慧，是他们让我们觉得和自然和睦相处是那么舒适，那么幸福。

说永定土楼，不能不说被称为“土楼王”的承启楼，这也是胡锦涛同志到过的两座楼之一。这座楼建筑面积五千多平方米，已有三百多年历史，最多时住着六百多人，它无法用民居来定义，它基本就是一座城市。承启楼大门两侧有一副对联，“承前祖德勤和俭，启后孙谋读与耕”。是的，我们该说说土楼里的客家人了。

江集成是一个识字不多、普普通通的农民，就是他，在三百多年前兴建了占地五千多平方米的承启楼，他的能力很难说有多么强大，让他创造如此巨大丰厚的产业的内在原因，我想应该是他骨子里流淌着我们汉民族温暖的血液，他的身上秉承了我们优秀的传统文化和美德。“千金家底万金籍”，这是当时人们对他的赞誉，意思是说他靠着勤劳和操持，可以把一份家底做成十份的产业。

他农闲的时候经常提着筐子到处拾粪。有一次，一个老朋友的儿子来找他，这个年轻人在楼边上碰见一位衣服打着补丁、正在拾粪的老者，就向老者打听江集成，老者把年轻人带到楼内，倒上茶，告诉年轻人自己就是，年轻人简直不敢相信自己的眼睛和耳朵，这哪是他想象中的阔佬。江集成答应了老朋友借钱的要求，并顺手拿出几个红薯招待年轻人，年轻人眉头一皱却又不好推辞，就拿起一个小红薯，剥去厚厚的皮后吃了，江集成也眉头一皱，他把拿出的钱又收了起来，他叫年轻人回去让他父亲自己来取。后来人们问年轻人的父亲，江集成为什么不把钱给那年轻人呢，他说，江集成是个十分勤俭的人，他吃红薯从来都舍不得剥皮，那天他看见年轻人不太爱吃红薯并且剥去厚厚一层皮，他很心疼，他觉得把钱交给这个不太勤俭、大手大脚的年轻人不放心，所以才叫大人亲自来取。

不用怀疑这个故事的真实性，因为这样的故事在客家人中间每天都还在发生着。在这个人群里走出过孙中山先生、宋氏三姐妹，以及朱德叶剑英等领袖人物，而更多的客家人要么坚守着他们的土地代代繁衍，要么走出国门四海为家，他们从来都不忘自己的祖训并把那些优秀的品德传承下去，他们是客家，但他们永远都那么受欢迎。

承启楼楼内有一副对联是这样写的，“一本所生，亲疏无多，何须待分你我；共楼居住，出入相见，最宜结重人伦”。我想这既是土楼和客家人的真实写照，又可以当作我们对客家人的祝福吧！

贰 乡愁

西洲何处

一

在我能背诵的古代诗词里，《西洲曲》算背得比较早的。那时候我家住在长江中间的南京八卦洲，头上是天，四面是水，“西洲在何处，两桨桥头渡”。每次念到这两句，就会想到江边上的那个渡口，并同时在脑海里遐想着渡口外边的世界。是的，那时候，所有的新鲜东西都是渡船从江南装运过来的，乡下孩子要积攒好久才能凑足来回的船票钱，我怎么能不心心念念牵挂这个渡口和那不知在何处的西洲呢。

那时的渡口我们也叫作码头，一艘木制的轮船每天来回四五趟，在长江里画出几个大大的“之”字。从船头的跳板走下来的人都笑得很响，大声地说着从南京城里听来的事，有的人还带着刚刚学来的城里人的一点口音，这些人很快就走散在各个角落，乡村也跟着热闹起来。他们带回来的肉包子是我至今都觉得最好的美味。我把从不同人口里听来的江那边的事集中起来，想着那是多好的一个世界呀，那里到处都有肉包子，到处都有读不完的书。每年农忙的时节都有城里的工人老大哥来支农，他们带来了更多的故事，还带来了非常好闻的香皂味儿，同时他们也带来了对我们生活的羡慕和好奇，比如新鲜的鱼虾什么的。我喜欢从他们口里说出来的每一个字，而他们也和我一样不停地打听乡下的有趣的事。这渡口的两边真的宛如两个世界，我开始念想着在对岸看到过的所有东西了。

后来，又读到晚唐诗人温庭筠的“西州城外花千树，尽是羊昙醉后春”。这才知道原来古代南京真的有一座城池叫西州，只是州和洲的写法不同而已。西州城建于东晋，因为宰相谢安病重时途经西州门，他死后外甥羊昙感恩他，从此不再出入西州门。有一天醉酒后不觉来到西州门，禁不住伏鞍痛哭。苏轼也有过“何事羊公子，不肯过西州”的句子。虽然诗里的西州城早已无从找寻，但这个名字却是再也忘不了了，并且它也像《西洲曲》里的西洲一样，虽然相隔不远，却只能在心里梦想着彼岸。我其实也清楚，《西洲曲》里的西洲和温庭筠诗里的西州不是指的一个地方，但是我却情愿把它们拉近，我甚至相信渡口那边就是那个诗意的世界。

那年的三月，我们举家迁往江西，一点简单的家什连一艘小机帆船都没装满。坐在船头上，第一次感到眼前的江水那么浩瀚，它真的要把我永远地渡到对岸了，也就是说我再也不用遐想那个西州，那个西州从此真的不复存在了。江水几个起伏就把我们的小船带到了江心，回望已是故乡的江北，渡口码头变得越来越小，最后模糊在了江雾之中，眼泪在这时已经淌进了脖领。我知道，我要去寻找我生命中的另一个西洲，"日暮伯劳飞，风吹乌桕树"，那里有乌桕也有花千树吗。

人的一生就是从一个渡口到另一个渡口，从一个彼岸到另一个彼岸。人生之中最重要的渡口能有几个，真的一个都不能走错。就如同我们会面对这样那样的选择，结果不可能预知，但大致的方向还是要明确的。故乡八卦洲是长江中的一个岛，从那里走出来，没有哪条路可以绕过长江而到达对岸。渐渐我也过了总是在脑子里幻想西洲的年龄，生命中路过了几个渡口，也到达了几个彼岸，我已经学会了如何平稳渡过，可我还是没能忘记从前的那点梦想，滚滚红尘里我不想放弃每一个彼岸，有谁像神明一样来渡我过去呢。

二

写到这里我不禁浮想联翩，我此刻没有徘徊在自己的渡口，我想去其他几个渡口看看，虽然它们的地址只能到史书中去寻找，虽然它们再也背负不了太多，但毕竟有几个人在那里站过，后世文人是没有办法绕得过去的。那一次我从武汉到长沙，走的路线大体上和屈原《涉江》里写的差不多，在湘江岸边我无从找寻屈原的足迹，而湘江边上的屈原也已经不是那个穿着奇异的服装、挎着长剑的屈原了，我只能在浩荡江水里捕捉这位诗人留下的一抹倒影。

自从屈原“行吟泽畔”来到湘江岸边，并上演“屈原问渡”之后，后世文人在水边的喟叹也好抒怀也好，马上就显得很小家子气了，没有谁可以直视屈原的背影，同时也没有谁可以对他视而不见。按《渔父》里的描述，那天屈原来到湘江边时已是再次被流放了，“颜色憔悴”“形容枯槁”，早已不是“香草美人”时的样子。他在水边踯躅，实际是到了思想和生命的一个渡口，而飘然而至的渔父是一位高人隐士也是一个摆渡人。他们两人接下来的对话被司马迁写进了《史记》，渔父问屈原你怎么落到这样的境地，你怎么就不能和世人一样“随其流而扬其波”，屈原说“众人皆醉我独醒”，我宁愿葬身鱼腹也要保持我的品格高洁。这当然就谈不下去了，渔父莞尔一笑，和来时一样飘然而去，而屈原经过这番对话反而坚定了信念，他往故国方向走了一段，传来了亡国消息，遂万念俱灰，写下《怀沙赋》后投了汨罗江。屈原终于没有听渔父的话而选择另一种人生，没有到对岸去看看，他选择了投江，却激起了千年波澜，从此汨罗江不再平静，中国的所有河流也跟着激荡起来。

找来《屈原问渡》古琴曲，低回委婉，若问若答，宛如静夜心跳。“忙忙自失，莫知所之，故问渡焉，后即投汨罗而死，后人遂拟是曲以吊之。”这是《杏庄太音补遗》中的题解，我想这恐怕更接近于真实，屈原当时的状态就该是“忙忙自失，莫知所之”。世人眼中他的许多高贵品格都基于他的爱国，其实屈原首先是诗人。《诗经》使我们有了诗，屈原使我们有了第一个真正的诗人，实在没有必要牵扯太多政治进去，否则我们就失去了这位伟大的诗人，我们的诗歌历史又要从哪里写起呢。屈原投江一百多年以后，贾谊也受贬来到了长沙的这个渡口，他在水边写了篇赋，投到了江水中。在这篇赋里贾谊用了许多比喻来称颂屈原，然而他取了一条折中的路子，既没有像渔父那样劝屈原顺应求全，也没有同意屈原的刚正不阿，他只是一味感叹，“呜呼哀哉，逢时不祥”。总之就是说，对岸还是要去的，办法总归是有的，“何必怀此都也”。司马迁后来也来了屈原投江的地方，他也说，本来凭屈原的忠诚和学识是可以不用投江的，“以彼其才，游诸侯，何国不容”。

任何对屈原的评论都显得多余，他不是儒家也不是道家，他不属于通常的诸子百家，他只是诗人，所以他的心思也是诗。我倒是想揣度一下渔父，他的莞尔一笑到底是什么意思呢。《渔父》是《楚辞》中的一篇，郭沫若说其作者可能是对屈原的生活和思想非常熟悉的楚人。作者没有把这个讨论继续下去，我想，遥远的南方已经没有屈原的彼岸了，世上大概也没有什么力量能说服一个诗人的执着，这恰好证明了屈原是一个真正的诗人。诗人眼前的路没有阡陌没有迂回，除了往前还是往前，渔父的道家的处世方略是说服不了他的，只有“莞尔而笑”吧。屈原追随先贤彭咸而去，更像是一种皈依或者把自己当成了一次最隆重的祭祀。他没有渡到什么地方，却走到了天下人的心里，我想作为中国第一位真正意义上的诗人，他用最恰当的方式把中国诗人的精神一下子标注到了最高境界。

三

我没有遇见生命中的“渔父”，一个普通人不会有谁来劝你如何执着和放弃，然而日子是要过下去的，选择也是无处不在，我也会在我驻足的渡口陷入沉思。我在早些年曾多次投宿在富春江边上的桐庐，我确信我在一个叫“鱼梁渡头”的地方停留过，读过郁达夫的《钓台的春昼》，就想着寻访这个故地。一是因为它每每勾起我对老家渡口的怀念，还有就是我那时的工作压力很大，带着一百多人的团队惨淡经营，正是需要释放压力探索出路的时候。郁达夫是在上海“接到了警告，仓皇离去”，回到老家富阳而来到了这个渡口，他写的是“微云淡月”下的夜渡，该有一番不一样的感受吧。

先生是在一位洗米少妇的指点下寻到这夜渡的，真的是只需高喊两三声，船自然就来了，微茫的夜色里只有船家的烟头在闪烁着。船家并不提钱，只说看着给点，这对于正四处碰壁的郁达夫来说该是一种优待吧。到了对岸，黑黢黢的桐君观却呈现了极好的景致，尤其是这里的秀和静，使得他想就在这里结庐读书颐养天年，像严子陵一样，管他什么高官厚禄浮名虚誉。

我在写散文《夜饮富春江》时就在想，郁达夫深夜过渡去寻访桐君观，应该不是去看看那里的夜景吧，他是在探寻一条可以走下去的路，结果他找到了却没有走下去，他回到上海加入了“中国民权保障同盟”，后来又参加了许多文化界救亡活动，于是我们少了一个隐者却多了一个战士。对郁达夫的崇敬还是从他的文字开始，《故都的秋》还有《春风沉醉的晚上》，那是多好的一个人啊，穿着竹布长衫，写着他独有的文字。就是这样的能吟出“曾因酒醉鞭名马，生怕情多累美人”的江南名士，在去新加坡做抗战宣传时写下了“抗战到底，一定胜利”这样的壮语。郁达夫没有屈原的贵族身世，相反却是极度贫寒，这就天然地使他有了悲悯情怀，他倾力帮助过窘迫中的沈从文，并雪中送炭，请其美餐了一顿。他写过一篇《给一位文学青年的公开状》，那么深刻地分析了京城百态，比如他写的青年求职的境况即使是今天都还在一定程度上存在。可以说他深知世态炎凉，他的作品许多都是把自己的内心拿出来给人看。这样的一位作家他永远知道自己在做什么，他忠于自己的选择，他本可以效仿严子陵在江边寻一处钓台“结屋读书，以养天年”，而他最终成了一名烈士，富春江边的那个渡口没有留住他，一江春水送走了他，同时永远记住了他。

江对面的严子陵不知道那天晚上这里发生了什么，他还在安享范仲淹送给他的“先生之风，山高水长”。而我们知道了郁达夫的选择，也无须太多的评价，郁达夫的儿子郁飞先生说过，他不是什么圣人，只是一名文人。我想我们也可以把“山高水长”送给郁达夫。站在富春江边看江水东去，我忽然想，渡口其实就在人的心里，追随自己的内心就无所谓此岸彼岸，就像这江水终究要追随大海而去一样。

四

不是有意把这个话题弄得这么沉重，一介书生也会面对这样那样的人生岔路口，屈原没有过江也没有回头，郁达夫过了江却还是没有选择归隐，许多的人生况味都在眼前。闭目沉思，仿佛明白了，生命中的渡船就是日出日落朝飞暮卷的一个个日子，放下纠结细细过好每一天，就能看得清对岸的风光了。于是，说了这两个有名的渡口之后，还是禁不住想起我的西洲了。

在这个我当年离开家乡时的三月里，我又回到了长江边上，原先的渡口早已无从找寻，江边的芦苇好像更多了，而当年上下船的场景连记忆都快要模糊了。韦应物的两句诗“春潮带雨晚来急，野渡无人舟自横”应该是最著名的渡口诗句了，可是当年的少年还在遐想着对岸的世界，而眼前却没有了渡船。在一个老渡口，没有了渡船也就没有了等待，没有了等待哪还有到达彼岸时的惊喜呢。甚至，春潮野渡带给我的一缕忧伤都散落在了春雨之中。老家就在江边，我久久地坐在江滩上。少年的时候我最喜欢在江滩上读书，江水在眼前不息地流淌，渡船下来的人把笑声带来又带走，我把许多的憧憬都给了我的西洲。我曾经那么多遍吟诵《西洲曲》，我那么痴情地想那里一定有我爱的人，并且她也隔着江知道这里的我。

其实温庭筠也写过一首《西洲曲》，中间有这样的句子，“西洲风色好，遥见武昌楼”“西洲人不归，春草年年碧”，只是他的诗中人表达思念的方式是“登楼抚瑶瑟”，而不是“采莲南塘秋”。如果把这两首《西洲曲》放在一起来看，再根据唐代诗人耿湋《春日洪州即事》“钟陵春日好，春水满南塘”的句子，南塘应该在南昌附近，而西洲则在武昌对面的江北了，“忆梅下西洲，折梅寄江北”，西洲真的挺遥远的呢。余冠英在《古代文学杂论》中说：“西洲固然不是诗中女子现在居住之地，也不是男子现在居住之地，它是另一个地方。”而在我看来，西洲就是一个可以托付梦想、托付思念，可以托付爱的地方。

“海水梦悠悠，君愁我亦愁。南风知我意，吹梦到西洲。”我喜欢《西洲曲》，喜欢三十二句中的每一句。我喜欢为爱而生，同时梦想着人生的每一个渡口都是用爱来摆渡，而到达的也是爱的彼岸。那年春天，我们来到信江边的一个小渡口，正午的阳光暖洋洋的，小船有些晃，船靠岸时我牵起了她的手，这是我和她第一次牵手。二十多年过去了，我们的孩子都大学毕业了，我们却都还清晰地记得那天同船共渡的每一个情景，我想，我其实已经找到了我生命里的西洲了。

秋以为期

已经中秋了，院子里的几株四季桂却迟迟没有开花，像是忘记了以往的约定。而每到这个时节，在老家生活的那段时光以及深藏心底的一些人和事，总是会在不经意的时候，像一缕秋天的晨雾一样轻柔地飘进我的梦里，纯净地覆盖在我的心上。

在我小的那时候，乡下人是并不太在意哪天是几月几号星期几的，他们更在意的是节气，谷雨的时候要插秧播种，清明时节要素衣寒食，秋分是把秋季一分为二却正好又是月圆之时，团圆了去收获或收获了来团圆，共享则自然成了这时的主题，而冬至一过，不管日子多么艰难，都要开始准备新年了。除了这些，还有不少东西总在提醒着人们日子的远去，“红了樱桃，绿了芭蕉”，孩子的衣服嫌短了，老人的胡子变长了。

每年，我都忧伤地看着油菜花开了又谢了，开心地等着满树的桑果由青变紫，而连通着长江的河水由浑转清的时候，我知道秋天就要来临，水边的蓼花应该盛开了。

其实在老家的时候，我并不知道那花叫蓼花，我们都称它狗尾巴花，这花在九月和中秋的时候开得最好，一大片一大片地簇拥在水沟边上，它茂盛得让人不太敢走进，生怕花丛里会有什么小危险，而它鲜艳得也让人不忍心去践踏。无人欣赏却干净水红。后来，我在清人纳兰性德的词里读到这样两句："燕子矶头红蓼月，乌衣巷口绿杨烟。"这才知道原来狗尾巴花就是蓼花，也叫红蓼。我那么多次在燕子矶的水边走过，却并不知道蓼花的花名和花语。也许那时年纪还小的缘故，也许那时还不曾懂得什么是离别和思念的滋味吧。"江南江北蓼花红，都是离人眼中血。"从琼瑶笔下的紫薇口中听到这两句，才知道原来这不起眼的花竟代表了离愁别绪。

在这个秋雨蒙蒙的上午，窗前独坐，我忽然那么想去找找蓼花，不知道它们是否还和昔日一样的鲜丽。这一刻我的心里安静极了，安静得让许多往事可以像水一样流淌出来，让生命中许多珍贵却不常想起的情景一幕幕地展开。这或许是伤秋情结吧。

或许在秋风秋雨里是不可以读纳兰词的，可又一想，有谁能像这位大清第一公子一样，把人的那点心思那么深地看透又那么淡地吟出；有谁曾经在我后来也站过的地方写下过"红蓼月"呢？这么想着，心里竟泛起一片温暖的涟漪。

喜欢纳兰的词真的就是从我知道他在燕子矶上站过开始，

有位朋友也喜欢他的词，我们曾相互提醒不要太深地去感受词境。的确，绝代公子虽英年早逝，却独领清词三百年，真的是不同凡响的人物，“家家争唱饮水词，纳兰心事几人知”。我相信纳兰的才情覆盖了他的人生经历，同时也相信有人说的，读他的词读冷了窗外的纷飞暮雨，读瘦了风雪中的一枝寒梅。而我在秋天来读，却让我读暖了手中的一杯冷酒。

我没能找出第二首纳兰留给我家乡的诗词，而故乡留在我记忆中的除了许多刻骨铭心的人和事之外，却多了那一片片红蓼，于是每当梦回江南，色彩也明亮多了。这里有早春的油菜花，有小桥边的红药，有秋天里纷飞的芦花，还有就是，点缀在瑟瑟芦花中的串串红蓼。秋天的美也许正是因为它承载了无数美丽的怀念。

记忆中的秋天是非常忙碌的，春夏两季的辛苦都要在这时去收获，这是一段能品出土地香味的时光。大人孩子都得下地收割，收回来的玉米黄豆和红薯要赶紧晒干，不然秋雨一来，它们很容易霉变发芽，那可就不得了，那可是一个冬季的口粮啊。生活的滋味就是这样，每一点甘甜里都掺杂着一点苦涩，每一点苦涩里也能品味出丝丝甘甜。当我知道这些之后，很小就学会了很多农活，并且学会了在秋天的夜晚看看天，盼着明天是个秋阳高照的好天气。

那时的晚上最喜欢跟大人们去河边照螃蟹。秋风起，蟹脚痒，晚上，在屋后的小河边，铺上干草，点起油灯，把一条网铺在河底，就等着螃蟹牵动网绳了。

回想起来，那时的我并不太期望螃蟹上网，似乎更迷恋那一段等待的时间。月亮亮汪汪地挂在天上，四周一片寂静，只有偶尔传来的一两声狗叫，这时真的能听到小虫子掏洞和鱼在水里游的声音。我想，那是离一些弱小的生命最近的时候吧；我想，只有在这个时候我们才会暂时忘记乡村生活的寂寞和农事的辛苦，同时享受自己独有的生活滋味吧。

现在野生的螃蟹已经很难见到了，也没有人照螃蟹了，然而我还一直记得当时的情景，也许我再也没有机会那样心静如水地去聆听那么纯净的天籁了，这怎能不让我在秋风里感到几许失落呢！

真想和秋天有一个约定，约定在它的暖洋洋的太阳下，躺在同样有些暖意的草地或沙滩上，读一首也是温暖的诗，然后看着白云在天上缓缓地移动，并且就这样久久地看下去。

那时候我最喜欢在秋天的田野里躺着看书，贪婪地看着到处找来的书，并没有什么目的，就是喜欢，同时喜欢那份宁静，喜欢在这时感受时光的慢慢流逝，和因此而带来的莫名的伤感。不知是哪一年，父亲给我买了一本《诗经》，那是一本很薄的书，但有不少字词注释，大体上能看得懂。我如痴如醉地读着，那些简约的文字让我的思绪随风轻扬，我相信我们的先民就是在这样的土地上歌唱着这片土地，我相信这是中国最好的诗集。我爱着这片土地因而喜欢这部诗集，也因为喜欢这部诗集更爱家乡的土地了。九月读诗成了我的一个情结。

《国风·卫风》里有首《氓》，第一段是这样的："氓之蚩蚩，抱布贸丝。匪来贸丝，来即我谋。送子涉淇，至于顿丘。匪我愆期，子无良媒。将子无怒，秋以为期。"

情况大约是，在中原的淇水边上，有一个农家小伙子，他每天都笑呵呵的，这一天他抱着自家产的土布来到集市，打算换点丝回去，其实啊，他哪是来换丝，用姑娘的话说，他是借故来和我私下商量婚事的。走的时候，姑娘送他送到了清清的淇水边，又送到顿丘的弯弯山道旁，姑娘对小伙子说：你不要怪我有意拖延婚期，你还没有找好合适的媒人来提亲呢。你呀，别发脾气了，我们就把秋天定为我们的结婚的日子吧！

接下来，姑娘每天都登上村口的土墙，盼着小伙子的身影，盼得泪水都出来了，终于有一天，小伙子来了，姑娘不好意思地说，赶快把你的车赶过来，把我的嫁妆搬过去呀！

后来，乡下识字的人把他们的故事编成了歌谣，于是人们在劳作的时候或在地头休息的时候就唱着这歌谣，排解一些辛苦和寂寞。又后来，乡路上走来了官府的采歌人，他摇着清脆的铃铛，就把这首歌记录下来，以后就有了最早的诗集了。

也许这样来解读《诗经》真的会贻笑大方，但我觉得在我家乡的秋天的田野里才能读出先民们的真性情。我相信《诗经》是属于最普通的乡民的，因而它无论是自由率性的还是含情脉脉的，都是原生态和无法修改的，而且它永远应该是乐观的。它们和史实并无多少关联，它们是每天都在发生的有趣的事情。

《诗经》的“经学化”从《毛序》开始，我没有看多少历代儒家的索隐，甚至也很少看现当代学者的“以诗读诗”，我只怀念我读诗的那些个秋天，因为我在那里读到了阵阵爽朗的笑声和无数我们先民的往事，我听到了来自大地的自由的歌唱。

写到这里的时候已是月上中天，一轮秋月正在薄云里缓缓穿行。世上没有什么媒体能够比得上月亮，明月当空，只要我们同时一抬头，无论天涯海角，思念马上就像水一样流通了。

是的，在这个时候我想起了许多美丽的约定，就像《氓》里的“秋以为期”。我想在这个秋天去看蓼花，去回想一段乡间旧事；想去读一首纳兰的词，在有些凄恻的词句里去寻找淡淡的柔情；我会在一个暖洋洋的午后去重读《国风》，和那时的人们一起为“杨柳依依”而陶醉，为“蒹葭苍苍”而惆怅。秋天因为有思念而减少了许多萧瑟，那么我要在这个时节去想念一个人，去想年少时我们在一起的那些个日子，还要去问问这个人有没有也温暖地想起了我。

院子里的桂花树沉睡在月色之中，如果它们还记得去年的约定，那么它们过不了多久一定会开花儿的。

二 月

二月是个让我有些恍惚的时节，在这段时间里总是做不成什么像样的事。

当早春的风夹带着寒意轻轻吹来的时候，我便能在这风里闻到一种腥甜的可以浸透身体的味道。我会故意把衣服穿得单薄一些，或敞开一点衣领，好让皮肤可以少点遮挡地感受到那种腥甜的浸透。江南的桃李和油菜都开花了，风里看不见的花粉钻进鼻腔，痒斯斯的，整个人都跟着有点软，于是不禁连打两个喷嚏。我知道这是鼻子过敏的缘故，不过我宁愿把这想象成是让肺部腾出更多的空间以便吸进更多的春风。每当这个时候，我会略带羞赧地告诉边上的人：春天我常这样的。

对二月我是一直在心里崇拜着的，不是因为这是一段我喜欢的慵懒的时光，也不是因为这段日子里面有一个对大家都很重要的正月。不是，都不是。我相信日子对于谁都是公平的，同时也相信不同的日子给不同人的馈赠是会有所不同的。我是在二月来到这个世界的，并且这个世界因为这个生命的到来而变得稍稍有一点点不同，因此，我是如同崇拜生命一样地崇拜着二月，我甚至把这个月份拟人化地恋爱着，进而不加选择地喜欢二月里的许多东西。在这个月的中下旬，油菜花会成片地开起来，像带着它一起来的春风一样，悄无声息地展开着一场美丽却又短暂的花事。

我那么深地爱着这段时光，我固执地认为这其中有些东西一定是只属于我一个人的。浮华过眼，没有什么是真正属于自己的，而只有生日不离不弃一直追随着，即使这个人离开了世界，这个日子也会随之而变成永恒。因此，为了这个日子我虚幻出了许许多多的美好，我十分努力地把这个月份营造得跟其他月份不大一样。我会变得脾气很好，会更加乐意地帮助别人。并不打算把自己的生日告诉很多人，但却希望被人看出我不同寻常的喜悦。然而我很少在众人面前流露我对油菜花的偏爱，我生怕由此而招来不屑。其实，在我还不懂得用什么方式宣泄好感的时候，就十分天然地喜欢上了油菜花，尽管在二月它才刚刚开始绽放。

我在我不同年龄段的文字里都写过油菜花，那些绚丽的词藻远远超过了油菜花本身的色彩，现在的我已经不大会去重读它们了，但我还是无比地珍爱它们。就像放在柜子深处的旧书信，不用再去拆开看，知道它在那儿，偶尔想一想，就暖意盈怀了。

然而日子还在飞快地过去，许多梦才刚刚开始，就已近不惑之年。每年的花季我都要去郊外，那么急切地等待这二月里的精灵的到来，那么痴情地去赴一个和自己心灵的约会。苏轼说：人似秋鸿来有信，事如春梦了无痕。我已记不清那么多个约会时的情景了，而且我人生中的许多事情都与这个时节这种花有关，如果再不记录下点什么，好多事情已快要淡忘了，那该是一件多么遗憾的事啊。人这一辈子有多少刻骨铭心的事经得起淡忘，又有多少珍贵经得起几次失落呢。

可转念一想，淡忘就淡忘吧，虽说被淡忘的通常都是寻常事物，而生命的厚度正是这些寻常事物堆积起来的，谁又能说最珍贵的东西没有蕴含在寻常之中呢？它正如旧书信被放在了柜子最深处一样，已经深藏于心底并随着血液融入了生命之中，它永远都不会失落，除非跟生命一起化成泥土。

我为这种淡黄色的花毫不吝啬地使用过许多美好的词语，尽管我真的不好意思再说，但有一句每每地会想起，我在初一的作文里把油菜花比作春姑娘随手撒下的散碎的黄色锦缎，飘呀飘呀，大大小小，有的落在山坡上，有的落在小河边，有的在乡民们熟睡的时候，悄悄地落在了他们家的房前屋后。我相信这个比喻是精彩的，然而我更清楚的是，那时的油菜花带给我们的并不只是美丽，我们更看重的是它们能出多少菜籽，换多少斤多少两油。

我非常朴实地懂得，油菜跟生命是那么息息相关，它可以滋润我的肠胃，它能够强健我的身体，它能让母亲在看着孩子吃饭的时候露出笑容，它可以使寂寞清苦的日子变得有些润泽而不那么难堪。为了这个，我很小的时候就学会了在心里祈祷，让油菜花开得更灿烂些吧，让扬花的时候少些风雨吧。

也许就在这淡淡的苦涩里，我爱上了这种花。

小时候，家住在八卦洲，是南京城外的一个大岛，岛上一马平川，油菜花盛开的时候，世界仿佛都被染成了淡黄色。用晒过的菜籽去换油要走大约十里路。我们相邻的几户人家把一袋袋菜籽装上板车，大家拿出各式各样的瓶子和油壶，小心地用麦秸隔开，男女老少一行人就有说有笑地早早出发了。换了油回来，大家就更小心了，生怕碰洒了，要知道，这大大小小壶里装着的可是人们前几个月的心血，那一路飘散着的正是后几个月的生活的芬芳。如果生活的味道也可以统计的话，那么就全部量化在了这一滴一滴、一勺一勺，和一壶一壶菜油中了。

那一年的五月，我代表家里去换油，回来的时候，一个小瓶不知怎么没塞好，洒出了半瓶油。我伤心极了。拉车的大伯赶紧说是他车没拉好，回头他从他家的壶里倒些过来。我什么都听不见，眼泪早已夺眶而出，我远远地跟在大家后面，高一脚低一脚，一任泪水肆意流淌，我从来没有那样哭过，止也止不住，停也停不下，不是担心大人责骂，不是怪罪大伯，也仿佛不是为了那点油，我不知道是为了什么哭。也许是一种说不清的委屈，为什么偏偏洒了我的，那洒落的可是一个孩子整整一个春天在花地里的花一样的梦想啊。我开始懂得，一个二月里的梦如果稍不留神，也会在五月丢失的。

没有谁能够告诉我，这一切是不是上帝的安排，就在某一年的二月，我恋爱了，并且她居然也是二月出生的。当我了解到这点的时候，我知道我已经接近成功了。我提醒自己，在这个二月不能再恍惚了，在这个花季一定要少吸入花粉，绝对不能动不动就过敏，我要在这段时间办成这件事。

她在城里，我在镇上，我每天上班都要骑车经过一片油菜地，我不假思索地把我们第一次的约会地点定在了油菜花丛中的小路上。我本想表现得很阳光、很幽默，把气氛弄得很活跃，然而越是这样想，越是手足无措，接下来干脆放弃了所有的设计，回到了我的原生态。在二月的油菜花地我永远只能是我自己。我庆幸我的这个选择是无比正确的。

那个约会的傍晚，时间过得很慢，太阳悠悠地在天际逗留，田野里很安静，安静得连菜窠里小动物蹿动的声音都听得到。我们在小路上走了好多个来回，直到不远处黄岩寺的晚钟隐约传来，直到月亮已慢慢升起，我们才回去。李叔同先生有两句词正像是写给我们的：莺啼陌上人归去，花外疏钟送夕阳。她后来告诉我，我偶有的沉郁和天真在自然流露的时候，是十分迷人的。我深表荣幸，并且由衷地感谢我生命中的油菜花。再后来，她成了我的妻子，我们登记结婚的日子正是在属于我们两个人的二月。

现如今，我们都住到了城里，不断生长的城市为许多乡村披上了现代化的衣装，油菜花越来越远离了我们的视线，浑浊的空气里早已没有了那淡淡的花香。我的鼻子变得不再敏感，二月的恍惚也消失得快无从找寻。

春假的时候，我带着孩子去郊外，他不知道二月对我意味着什么，但他一样对出行充满了期待。车子开出了很远，仍然不见那抹熟悉的淡黄，我悄然掩饰着内心的失望，和孩子一起在水边找蝌蚪，在草丛里捉蚱蜢。这孩子从小不喜欢花草，却异乎寻常地喜欢动物和昆虫。我不想灌输给他连我自己都说不清的二月情结，甚至不打算探究他喜欢动物是出于怎样的潜意识。知道他能善待它们就足够了。

是的，你的二月属于你，我的二月属于我，他的和她的二月也一样有什么东西陶醉着他和她。把属于自己的东西放在自己的心里头，偶尔想一想，偶尔醉一醉，谁都不告诉，谁也管不了，这样多好。油菜花不是一样如期而至地开在了我心里吗。

写下这篇文字的时候，正是江南的五月，就是小时候洒了半瓶油的五月。遥望故园，花季已过，其实那里早已不种油菜，菜花飘香、蜂蝶飞舞的景象只能到梦中去找寻。但是我相信那半瓶油和我的泪水已经融入了故乡的土壤。

二月留在我生命里的不是一道痕迹，而是一种味道，这味道是活的并且流动着的，这味道弥漫在我的空间里，它散发出来的多半还是油菜花和菜籽油的清香。当这种香味飘进我的梦里的时候，许多已经快要淡忘了的事情就会一点一点地变得清晰起来。

一生只等一壶茶

一

茶庄的边上有间理发店，每次去理发都要等一会儿，于是就去茶庄坐坐，老板是位女士，回回都热情地为大家泡茶，并且介绍她家的茶叶多么多么与众不同。我不懂得品茶，只觉得她的茶汤真的很好喝，有时候她会告诉我两杯下去脊背会有点热，仔细感觉还真是的。后来大家熟了，我发现这茶庄老板其实更加地爱花，还种了许多种兰花。我给她写了一幅字，“生命如花，岁月如荼”。依照古法，我把茶字写成荼，大家不解，我就说唐代以前茶就是这样写的，是茶圣陆羽把那一横去掉的。每到这抖学问的时候总是自信满满，可回望茶庄又觉得，真正在自信地享受生活滋味的好像不是我，应该是那些正在泡茶的和正在品茶的人，这样一想，不禁为自己的不懂茶感到有一点遗憾。

然而更多的遗憾是从贵州湄潭回来以后，在这个美丽的茶乡我的整个身心都被茶浸泡着，闭上眼睛，“湄潭翠芽”的香味就从鼻孔弥漫到心尖，世界最大的中国茶海的万顷碧波和同样是世界第一的大茶壶立刻就浮现出来，我几乎已经喜爱上茶了。然而回家之后的周末，《江西日报》刊登了我的散文《信江之幸》，我在这篇文章里历数了上饶母亲河信江的历史文化和风土人情，却偏偏漏掉了茶，要知道上饶可是传说中茶圣陆羽写《茶经》的地方呀。是湄潭让我懂了点茶，要是早一点去湄潭就好了。

二

我的童年和少年时代是在南京八卦洲度过的，这个岛土地肥沃水草丰美却从来不产茶叶，偶尔在大人的杯子里喝一口茶，那是最便宜的花茶茶末，记得那时还有人把黄豆叶弄碎了当茶叶泡，喝起来好像挺有滋味的，其实是苦苦涩涩的。也许就是这些原因，我从小就觉得，茶是苦的，好茶不是我这样的寻常人家的孩子可以喝到的，再说了，田间树头的野果子哪一样不是香香甜甜的，乡村的日子里有许多事比喝茶要紧得多呢。

后来，茶越来越多地出现在我的生活里，我们也远离了那个把黄豆叶当茶的日子了，我也懂得了一些茶事。《诗经·郑风》里说:“出其闉阇,有女如荼。”《全唐诗》里收录了陆羽一首诗:“不羡黄金罍,不羡白玉杯;不羡朝入省,不羡暮登台;千羡万羡西江水,曾向竟陵城下来。”还有文献记载:“神农尝百草,日遇七十二毒,得荼而解之。”这些诗句让我明白了关于茶的两件事,那就是,荼和茶都是好东西,它是有用的,同时它还和女子一样美好。另一件事是,茶是水和植物最高贵的结合,它是有品的,它可以淡如水也可以酽如酒,宛如人生。陆羽在诗里虽然没有写茶,却已尽显茶圣风骨。只是等我知道了这一些时,我已经蹉跎了许多壶好茶了。

我的生命跟水结缘最多,与水为邻是我永远的幸运。而水和茶似乎天生就是一对情人,一把茶叶一辈子都在等待一壶好水来浸润,而一泓好水就是为茶而生的。有个故事,说的是当年苏轼衣锦还乡去拜见恩师王安石,说好了要取三峡中游的水给老师煮茶,不承想他沉醉于扬子江的美景,错过了扬子江中游的水而取了下游的水,煮茶时竟被王安石识破了。原来,上游的水流速快而且冷,下游的水泥沙混杂会有异味,唯有中游之水,不急不缓,最宜煮茶。后来才有了“扬子江中水,蒙山顶上茶”的说法。知道了这些特别是看了《茶经》以后,每次与朋友喝茶总是多了一些心事,到底是该煮还是该泡呢,“其水、其火、其沸”均不及陆羽之万一,我喝的水肯定不是最好的“山水”,世上到底有没有最好的茶呢。如此地纠结于心，茶中三味又如何能品得出来。

仔细想来，我与茶其实是蛮有缘分的，这缘分多半来自茶圣陆羽。虽然我的老家八卦洲不产茶，但陆羽却在江对面的栖霞山上住了差不多两年。那是唐大历年间，陆羽在山上栽培茶树，开凿清泉，采茶品茗，还写了《茶经》的部分书稿，在“陆羽精舍”，常常有高人隐士文人墨客吟诗作赋喝茶赏菊。山上有“试茶亭”，那里可以看见我老家的炊烟，当年陆羽一定在这儿眺望过不远处的那片绿洲。后来我们迁居到了上饶，没想到我又走近了陆羽，有一段时间我几乎天天都要路过陆羽居住过的地方。陆羽离开南京一年后来到了上饶，同样他又选择了一处茶山，开凿了今天还在的“陆羽泉”，并且品评为“天下第四泉”。他在上饶前后逗留了十年，一般认为，《茶经》就是在这时风行于世的。接下来的缘分一直延续到了湄潭，我千里迢迢来到湄潭仿佛只为了喝一口陆羽喝过的茶，陆羽说黔中的茶产自思州、费州、播州、夷州，就是今天的湄潭、凤岗和思南一带，“往往得之，其味极佳”。我对茶的口感在湄潭和陆羽达成了一致。

其实陆羽在《茶经》问世之前诗文已经颇负盛名，这也是他后来所到之处结交了许多学者的原因。他还是一个很本分的文人。陆羽在上饶的时候，湖州刺史大书法家颜真卿专程来拜访，颜真卿和陆羽深谈数日，觉得陆羽才学很高，就劝他去走走仕途，可陆羽却没有这个念头。颜真卿说：“茶之于官，有何意义？”陆羽说：“可以养廉。以茶代酒，以茶育德，以茶修身，以茶敬宾客，可以抗奢华之风。”在与陆羽合作的联句诗中，耿沣盛赞陆羽，“一生为墨客，几世作茶仙”，而陆羽后来也一直过着“拜井孤城里，携笼万壑前”的日子。而上面那段话出自千年以前的文人之口，不禁让我感慨万千。是啊，茶水的清香可以浸染岁月，那么茶事中的人呢，他也应该慢慢地跟他壶里的茶一样变得安静，变得铅华不染吧。我的治学比不上陆羽，而在茶事里寻找淡然的心境，并像陆羽说的修身育德却是可以去做的，我想我应该延续与陆羽和茶的缘分，在每一个寻常或者不寻常的日子里静静地等待茶水烧开。

三

这次去贵州，车还没到湄潭就听说了一句诗，“一生只等一壶茶”。是的，我愿意把这句话称为诗，它抒发的该是怎样刻骨的情感，背后该有多么动人的故事呀。舒婷有这样的诗句，“与其在悬崖上展览千年，不如在爱人肩头痛哭一晚”。情到深处只有诗了。一生对于一壶，千年对于一晚，时光就这样被浓缩了，就在一壶茶的时间里，在袅袅的水雾里，往事会一幕幕出现在眼前。哪怕是生命中有再多的不堪回首，即便是一段刻骨铭心的爱都在那一刻变得清淡而且醇和。这是多么好的时刻啊，这样的时刻就在湄潭的茶馆里的每一个角落停留着。做一个男人不容易，但在湄潭好像有所不同，在这里，男人只有两种，喝茶的和不喝茶的。我想，人到中年，做一个等待茶开的男人也是幸福的。

“一生只等一壶茶”最初出现在作家肖勤的文章里，她对她工作过的地方满怀深情，她在文章里这样描述：“湄潭的男人一到了茶馆，大都变了性格。急躁的人静得下心来了，心事重重的人也看得开了。一年到头忙的事情、大半辈子操心的事情、许多年放不下的事情……全都丢开了去。仿佛他们这长长短短的一生、乐或哭地一路走过来后，最终都是为了到茶馆来，等那一壶茶水开。”

在肖勤的文字里我看到了一种生活方式，我忽而想，会写字和会喝茶有什么区别吗？岁月对谁都是公平的，回味自己过往的日子和把自己胡思乱想的东西写出来究竟不同在哪儿，我们一生守候的东西到最后或许都会淡成一壶茶。我曾经说人类自从有了酒就在喜怒哀乐之外又多了一种状态，那就是醉，而有了茶以后我们在醉里面也多了一种状态，就是陶醉。泡茶沏茶喝茶是完整的过程，一个都不能少，这个过程会使人的心境变得安详进而陶醉其中，并且和茶水的优劣以及煮泡的技艺没多大关系。我好像懂得了，会不会品茶无关你识多少文断多少字和懂多少茶，关键是一个“等”字，放下了就等到了，只是我们什么时候才能放下呢，难道真的要用一生去等候吗，而一生之中真正等到了大概也就不枉了吧。

湄潭有一部美丽的微电影。故事说的是，七十多年前抗战的时候，浙江大学迁到了湄潭，有一个青年学生跟随竺可桢、苏步青他们也来到了湄潭，他很快就爱上了这个地方，爱上了湄潭的翠芽，他们在当时的民国中央实验茶场生产出口茶叶换来武器支援抗战。后来他要走了，茶场人家的女儿湄儿送给了他一盒亲手炒制的茶，青年无论走到哪里都带着它，一生都没离开过。青年老了，如今已年过九旬，他的外孙带着老人的发黄的相册和一个茶叶罐回到湄潭，这个年轻人骑着自行车徜徉在万亩茶海，还去老茶场看到了外公当年用过的风车。他没能去寻访湄儿，却在一个清晨登上了银柜山，沏上一杯翠芽，静静地和外公一样守候那一世的留恋和茶香。电影里面有句歌词，“我千呼万唤，原来你在梦里面”。我不禁想，这一定是一个真实的故事吧，湄儿的容颜会和茶香一起永远定格成美丽并永远留在那个青年学生的梦里吧。

在湄潭的全国唯一的“茶文化博物馆”里我看到了那台老风车，它让我想起了小时候大人们用过的风车。老家的风车是用来机米的，印象中只有一个出米口，而眼前的这台风车却有两个出料口，它可以一次性把茶叶、茶梗和茶末分拣开来。我轻轻摇动手把，早年熟悉的“吱呀”声随即传来，我一阵恍惚，感到无限的亲切。风车虽然有些区别，但它们摇出来的稻米也好，茶叶也好，可都是人们辛苦种出来的并赖以生存的东西呀。我忽而明白了，茶就是湄潭人的一切，这里所有的幸福都离不开茶。岁月让浙大的学生变成了老人，也让这里的茶香飘到了很远很远的地方，还让不懂茶的我安静地回想从前并写下了这么些关于茶的文字。既然与茶有缘，那么一壶茶带来的幸福滋味真的值得用一生去等候。

腊八粥

在我还小的那个年代，孩子们对于甜味的东西总是十分向往。虽然不能像城里的孩子那样可以时常吃到糖果，但乡下孩子也有一些特有的办法弄到甜的东西吃。比如春天的时候，我们会用很少的那点压岁钱买一点带糖心的麻团；夏天，大家就把刚收割的不结果实的玉米秸当作甘蔗一样来享用；当秋风呼呼吹过的时候，我们则守在桑树下，等着那紫红紫红的桑果一个个落下来，然后吃得满嘴乌黑。而新年快到时，我们就盼着腊八节的到来，童谣里也唱着：小孩小孩你别馋，过了腊八就是年。是啊，那甜蜜的腊八粥可是让我们馋了整整一年呀。

不管家境怎么样，大人们在做腊八粥的时候是从来不吝啬放糖的，因为人们都晓得，从古到今腊八粥有感恩和祝福的意味在里边，谁的心里没有一些谢意想要表达，谁不希望自己家的腊八粥比别人家的更好吃并且更体面呢。

在南京老家的时候，腊八粥一直都是母亲和婶娘她们做的，整个过程会延续好几天。因为那个时节正是农闲的时候，人们可以用更多的时间来筹备食材，供销社的柜台里也提前摆出了糯米、花生、黄豆、红枣，还有凭票才可以买的白糖红糖。古代传说中的皇家和大的寺院的腊八粥里还要放莲子、白果、桂圆、百合、核桃仁、葡萄干等上等货，这些我们自然都不容易吃到。每家做的腊八粥用料不完全一样，但做法却都差不多。比较讲究点的人家还要把一些东西先用油炸一炸，那样做出来的粥不但更香而且更好看。

每个腊八节的日子都是那么的不同寻常，它就跟端午节煮粽子，就跟除夕守岁一样让我们恨不得久久地拉住这段时光。记得那会儿总是要在头天晚上就把干货用水浸泡，然后五更天就开始用柴火灶慢慢熬，火不大，豆子和米要最早下锅，还需不时地翻动，免得粘锅起煳。太阳出来了，炊烟渐渐散去，就可以吆喝左邻右舍的孩子来喝粥了，按风俗习惯腊八粥最好是要让别家人先品尝的，如果只是独享就不好表达谢意了。这时的粥浓浓的、烫烫的，面上还泛着一点油亮的光泽，吃到口里，各种食材虽然绵软却又都能用舌头感知到。这样的粥端到眼前，揉一揉惺忪的睡眼，哪里还有一点点整夜守望的倦意。那时我的家境也不怎么好，可新的一年不管会怎么难，不管会遇见多少苦，至少都是从这个甜甜的早晨开始的，这甜滋滋的味道对我们是那么珍贵，是一直可以美到心里去的。

没有人告诉过我腊八粥的来历，其实我们关心的是自己家的腊八粥的口味如何，有多少人品尝并赞美过，同时关心的是这个节日给这个家庭带来了多少欢乐。谁又会在意这个节日是什么时候开始有的，以及它又有着怎样的意义，自己生活的甘苦又关古人什么事呢。

唯一的一个传说是爷爷说给我的。南京这个地方好多传说都与明太祖朱元璋有关，这个故事也是从他说起。说的是朱元璋小时候有一次干活犯了错，东家惩罚不给他饭吃，而他却在土屋里发现了一个耗子洞，洞里居然挖出好些谷物以及果仁红枣，他就毫不客气地把这些东西混在一起煮了充饥，味道竟然很好，当了皇帝以后，他就叫人按当时的记忆熬了一锅粥，吃的时候正是腊月初八，于是就取名叫腊八粥了。这个故事是我在夏夜里躺在凉席上听爷爷讲的，它并不励志，甚至还稍带着调侃，它淳朴得就像是乡下人自己经历过的事一样。是的，腊八节本来就是属于乡下人自己的，它是我们在清苦的日子里自己给自己的一个小小的馈赠。

很巧的是，曹雪芹在《红楼梦》里也绘声绘色地写了一段有小耗子参加的腊八节的故事。那是第十九回“情切切良宵花解语，意绵绵静日玉生香”。这一回里宝玉极尽调笑之能事，把个黛玉弄得乐也不是恼也不是。宝玉在那段话里，先说扬州有座黛山，山上有个林子洞，再说洞里的一群耗子在煮腊八粥，果品里差了一些香芋，也不知怎么，一只小耗子竟摇身由香芋变成了香玉小姐，一下子就把林黛玉三个字活生生安在了小耗子身上。这段文字里宝玉借耗子精之口说出了腊八粥中的五味果品，“一红枣，二栗子，三花生，四菱角，五香芋”。曹雪芹年少的时候是住在南京的，过着锦衣玉食的日子，五次接待过康熙皇帝的江南织造署当然拿得出上好的果品，然而在他笔下出现的腊八粥倒也未见奢华。不过虽说这五种食物也非珍馐之类，寻常人家的腊八粥里有这其中的两三样大概就可以知足了。更何况，普通的香芋在有情人的眼里也是可以变成香玉的。

后来我渐渐长大了，也知道了一些关于腊八节的来历，有的说它起源于宋代，有的说它传自印度并且与佛祖有着不解之缘。而我最愿意相信的是，我们的先辈只是借此表达对于土地和帮助过自己的人的一种感激。南京话的发音里，“腊八粥”是“腊八祝”，祝是祝福，那其实就是把在土地上收获的最好的东西集中起来先给他人再给自己品尝，以表达对彼此的祝福。老家八卦洲没有寺庙，早听说长江对面的栖霞寺每年都有僧人在腊八节这天在寺前熬粥，既是一种施舍也是表达对香客的感激，还听说这善事一直延续至今，这是一件多么动人的事啊！

现而今我已不太吃甜食了，也真的没什么食物让我们心心念念地牵挂着。但腊八粥的香甜以及被这香甜熏染的岁月却时时会被从心底唤起，我怀念那些个清清朗朗知冷知暖的日子。每每接到母亲叫我去吃腊八粥的电话，不管多冷的天，都会心头一热，我想，腊八粥还是和小时候那样，它带给我的就是简简单单的一点期待和实实在在的一份甜蜜和温暖，这世上有什么比这还珍贵呢？

今年腊八节前一天的早晨，有一位乡下的老人来探望我，看到他瘦小的有点残疾的身影立在寒风之中，我赶紧加了油门过去，当我把车停在他身边时我真的担心车子带起的风会让他有点吃不消。我赶紧把他让上车，不知怎的，那一瞬间，我脑海里油然浮现出了在从前课本里读过的张洁的《拣麦穗》里的情景。

是啊，也是在那个腊八节的头一天的下午，村头的柿子树下，小女孩在寒风中站了很久，她没等到那个卖灶糖的老汉，她不是为了一块灶糖或一把红枣，那是对一种纯朴的疼爱的深深的依恋，女孩知道老汉为什么疼爱自己，无非就是因为自己是一个贪吃的，因为长得不好看而又没人爱的小女孩。女孩长大以后，“总感到除了母亲以外，再也没有谁能够像他那样朴素地疼爱过我——”老汉老去了，再也不会来了，那天，女孩在那棵柿子树下哭得很伤心。文中有一个高高挂在树梢上的红红的小火柿子，风吹不下来，雨打不下来，雪压不下来。我想，那个红得透亮的小火柿子就是留在女孩和老汉心里的一丝人世间最质朴的温暖，它应该永远都不会落下来，因为即使生命结束了，它和他也会一起成为永恒的。

真的不是有意把这两个老汉扯在一起，那个买灶糖的老汉我很久没想起了，而在这个腊八节前的早晨，身边的这个老汉却让我想起了这么多，让我在心底涌起一种酸酸的却又比腊八粥还要甜的东西。

与这位老人的相识是在几年前的腊月，天上飞着一点雪花，我是因为春节走访去了他们家，在他家十分简陋的堂屋坐下。老人因为小时候生病，脚有点跛，他没有上过学，五十岁以前基本上靠几套杂耍技艺四处卖艺为生。然而就在这种吃了上顿没下顿的日子里，他在垃圾堆边上和医院门口先后捡到了四个女婴，他收养了她们，一边流浪讨生活一边养大了她们，现在，老大已经出嫁，老二大学毕业后在乡里工作，还有两个在读书，小的还在读小学。他平静地说着他的往事，嘴角时而上扬一下，仿佛是在微笑，仿佛刚刚说的这许多苦难他都不曾在意。他指了指厨房告诉我，马上过年了，他的几个女儿都很懂事，知道父亲想她们了，都要回家来了，他正在炖肉等着她们呢。

后来我和这位老人成了朋友，他虽然没有上过学，却见识多多，我们无所不谈。他家没有什么生活来源，日子仍是很艰难，但老人却很少在人前提起这些，他还自愿干起了义务森林防火宣传员，他对我说，他这一家是吃百家饭活过来的，自己一直没忘记感恩。

老人告诉我说，他这次给我带来了一点葛粉，是他自己到山上刨来的，肯定比我从外面买的好，他还告诉我，要是煮腊八粥，最后起锅时放一些，既营养，粥也更浓。他走的时候晨雾还没有散开，我送出很远，看着他有些蹒跚的身影越来越模糊，我又想起明天就是腊八节了，母亲的电话还会打过来，老人的女儿们也会回家，而此刻我们大家的心里应该早已盛好了一碗热腾腾甜滋滋的腊八粥了。

菊花脑

有一种味道在这几个月里一直若有若无地弥散在我的周围，那是在郊外的草地里仿佛到处都能闻到的，又仿佛在哪里都无法真正确认的味道。这会儿到了中秋，正是满怀乡愁的时节，才确切地明白，这味道一部分来自阳台上的两盆毫不起眼的刚刚开放的小菊花，还有一部分来自我的记忆深处。这花朵跟指甲一般大小，而且也不怎么好看，那是父母亲有一天无意中在野地里发现并采回来种的，南京人把它们称为菊花脑。

从小我就跟着大人们把这种野菜叫菊花脑，其实这个“脑”字是念第二声的，叫出来很像“菊花劳”。起先我觉得自己普通话水平还不错，可到北京读书时才发现，我们南京人在发音中很难分清楚l和n，因此这个“脑”从前会不会是“挠”或“劳”也未可知。反正我知道这菊花脑是乡下人的宝，它不但可以吃，夏天的时候大人还可以用来给孩子洗澡，洗了后连痱子都不太长呢。

乡间有一些野生的花草，我小时候就很喜欢，这让我反而没注意到，其实不少花草看似卑微，而诞生却是挺高贵的。比如夏天的洗澡花，黄昏的时候它才伸展开来，那一蓬蓬如繁星一样的小花朵让整个院子，或者说让整个夏夜都幽香起来，清爽起来，而它其实就是野茉莉，跟茉莉花虽不同科却有渊源，知道它能装点我们的日子就足够了，有谁会非要拿他和茉莉花去比呢。

和野茉莉一样，菊花脑也不怎么高贵，它属于菊科，但只能算是菊花的亲戚，无论是四月份发芽的时候还是九十月份开花的时候，都很难与菊花相提并论。那时候我家的房前屋后都是一些诸如茼蒿之类的野草，菊花脑是最不起眼的了，它们都特别容易生长，茼蒿我们也吃，然而菊花脑却是我们常常盼望的一样东西，小小的心里藏着一个不小的憧憬。

乡下人家的一点活钱不少都是用鸡蛋换的，一般人家并不太舍得吃鸡蛋，而每当把新鲜的菊花脑摘来做汤时则是必须放鸡蛋的。我至今不知道为什么菊花脑好像只是南京人才吃，也不知道为什么菊花脑必须与鸡蛋为邻，总之是，因为有了菊花脑，那几个月就能多吃不少鸡蛋，这不是一件很开心的事吗。每年春游秋游的时候看着南京城满城花开，心里却惦记着屋后的这野草，以及那一锅清香，这是多么温暖的一段时光啊。

离开故乡南京好多年里，我一直没能在其他地方吃到过菊花脑，有时候会忽然很想马上就去老家尝尝，却总是被一些工作缠住而放弃了。那一天父母亲晚饭后出去散步，却意外地在郊外发现了一丛菊花脑，他们没找到主人却摘了一小把，他们告诉我，种菊花脑的一定是南京人，只要在那里等，等来的一定是南京老乡，只有南京人才会把这野菜带到外地带在身边，以前在老家时这些野菜都可以随意摘，没有人会在意的。

这是一个夏天的傍晚，我把妻儿唤在一起，仿佛是期待一席盛宴似的等待菊花脑蛋汤，和从前一样还是母亲亲手做，和从前一样还是那股别样的清香。如今尝来，那种既有点涩又有点麻的味道似乎更浓了，钻进鼻腔马上就让脑筋一爽，那是真正老家的味道。是啊，有什么山珍海味能承载着那么多纯真和这么多感念呢。我凝神注视着这碗汤，忽然发现一个有趣的图景，原来，菊花脑汤加了蛋花以后，碧绿洁白，真的好像好像一簇盛开的杭白菊，莫不是前人要的就是这色香味俱佳的感觉。

做一个南京人挺好，而远离故乡却能吃到菊花脑也很不错。翻翻古书发现南京吃菊花脑已有几百年历史，苏东坡在《后杞菊赋》里说：“人生一世，如屈伸肘。何者为贫，何者为富？何者为美，何者为陋？……吾方以杞为粮，以菊为糗。春食苗，夏食叶，秋食花实而冬食根，庶几乎西河、南阳之寿。”他的意思是，人生活在这世界上，就像手肘一样能弯能直。什么叫贫和富？什么叫美和丑？有的人吃粗糠照样长得白胖，有的人整天山珍海味却还是很瘦。自己现在以杞菊为食，也许也能像西河、南阳的人那样长寿呢！

从这个典故看来，菊花脑最早是不被赏识的，它是在没有粮食吃的时候勉强拿来充饥的，苏东坡那样说显然有自我安慰和自嘲的意味，他是个有骨气的文人，他是把“以菊为粮”当作一种励志之举，意思是连这野菜都吃了，还会在意什么屈伸荣辱。我没有苏轼的抱负，对我来说，菊花脑虽只是一种野菜，却是能咀嚼出生活的真滋味的，日子在一天天过去，又有多少滋味值得久久回味呢。

写到这里我不禁想起久未翻看的明代名著《菜根谭》，想起古人说的“人能嚼得菜根，则百事可做”。菜根我是嚼过了，可什么时候自己能达到书中所说的境界呢，“风斜雨急处，立得脚定。花浓柳艳处，着得眼高。路危径险处，回得头早”。多好啊！

《菜根谭》是一部真正的奇书。乾隆年间，有个名号叫遂初堂主人的人在一座古刹里拾到一本明代洪应明著的《菜根谭》，作者其人当时无法考证，只知道他是根据宋人的名言“人能咬得菜根，则百事可做”写成了这部书。这书文采斐然，含英咀华之中已然品出了人生真趣和世间百态。看这部书的时候我就在想，它太值得我们读了，它没有像《论语》

那样告诉你好些为人方略，也没像《道德经》那样传授了许多经世大道，它只告诉了我们如何做一个真实的和快乐的人。看看书里说得多好：“土床石枕冷家风，拥衾时梦魂亦爽；麦饭豆羹淡滋味，放箸处齿颊犹香。”

是啊，我们眼前的这个世界充满了浮躁，无数的人都在争先恐后地往前赶，我们已经远离了淡然和静好，忙碌让我们忘记了对自然的尊重和对情感的珍爱。对了，白居易诗里说：“欲得身心俱静好，自弹不及听人弹。”还有几个人能安静地坐下来听人抚上一曲呢，都恨不得把世上所有的琴拿来自己弹了。弹琴是一种表达，而听琴则是一种态度。少一些操劳，放慢一下脚步，等等自己的心灵，等等自己的身影，这该多好。

我不知道当年吃的菊花脑和茼蒿这些野菜算不算《菜根谭》里说的菜根，以其为食是不是就算吃过了苦并因此而能做成许多事，这个问题我没去深想，但有一点我是明白的，与其说我喜欢吃菊花脑，还不如说我很怀念吃菊花脑的那些日子，我愿意住回那时的乡下老屋，生活在那时的湛蓝的天空下，我愿意像《菜根谭》书里劝诫人们的那样，人淡如菊，过一种淳朴的、有一点诗意的生活。

书里的句子太好了：“酞肥辛甘非真味，真味只是淡。神奇卓异非至人，至人只是常。”

大约在十年前，我看过一部动画片《千与千寻》，那是一个神幻穿越的故事，小女生千寻来到了一个诡异的世界，她被取了一个新的名字叫千，她凭着真诚和执着最后终于回到了现实的父母身边。有一句台词我印象很深刻，那是朋友白龙对要返回原来世界的千寻说的："如果忘记了自己的名字，就找不到回家的路了。"是的，记住自己的名字，做一个真实的自己，就有了一条属于自己的路。

现在好了，阳台上的菊花脑开花了，它可以让我不时想起把菊花脑当美味咀嚼的日子，以及那些日子中的一点点苦涩和一点点甘甜。那么，借用《千与千寻》的句式，记住菊花脑的味道，就能找到回乡的路，就能回到那些个清淡的岁月。

清明节

不知道夜里是什么时候醒来的，也不知这场雨是什么时候开始下的，那么它要下到什么时候才会停呢？毕竟眼下是清明时节。

恍惚之中还记得大家昨晚约好了说今天不下雨就去山里扫墓。去看看今年的映山红是不是还和往年一样娇艳，听一听山里的风把松柏吹得瑟瑟作响，去静静地在故人安息的地方坐一坐。是的，今天是清明节，是一个让人无法释怀的日子，然而今天却真的下起了一场绵绵的不小的雨，这雨让世间变得清新明净，然而当它落在我这异乡游子的心里时，却又别是一番滋味了。

写下这一段之后，忽然觉得手中的笔变得有点沉甸甸的，许许多多的往事像泉涌一样从心底泛起，许许多多曾经深深感染我而又很久没再出现的情绪重又萦绕在心头，一丝伤感像窗外的雨滴似的轻柔地落在眉梢。我不知道能不能把此刻的心境写出来，我生怕如果没写好，会降低了心里的那份珍贵，我生怕因此而留下长久的遗憾，毕竟有一些怀念是永远只能属于内心的。

就在这滴滴答答的雨声里，一位儿时同窗的声音从电话里悠悠地传来，我们说起了清明这个话题。他告诉我，他很少去扫墓，但他的心每次都是和扫墓人一起去的。也许他觉得在一片明媚的春光里是不太适合太过伤感的，也许逝去的人和事留在心里的有太多的痛和美，它们真的无法在这样的日子里同时被想起。我们聊了好一会儿，说着说着，心情也轻松了起来，我甚至和他聊起我们小时候在老家上坟时的一些事情。

我开始觉得，在清明节这天，我们更应该告慰我们的先人，告诉他们我们生活得很好，我们活在这样一个五彩缤纷的季节里真的没什么忧愁。在这个日子，世界是清清明明的，清明得让人能够感受到前世今生，哪里还有什么生死永隔呢。

我一直怀念着我在故乡南京生活的童年和少年时光，我非常感谢故乡的性情温婉的人们，他们给了我那么多的爱，并教会了我怎样去爱别人，这使我在离开故乡多年之后还会在某个不眠之夜亲切地想起，并从那儿获得一份好心情。在那时无数的日子里，清明节是我经常想起的一个节日。

很小的时候，我就知道江对面的山上有我从未见过的奶奶，我们一大家人每年在清明时都去看她，奶奶在我脑海里没有留下印象，她在我出生前就去世了。每年我和其他孩子一样盼着过清明，那样就可以跟大人一起坐轮渡到江对面，可以到那边的燕子矶上玩一玩，然后用自家的鸡蛋换钱要一碗好吃的馄饨。是啊，在乡村长大的孩子哪有那么多奢望呢，在他们小小的简单的心里，一碗肉汤的馄饨大约就是美好生活的全部了。而我那时也已知道，这个美好，具体地说那碗美味的馄饨是在清明节奶奶给带来的。周作人先生有首诗：龙灯蟹鹞去迢迢，关进书房耐寂寥。盼到清明三月节，上坟船里看姣姣。真的，我一直那么深地感谢我的奶奶。

那年冬天，爷爷也住到了那边的山上。那年我九岁，当我知道我再也看不到爷爷时，我伤心极了。我是我们大家庭里最年幼的孙儿，那时父亲在外地工作，一年只在春节才回来，因此爷爷格外地疼爱我。爷爷在家里是至高无上的，有时专门为他做点好吃的，他总会为孙儿孙女每人分一点，而我每次都是最多的。爷爷的那个装锅巴和糖果的锡罐子我现在都还记得十分清晰。那时候，我最喜欢和爷爷坐在一起，扶着他的腿，我们一句话都不说，看着太阳慢慢落下去，看着月亮慢慢升起来。

后来我渐渐长大了，到了知道该为大人做点什么的时候了。每年上坟，我都会在路上折几枝最直最粗的柳枝，这柳枝插在坟上，立刻就带去了一点生机。

柳也有留的意思，我想爷爷把爱留在了我的心里，那么我也应该把对他的感恩留在他和奶奶身边。

离开故乡以后，我再没淋过那么纯净的清明的雨，再没见过草叶上有那么晶莹的露珠，再没闻过那么新鲜的泥土的气息，再没吃过那时那么好吃的馄饨。我想也许是我长大了吧，我的生命里怕是永远也没有那时的那些个清清明明的日子了。

去年年底，爷爷奶奶要迁居了，我回到了故乡。当我们在一大块红布的遮盖下打开坟墓的时候，我忽然感到无限的亲切和温暖。这就是我亲爱的爷爷和没见过的奶奶，他们几乎已经和大地融为了一体，他们已经与天地一同进入了永恒，然而他们又那么切近地就在我的眼前，我被深深地感动着，我甚至相信，当我对着他们说我爱你们的时候，他们在冥冥之中应该是能听得到的。没有能够在今年的清明回去为爷爷奶奶扫墓，我感到很遗憾，我其实是想去告诉他们，我们在他乡生活得很不错，而一个新的季节已经开始，我们的心情都挺好的。

今天的雨一直没有停，下午我带着孩子打着伞一起去踏青。我告诉孩子，清明踏青也是自古以来的一个习俗，有时候，我们对自然对生活对生命的热爱正是对先人的一种最好的缅怀和感恩。

这是一个沿江公园，一江春水缓缓地流向远方，江边的公园里绿草如茵，几千株花木袅袅婷婷地立在茫茫的雨雾中，有含笑、广玉兰，甚至还有紫红的红枫，而最多的是盛开的樱花。这场春雨打落了无数花瓣，地上一片水红，然而花枝上却依然缀满花朵。在雨中的花园里我们待了很久，回到家时已是黄昏时分。

剃头师傅

没有哪个男士会忘记小时候剃头的事。

那时候我们家还住在乡村，虽然生活平淡简朴，可乐趣也自在其中。每一个乡下的孩子都是大地的宠儿，他们生长在蓝天沃土之间，呼吸着最新鲜的空气，脚踩着最新鲜的泥土，他们和许许多多自由的生命一样，任性地、无拘无束地生长着。

不过生活中有一些事也不能完全由着自己，比如说理发，对很小的男孩子来说，有一点约束，有一点恐惧，却又不得不去做，不然，一个蓬头垢面的小孩是会让人家笑话的，会被人称为野孩子的，这可不是个好名声，最起码，父母的面子上过不去，谁不希望自家的孩子走出去能整洁一些体面一些呢。

那会儿理发是不去理发店的，记忆中好像理发总是在太阳快落山的时候，许多人家的孩子聚集在一块空地上，围着剃头匠跑来跑去，然后一个个像过堂似的苦着脸过去，片刻之后，要么光着头像个甜瓜，要么支棱着一头短发像个刺猬一样笑着跑去。

理发的师傅是个上了年纪的人，常年走村串户，早已落下了满脸风霜。他慢慢地移动着身体，并不太说话，孩子们调皮得太过分了，他才会佯装生气地呵斥两句，每次理完发，总要在那个光光的脑袋上爱抚地拍一下，说一句“调皮”。

好多年以后有两件事我还没想明白，一是老剃头匠的头是谁剃的呢？二是他怎么总是在傍晚的时候来呢？第一个问题我仍是不知，第二个问题我想，也许这个时候大人收工孩子放学，比较集中，可以多剃几个吧。再一想，在这个时候，我们不也盼着他能到来吗。那样，我们就可以在一起疯一下，在晚霞的余晖里，在薄薄的炊烟里笑着跑着，尽情地嬉闹着。我们是多么希望太阳慢一点下山，好让这难得的欢乐多延续一会儿。现在回想起来，在那时的清苦的日子里，正是老剃头匠为我们带来了外面的消息，变魔术般地变出了许多英俊的少年，变出了一个个乡村的节日。这节日对乡村来说是那么珍贵，珍贵得是能够把太阳都留住的。

听着剃头推子咔嚓咔嚓在耳边响着，感觉着那个冰冷的东西在头上前后左右地移动，童年的我一直感到很恐惧，生怕一不小心划破我的头皮。可是这又有谁知道呢，知道了又会有谁来抚慰一下呢。

这种不安随着时间的延长，越发强烈，就想着赶快逃掉，而剃头师傅仿佛知道我的心事，他一面轻轻按着我肩头，一面不停地告诉我就快好了。真的，真的我就不怎么怕了，就这样头理好了，就这样我带着一身碎发飞快地跑走，就这样我甚至都没说过一声谢谢，就这样，我慢慢长大了。

记得那一年冬天，我年迈的爷爷到了他生命的弥留之际，正是这个老师傅来为爷爷最后一次理发修面。我不知怎么忽然天真地问剃头师傅：在您要去世的时候，谁来为您理发呢？众人都安静了，场面由原来的肃穆变得有些尴尬。他笑了笑说：我忙着呢，到那时呀，我还要赶快过去给那边的老伙计们剃头呢。

那天的情景我一直记得，也是个日落时分，寒气从脚底升起，四周静悄悄的，空气里弥漫着忧伤。亲爱的爷爷就在那天午夜安详地离去了。我想在爷爷最后时刻的记忆里，除了他最疼爱的孙儿，也许还有剃头师傅以及他说的话，那么爷爷一定知道了，在遥远的天国里也是有人理发的。

时光飞快地过去，我已经到了不再相信天国里也有剃头匠的年龄了，后来，我们举家搬到了遥远的南方，流年似水，浮生如梦，小时候的事好多都想不起来了，我也长久地忘记了那个老剃头匠。

可是直到有一天，我忽然发现我的孩子竟然也那么害怕理发时，这才重又记起那个已经泛黄的年月。我没有去打听老剃头匠还在不在世，即便他还在，也是帮不上我的忙的。我作了很多尝试，我告诉儿子，理发是件极平常极重要的事情，从来没有人因此而受伤，并且它可以与一个充满刺激的游戏相媲美。可这些都无济于事，每一次都一样弄得满头大汗。在完全无计可施之后，我再次想起了老剃头匠，我决定带儿子去找一个跟我童年时一样的那种不带电推没有电吹风的理发摊子。于是，在离我们家不远的一条窄小的巷子里，我们找到了一位老师傅。

老人家个子不高，非常清瘦，因为瘦和牙齿不好的原因，两腮向后咧着，看上去就像一直在微笑着。他的店面，确切地说是他的摊位其实就是两栋房子错开的一个角落，刚好够放一张椅子。不知怎么，我从一开始就感到非常的亲切，并因此而十分高兴，以至于当老人告诉我他姓什么时，我都没听清楚。我一直在庆幸，孩子理发的事总算有着落了。现在想想，我当时有点自私了，随着我们渐渐熟悉，我就更不好意思问他贵姓了。我试图在他的小摊子上搜寻证书什么的，想知道他的名字，但却始终没有发现，我就只好一直称他老师傅，儿子则称他为老爷爷了。

说起来也真的奇怪，儿子理发时果然不再哭闹了，老师傅也对我们格外的好，他每次理完发时，竟然也会在儿子头上爱抚地轻轻拍一下，他的动作极其自然，一如我记忆中的老剃头匠。这个小小的动作，一下子让我恍如昨日，一下子把什么烦恼都丢了，一下子觉得生活其实很简单很简单，而幸福的生活更加简单，简单得就是让人轻轻地在头上拍一下。

老师傅在为我理完发之后，总是拿个镜子在我脑后照给我看，并且告诉我，他理的好在哪里，还一再提醒我不要在外边随便找人理发，免得坏了发型。每当这个时候，我们都很安静，我会陪老人抽一根烟，我内心里真想这种安静能长一点，再长一点。小时候剃头总希望能快些，太阳落山得晚些，而现在，却巴不得理得慢一点。两位老师傅带给我的情境不一样，而带给我的幸福的感觉却是一样的，一个在我的记忆里，一个或许正不声不响地留在了我的孩子的记忆里了。

我有时会感到一丝困惑，为什么那么多珍贵的东西一定要等到长大以后才被发现呢？

我并不想一定要寻找这个答案，我也还没有到喜欢怀旧的年龄，然而我却非常喜欢和儿子一起穿过那个小巷，就为了能跟老师傅打个招呼，就为了看一眼老人家始终挂在脸上的那一抹微笑。

然而老师傅一天比一天苍老了，他的动作也越来越慢了。

冬至过后的一天下午，很冷很冷。儿子自己拿着钱去理发，可没过几分钟就回来了，他告诉我，老爷爷不在那里，理发摊子不知什么时候已经不见了。我的心往下一沉，随即和儿子一起去了那条小巷。

小巷里的风特别大，一个行人都没有，理发摊子没有了，看来已经有些日子，墙角里还有两件杂物。有个邻居走过来告诉我们，听说这个老人不在了。

我和孩子都没有说话，而几乎同时地，我们发现在角落里还有一小盆盆景。那是一棵小小的海棠，盆子歪在那里，叶子干瘪，花边已经泛白了。我们都想起来了，这盆海棠在上次我们来时就在了，它肯定不是老人家养的，它也许是哪个顾客或路人觉得这花实在没什么观赏价值，随手丢在这里的。

孩子问我，要不要把海棠带回去，不然它会冻死的。我告诉他，海棠是不怕冻的，我们还是给它浇点水吧，时常来看看，再说万一老人家回来发现花不在了，会着急的。

孩子又问，要是老爷爷真的已经不在了呢？我轻轻地在儿子头上拍了一下说，那我们就当老爷爷出差去了，因为有一个我们都没去过的地方，正有许多人等着他去理发。说不定此刻老爷爷正微笑地忙着呢。

说话之间，我们已经走出了小巷，回头看时，那盆小小的海棠已经看不见了。

亲近无为

十几岁之前填履历表，在填到籍贯这一栏的时候总是心头一热，接着就端端正正地写下“安徽省无为县”这几个字。其实呢，父亲和我都是在南京出生的，我们也都没去过无为县，那里是爷爷奶奶的故乡，是他们在七十多年前为躲避日军的战火把一家人从无为一担挑来南京的。从此，无为就作为家族的发源地温暖地留在了我们几代人的心底。

后来，老一辈的人先后过世了，我也举家迁到了江西，我的籍贯改写成了南京，新的乡愁覆盖了尘封更久的岁月，忽然觉得，无为仿佛一下子变得十分遥远，遥远得连梦里都不再出现了。可是偶尔地，在某个书页上看到无为这两个字时，心弦还是会被温柔地拨动，我能听到一个幽远的声音在轻轻地呼唤。

去年十一月，接到作协去南京开会的通知，我的心弦又一次被拨动，我马上想到我可以走景德镇经黄山到芜湖，那样就到了我心中的无为了。

深秋的皖南大地一马平川，加上一场纷纷的秋雨，让远处的房子树木显得有些迷蒙。当我停下车小心地踏上无为的土地时，我的心是安详的，有如一个平静的水面上停泊着一只小船，没有波澜却淋着雨丝。

当年爷爷奶奶走过的路我无从找寻，然而我想一定就在我的脚下或附近，那时他们挑着极其简单的家什正匆匆地向南京逃难；四周的景物虽不是昔日光景，却一定有一棵树是那时种下，它看见过他们并且此刻正静静地看着我；特别是，他们一定曾在某一天也像我这样久久地望着苍天，我相信头上的这方天空和那天是一样的，只是他们在仰望苍天的时候想要知道的是前面的路在哪里，而我想知道的是，哪里才是我们的故土家园呢！

我相信冥冥之中会得到指点，我知道这一刻我们的心是挨得很近的。傍晚的风夹着雨丝打湿了我的头发，这是无为的风雨，它们滋养了我的先辈并开启了我的血缘，它们也曾这样打湿过先辈的发梢。我没有试图去找那个叫夏家南村的地方，我真的希望时间稍稍停留，好让我在这片暮色里再痴一会儿。

还在很小的时候我看过一张照片，那时它就已经发黄了，这些年虽时常在脑海里浮现这张照片，却是怎么也找不到了。我没有见过奶奶，那会是爷爷奶奶以及无为留给我们的唯一的影像吗？照片的背景是一座土房，那该是我家的祖屋吧，爷爷戴着一顶晚清式样的小帽子，他是那么高大英俊，奶奶则笑眯了眼，他们看起来真的是很配很配的。我不知道他们为什么笑得那么舒展，那么可爱，是第一次照相带来的开心，还是那年的无为风调雨顺收成不错，他们一定不知道战火会烧到自己的田园，他们一定觉得他们的日子过得还算体面。此刻我想着这张照片，一切都更加安详了。

小的时候不知道无为离南京其实并不太远，总以为无为在一个遥远的几乎是梦境的地方，那时我对世界的感知就是八卦洲这个大岛，以及岛四周的浩浩长江，在清苦的乡村日子里，时常遐想着那些眼睛看不到的地方，那里一定有着我所不晓得的并且能让人更快乐的东西吧，更何况无为是我们的老家呢，那个能让爷爷奶奶舒展笑容的地方怎么会不好呢！

于是，在我浅浅的脑海里开始勾画着无为了。清明的时候看大人们烧纸，我就问：老家那么远，他们能拿得到这钱吗；冬天的傍晚我喜欢趴在爷爷的腿上，晒着斜斜的太阳，看着江对面的火车冒着白烟向太阳落山的地方开去，也老爱问：那火车会开到老家吗？爷爷苍老的眼睛也一直看着火车，直到连白烟都看不见了。他也想家了吧。

夏天的夜晚最喜欢躺在凉席上，看着天上的银河，听爷爷讲他年轻时的和老家的故事。爷爷是个十分淳朴的农民，经过那么多的苦难把一家人带来南京，在八卦洲租了几亩荒地重建家园，然而在他的脸上却看不到什么委屈和抱怨，反而很多事经过了他的心再由他的口说出来，真的很好很好，我觉得那些故事好纯净啊，纯净得就像发生在头上银河里的事情一样。

有个故事听过不少遍，是说村上有个年轻人叫陆宽，这年他去乡试，路上饥渴难耐，就在一口塘边喝水。当他俯下身时，却发现有一只蚂蚁不知怎么掉在了水里，正在苦苦挣扎，陆宽不禁停不下来，因为他知道只要他用手一拨水，这蚂蚁就会被溅起的水花淹没，同时，他找了一根小小的树枝，轻轻地从水里把蚂蚁托起，并让它稳当当地爬上了树枝，把树枝连同蚂蚁一起放在岸上之后，他才美美地喝了个饱。后来考试的时候，陆宽在答题时有一个字少写了一点，这个点非常重要，少了这点不但文辞不通，更要命的是极有可能招来文字狱。可是当考官阅卷的时候，不但没发现这个笔误，反而震惊地看到那个点居然在蠕动，原来竟然是一只蚂蚁以它的身体充当了那个点。考官惊出一身冷汗，这个陆宽连蚂蚁都在救他帮他，定是大福大贵之人。于是，陆宽就不但保住了性命还顺利地通过了乡试。

这个故事我们全家每个人都听过，我们知道了无为有个读书人叫陆宽或叫路宽，我们知道了怎样做人才能使脚下的路越走越宽，这个故事几乎成了我们的祖训，它告诉我们为人一定要善，一点善念加上一个小小的善举，这么做起来其实真的并不太费力。后来，每一次到新的地方任职做自我介绍时，我总会认真地说，在故乡生活的十多年的日子教会了我怎样做人，而每次说这话的时候脑子里都会闪现这个故事以及爷爷和善的笑容。一个从未到过的老家却那么深地植入心田，该是因为一个平平淡淡的善字吧！它使得我们在任何困难的时候总能品味出生活中的哪怕是一点点开心的滋味，并由此觉得自己过得还不错。

有一首诗是从爷爷口里流传下来的，诗是这样说的："大雪飘飘似鹅毛，身盖青灰头枕瓢。我倒有了安身处，路上行人怎么好。"听父亲说过我们的祖上好像也曾出过读书人，不过这首诗倒是不能作为佐证的，相反，这样的诗是只有爷爷那样的人而不是什么读书人能做出的。一个人能够把身盖青灰头枕瓢当成已经安身，而在这样的安身之处还在惦记着路上行人，这是多么朴实的仁爱！读过那么多传世诗文，有哪一篇能这样一直温暖到心窝呢！祖上是贫穷的，但留下的这首诗可真是千金难买的传家宝。

当一个人年纪大了以后是否还依然可爱，取决于他年纪小的时候有多少温馨的记忆和感动。人在回首过去的日子时，无数的场景会在眼前飞快地闪过，但肯定有几个是清晰的，并且会久久地停留，而支撑起一个完整的人生的正是这样一些清晰的瞬间。虽然我还没到喜欢怀旧的年龄，但与生俱来的有些善感，有时静夜醒来，思绪便像长了翅膀一样飞到了广袤的夜空里，而它便会经常停留在那张再也找不到的照片上，停留在某个夏夜的银河下，也许以后，它还会停留在今天无为的这个雨雾迷蒙的黄昏里。

读《论语》的时候读到“无为而治”，禁不住就想，老家无为和这个“无为”有什么关联呢，虽然查阅了一些资料却并没有找到依据，但我还是认为，整个皖南都深受徽州文化程朱理学的熏陶，儒家思想早就深刻地融入人们的生活之中，他们的敦厚善良不但表现在待人处事上，也像爷爷奶奶那张照片一样流露在人们舒展的笑容里。我没见过爷爷生气发火，更没有责骂过我这样的孩子，他留在我记忆里的多半是微笑着坐在堂屋中间的样子，而一大家人就在他和蔼的目光里忙忙碌碌走来走去。爷爷八十几岁的时候还提着簸箕到处拾粪，他大概并不知道什么是“无为而治”，但他朴素的持家之道和他的善却影响着教导着每一个从这个家庭走出来的孩子。

在翻阅有关无为县的资料时，无意中发现我喜爱的作家张爱玲还和无为有着些许渊源，赶紧找来张爱玲的书重新读，然而那些美丽的文字里提到无为的地方并不太多，只是有意无意地让她书中的人物是无为人，也似乎是无为有她的亲戚或熟悉的人，用她的话说，无为这个富有哲学意味和诗意的地名容易记。

我没有再继续寻找和探究下去，可当合上书页的时候，我十分亲切地记住了张爱玲的一句话：“因为懂得，所以慈悲。”

是的，生活总是不会在你拥有的时候让你懂得，而当我们开始懂得的时候往往已经不再或不知如何慈悲了。张爱玲的这句话我已好久没有想起，心里头最柔软最珍贵的一隅若不是在今天又怎么会打开呢！

那天，在暮色四合的时候，我在无为县城的边上住下，我愿意就这样隔着浓浓的暮雨亲近我的无为，也许这样才更接近我心里的真实吧，我在雨中给亲人们打了电话。后来外面的景物都模糊了，模糊成了一片深深的黛色，就像记忆中的那张照片和好多往事一样，然而，有些东西又慢慢从心底浮起并变得清晰，清晰得有如晚上的秋雨，滴滴答答地落在窗台上，反射着不远处的点点灯火，然后带着我的这许多思绪一同融进了无为的大地之中。

桨声灯影

一

爱看戏剧的人本就不多，而对中国的古典剧作，可能是因为语言文字的缘故，现在更少有人问津了。知道秦淮歌妓李香君的人还有一些，熟悉《桃花扇》的估计寥寥无几。一代歌妓，早已香消玉殒，发生在她身上的那段荡气回肠的故事也已很少被提起。岁月最终将把一切都完全抹去，或许只有十里秦淮上的几座遗址，还能依稀记得些昔年往事。

对秦淮河应算是比较熟悉的。少年时候，就会邀两个伴去玩，那时倒不是去泛舟访古，而是去夫子庙逛庙会，吃点小吃，买点便宜的但别处不易见到的小商品。

后来，读到朱自清和俞平伯两位先生的同题散文《桨声灯影里的秦淮河》，这才知道，原来身边的这条河竟是那么悠久，那么醇厚，那么让人魂牵梦萦，还出了那么多的名人大家。中国没有哪一条河，这么窄却溶进了那么多香脂金粉，“碧阴阴”的水里洒下了那么多传世的文字。

想抒写一下自己的感想，但大师在前，高山仰止，竟不知如何落笔。

当年自己是一个少年，今天却已识得一些沧桑。故地重游，可谓感慨良多。那么就借用朱自清的一段话作个开头吧：“于是桨声汩——汩，我们开始领略那晃荡着蔷薇色的历史的秦淮河的滋味了”。

如今的游船大多集中在“文德桥”下，“泮池”边上。也许是为了能多上些游客吧，都是些大船，“七板子”已是几乎不见了，昔日画舫的精致华贵，“七板子”的简约灵秀早已不复存在。画舫仍旧是画舫，跟别处确有不同，显得更艳丽一些。但是却无法掩饰仿制的粗糙。其实这也不足为奇，毕竟，游客的构成和心态与从前是完全不同了。这里已不是历史的秦淮，而是百姓的秦淮了。

站在码头岸边，抬头可见四个大字“秦淮人家”，这正好为我前面的话作了佐证。千年秦淮大部分时候都是画舫凌波、酒楼茶肆鳞次栉比、莺歌燕舞彻夜不绝，这大约不能算是百姓的秦淮。而今天，来秦淮泛舟，我不知道有多少人是来感受当年的余韵的，如果真带着这样的心情，怕是会有点失望。这里已经叫“秦淮人家”了，它从形式上已经类同于江浙一带的水乡古镇。小桥流水人家确是无比的精致。

河水比以前要清，这应该归功于近二十年的不断疏浚。历史上，这一段河水清过又浊过，浊过又清过，往后该是会永远清下去了。

河水凝厚，真似传说的溶了“六朝金粉”。水面波光闪动，看得有点目眩。一切都可以改变，楼瓦也会腐朽，人更是匆匆过客，而始终静静流淌着的就是这一河碧水，它阅尽了人世沧桑，却似乎没有一点忧伤。泛舟水上，有一会儿竟恍惚得不知今夕何夕。

入夜，无数灯光把秦淮装点得璀璨夺目。我除了由衷地惊叹，一时竟没有其他感觉。看来，秦淮已真的不是昔日的秦淮了。偶尔也能看到些小灯笼，昏昏的，有点像人的迷离的眼睛。间或也能听到歌声，但这歌声不是悠悠地传来，而是不容商量地直撞耳膜。也许往更远的地方去，才能看到些秦淮的旧景，更安静，灯影也更朦胧。

“烟笼寒水月笼沙，夜泊淮河近酒家。”今夜，窗前沉思，我该怎样认识我的梦里的，我的记忆中的，以及我所知道的历史的秦淮河呢。

二

我还是先想起了夫子庙。也许是我本来就比较熟悉，还因为，我一直认为秦淮的繁荣跟这座孔庙，以及聚集在它周围的无数历代才子息息相关。

夫子庙又可称作孔庙和文庙，供奉的是儒家国学的祖师、“万世师表”的孔子。夫子庙是宋仁宗时建成的，基本上是按照孔庙的特有形制建造的，后经不断修缮，到明万历年间，才基本形成今天这个格局。庙前的“泮池”是挖掘秦淮河而形成，对面的照壁，长一百一十米，高十米，赭红冬青，气势磅礴，至今都是“天下第一壁”。大成殿门外，建有高大的牌坊，上书“天下文枢”四个大字，巍峨大气，令人肃然起敬。

夫子庙是前庙后学，布局严谨。也许是秦淮河特有的灵气，加上孔庙的文气，明代，围绕着孔庙，这里逐渐成为全国最重要的科考之地。

于是，夫子庙前、乌衣巷口、文德桥边，才子如云，秦淮河进入了历史上第二个最繁华的时期。这一段一晃就是四百年，虽然也是风风雨雨，但总体上也算得是个歌舞升平的年代。

除了孔庙，还有一位孔氏后人与秦淮河有着不解之缘，这人就是《桃花扇》的作者孔尚任。孔尚任，字聘之，号云亭山人，孔子六十四代孙，生活在清康熙年间，他曾经奉命出京治淮，在江南金陵待了数年，后回京，经过十年京宦，终至户部员外郎。他对宦海风云，对明末的社会变迁，特别是南明的兴亡是有较深刻的认识的。当然，他的所有其他成就都被他自己的《桃花扇》覆盖了。

《桃花扇》是明灭亡后第一个以戏曲的形式来展现复杂的社会矛盾，并借以记载和评价历史的作品。故事以李香君和侯方域的爱情悲欢为线索，“借离合之情，写兴亡之感”。这种构思不能算独创，但以四十出的巨制为蓝本，估计也是前无古人了，这就难怪当时洛阳纸贵，甚至连康熙皇帝都特意索来一阅。

《桃花扇》的成功首先是作者最大程度地尊重了历史，这种历史剧的创作文风影响了后面几代文人。而《桃花扇》的另一个成功的因素，就是孔尚任把故事的场景放在了秦淮河畔。这里的画舫歌楼，这里的风花雪月，这里的灯火阑珊，早已不知让多少人柔肠寸断。

我非常不愿意听人把我家乡的这条河称作烟花之地。

在孔尚任的眼中，秦淮歌妓并不低贱。一把情扇风情万种，情泣鬼神，这又怎是风尘女子所为；围绕这把扇子展开的赠扇，溅扇，染扇，直到最后的撕扇入道，这分明是在写一位巾帼女杰。烟花女子颠沛流离，命运悲惨，而一旦人老珠黄，更是晚景凄凉，中国的老百姓是最具同情心的，他们在内心其实早已原谅了这些苦命女子。

而在《桃花扇》中分明传达了这样一个信息：名妓尚有如此气节风骨，而一帮统治者在她的反衬下，更显得卑微可憎，那么，这个朝廷又怎能不灭亡呢。

如此一来，秦淮河就平添了许多明媚和高贵。

踏进来燕桥边的李香君故居“媚香楼”，满目尽是书画楹联、园林小景、壁画挂灯，何等清静雅致，何等赏心悦目，不知多少代多少人来探访过，不知多少人为这位秦淮名妓扼腕叹息。

难道秦淮真的是历史的秦淮，难道秦淮歌妓也是为那一页不堪回首的历史而生的吗？

明末清初的离乱耻辱和不屈竟写在了一群女子的如花红颜之上。除了李香君，还有柳如是、董小宛、陈圆圆。《桃花扇》里有首诗，我非常喜欢，反复咏读，觉得诗中蕴含着作者一种由衷的褒赞。

梨花似雪草如烟，春在秦淮两岸边。
一带妆楼临水盖，家家粉影照婵娟。

“桨声灯影连十里”，虽然今天秦淮河开辟成旅游点的河段不过三四华里，但昔日最繁华的时候，怕是还不止十里。

秦淮河的繁华前后横跨一千五百年，其间却也几度春秋，几番变迁。但细加分析不难看出，秦淮河的兴衰跟两个因素关系最大：一、它是否是京城；二、它是否是学宫试场。六朝时南京是京城，宋明清时这里做过京城，同时又是全国最大的试场。而整个唐代，这里则什么都不是，因此在唐代，秦淮日渐萧条，成了当时文人雅士寻古探幽、寄情言志的地方。大诗人刘禹锡的《石头城》，苍劲恢弘，气魄万千。

山围故国周遭在，潮打空城寂寞回。
淮水东边旧时月，深夜还过女墙来。

而另一首《乌衣巷》则细致入微地抒发了诗人对岁月流逝的无限感慨，傅庚生先生评价说："寥寥二十八字，写尽华屋山丘，沧海桑田之感。"诗曰：

朱雀桥边野草花，乌衣巷口夕阳斜。
旧时王谢堂前燕，飞入寻常百姓家。

三

才子佳人，红袖添香。缓缓流动的秦淮河似乎从一开始就带着浓厚的书卷气。

东晋丞相王导在这里兴建了全国最高学府"学宫"，向国家输送高级人才，从那时，秦淮河边就已是才子云集了。宋仁宗建了孔庙，这之后的孝宗乾道四年，正式兴建了"健康贡院"，"健康贡院"是"江南贡院"的前身，正式称为"江南贡院"是在明代迁都北京之后。到了清代中后期，考试号舍达到了两万多间，这里早已是全国最大贡院。

站在明永乐年间建成的“明远楼”上，遥想当年的楼下，万头攒动如过江之鲫；假想着唐伯虎、范仲淹、郑板桥、吴敬梓、翁同龢这样一些领一代风骚的人物是怎样的书生意气，雄姿英发。西边不远处，就是画舫凌波的秦淮河，当年，该有多少女子在帘后翘首，为学子们祝福。

我忽然想，莘莘学子、雄伟的孔庙，以及十里秦淮的莺歌燕舞，这三者之中一定有一种必然的因果关系，这也许是秦淮不同于其他江南水镇的原因。

坐在今天的画舫上，一点点搜寻昔日的光景。华灯初上，如水的岁月中，才子佳人们留下了多少风流韵事，传出了多少人间佳话，蹉跎了多少流金岁月，送走了多少暮雨朝云。这厚而不腻的秦淮河水承载了许许多多历史的景象。它怎么能不微动涟漪，而又碧绿阴阴呢。

四

说到秦淮河边的才子名人和科举考试，有一个人是不能不提的，这个人就是吴敬梓。他才高八斗却又无心科举，本身就是一个大大的奇人。这在秦淮河畔的万千学子中，怕是独一无二的了。而他写的《儒林外史》则更可称为天下一大奇书，奇人奇事奇书集于一人之身，古今少有。

吴敬梓出生在康熙年间的一个书香世家，幼即颖异，目睹其父被罢官回乡的不公待遇后，拒科考，远官场。来到秦淮之后，他的真性情得到了最大程度的发挥。饥寒交迫却率真旷达，追求学问却淡泊功名，他“混迹”于市井之间，却“独醒”在众人之外。可以说秦淮河因为有了他这个“另类”才更为丰润，因为有了《儒林外史》里的众生相，才使这一带更具传奇色彩。

《儒林外史》在中国文学史，尤其是小说史上是一部具有开创性的巨著，它以现实主义的追求，用夸张讽刺作为艺术手法，以犀利的笔触无情地鞭挞了科举制度的腐朽和对人性的残害。范进、严监生这样的人物可悲又可笑。可以说，《儒林外史》在中国现实主义小说史上是可以与《红楼梦》相比肩的。

书中的马二说：“到本朝用文章取士，这是极好的法则，就是夫子在而今，也要念文章，做举业。”而吴敬梓却在书中认为：“讲学问的只讲学问，不必问功名；讲功名的只讲功名，不必问学问。”

这是一种淡泊的浪漫。吴敬梓在书中以深情的笔调描绘了一群才艺绝伦的“奇人”，这些奇人都自由放达，视功名为粪土，似仙人般来去自如。他们敢爱敢恨，敢说敢骂，敢作敢当。这正是吴敬梓心中的真正的“人”，一群他深爱着的秦淮人。

他的这种对科举和人的认识，胡适先生在《吴敬梓评传》中有一段评说：“不给你官做，便是专制君主困死人才的妙法，要想抵制这种恶毒的牢笼，只有一个法子，就是提倡一种新的社会心理，叫人知道举业的丑恶，知道官的丑态；叫人觉得‘人’比‘官’格外可贵，人格比富贵格外可贵。社会上养成这种心理，就不怕皇帝‘不给你官做’的毒手段了。而一部《儒林外史》的用意只是要养成这种社会心理罢了。”

在秦淮河边，吴敬梓是伟大的，但他也是寂寞的。

学宫和科考造就了秦淮的繁荣，又因为有了吴敬梓这样的人物，秦淮才真正成了历史的秦淮。

一代代学子继续着他们的举业，他们依旧虔诚地在夫子庙里祈祷。随后，在桨声汩汩中，他们续写着圣贤文章里的风流；在红楼烛光下，他们依着添香的红袖，梦想着金榜题名那天的风光。

于是，十里秦淮就这样不息地悠悠流淌下去。

那时芦叶香

端午节的早晨，照例是要吃粽子的。孩子边吃边问我，这粽叶是什么叶是从哪儿来的。我停下筷子告诉他，粽叶其实不止一种，今天咱们吃的这种是竹叶的，而我小时候在南京老家吃的是芦苇叶的。我接着说，那时我们欢天喜地地把芦叶摘好洗净，一大家人担水的担水，抱柴的抱柴，包的包煮的煮，整个村落也到处弥漫着粽子的清香。粽子没熟是没有人睡觉的，母亲和婶娘们每回都要忙到深夜，谁都不知道那最后一缕炊烟是什么时候飘散的。

不知不觉我的语调放慢了，一种很温暖的东西在心底慢慢地涌上来，往年的光景正一点一点地在眼前变得清晰起来。

老家旧屋的后面是一块菜园，菜园过去是一条小路和一条小河，在路和河的中间有一大片芦苇，还有野茉莉。五六月的时候，一眼望去，晴天则苍翠碧绿，雨天则有如一团雾霭，晚风吹过则会带来芦苇和洗澡花的香味。

小孩子没有谁不喜欢芦苇荡，芦叶可以包粽子这谁都知道，而有关芦苇的其他一些乐事却只有乡下人独享了。岸上芦丛里，在很隐蔽的地方常能寻着一个鸡蛋或鸭蛋，运气好的甚至能捡到一窝。在水浅的地方，很容易就能捕到傻傻的龙虾，拿去卖钱也行，自己煮了下酒也不错。老的芦苇根茎特别发达，像个大网兜一样，有的甚至半悬在河沿上，在这样的地方用小铲子挖下去，就能挖出一截白白的芦根，甜甜的，脆脆的，苦苦涩涩的，正如乡居的日子一样，味道是那么独特，而其中甘苦却不是谁都能咀嚼出来的。

长的芦苇秆割下来后风干，然后扎成杯口粗一把，就可以用来做建房的材料了，冬暖夏凉；秋风吹起的时候，把飞舞的芦絮收集起来，可以做成芦花枕头。每次当我把这些说给燕听的时候，她都惊讶得不得了。燕是姑姑的小女儿，在城里长大，每年端午都要跟大人一起下乡。她非常喜欢芦叶，会用芦叶编出不少东西。她用芦叶折成各式各样的小船，让它们随着河水缓缓地漂向远方，有时我们就跟着这些小船在岸上走，期望着能有一两只漂进长江。闸门是不常开的，于是燕就把船带上，在回城的轮渡开到江心时，把船放下，这芦叶船就在大家的注视下，很快消失在波涛里。那浊浪中的一点碧绿一直留在我们的记忆里，而且我相信，肯定曾经有一只小船随着浩浩的江水漂进了大海。

包粽子是端午节里最重要的节目，也是一段最快乐的时光。通常一家人是有个大体的分工的，采摘粽叶是大人带着孩子们做，灶下添柴烧火一般由姊妹们去做，婶娘辈的女人是包粽子的主角。小角粽子最为独特，这种粽子呈三角形，因为角尖，所以包时难度大，而吃起来，角上那一口也是最诱人的。爷爷每次都坐在堂屋中间喝茶，并不说什么话，只是慈祥地看着老少一家子开心地忙碌着。

几锅粽子里有一些是包了肉的，有的有记号，有的则完全看不出来，这就使得吃粽子带了一点游戏的成分，充满了期待和惊喜。有一次晚上，我一连开了两个都没有肉，就感到十分委屈。这边肚子都快饱了，那边连肉影子都没见，于是就有点想哭，而大家却笑得更厉害。终于我的眼泪夺眶而出。大家不再笑了，婶娘们安慰我说，明天专门挑带肉的给我吃，不然这大头孙子的肚子会撑破的。我破涕为笑，众人笑得更响。这个笑声肯定会在那个安静的晚上传出去很远，很远。

这些年，大家都天各一方，我也离开老家多年了，没有回乡过过端午。节前，给南京的大姐打了个电话，先是叙了叙家常，忽而大姐问我，你家现在还自己包粽子吗。我们都被这个话题噎住了，其实这也正是我想问她而不敢问的。正像一根脆弱的神经，轻轻一碰就会疼到心里。大姐说，这些年大家都买了吃，不过今年她退休了，一定要自己包回粽子，争取还是到乡下去包。

大姐的心思我何尝不知，她正是想用包粽子这件事，把一家人聚一聚，让大家跟往年一样地热闹一下。爷爷已过世多年了，两位婶娘也在前几年相继离去了。那精致的小角粽子不知有谁会包，更不知还有没有人能包那么好，或许它也跟婶娘们一样，只能永远地留在大家的心中，留在大家的记忆里了。

我想，秋天的时候争取回一次老家，去寻一个芦花枕头，带回来让妻儿都枕一枕，并为他们讲述一段在芦叶飘香、苇絮飞舞的季节里的故事。

叁

家园

怀玉问儒

一

与一座山的交谈最好选择在清晨，怀玉山也是。当太阳把第一抹光线一点一点涂抹在山顶之上，这座山就是大地上第一个醒来的。接下来，山里的溪流带着一些声响从那个明亮的地方一直流到你站立的脚边，丛林中的小动物会在树梢上和水边上嗖嗖地窜过，山边上供奉着朱熹像的“朱子殿”传来若有若无的钟声。于是，整座山就仿佛都苏醒了。这时候，一切都是安详的，山顶上的阳光就如同山的眼睛，亮晶晶的、温暖而又平静地俯视着大地苍生。《论语》里说“仁者乐山”“仁者静”，我与眼前的怀玉山一起安享着此刻的宁静。

这是我前年在留宿怀玉山的那个清晨写下的笔记。我比较喜欢在这样的时候和山进行交流，这恐怕还是受了读过的儒家经典的影响。中国古代学者喜欢在自然界寻找某个对应物来称量和比照人生价值，所以，一山一水总能让人产生无尽的联想，比如“逝者如斯”“智者乐水”，又比如“仁者乐山”，远古的时候，山地的确给人类带来了安全并且稳定的生活环境，那么，山的几乎所有的属性都让人想起了仁义和恒久。所以，这样的清晨在山里站一会儿，心底是妥妥的，自然而且圆融。

怀玉山很早的时候也叫玉山，海拔一千五百多米，信江发源于此。十几岁时我来到上饶信江边，在我成长的岁月信江成了我的母亲河，那么怀玉山在我的生命中同时就有了不同寻常的意义。和旁边的三清山比起来，三清山显得太有名了，道家福地，人间仙境，每天游人如织。而怀玉山是安静的，或者说是寂寞的，这便宛如一对孪生姐妹，她们有着一样的美丽，却又有着让人好区分的不一样的气质。明代李梦阳有两句诗，“怀玉之山玉为峰，四面尽削金芙蓉”。基本说到了两座山的相同和不同，它们都有如玉一样的美丽峰峦，然而一个直插云霄，一个平坦如砥。

也许跟我的地质工作有关，我一直认为山是有生命的，因而我们是可以和它交流的。越往山顶走，人就越累，而看到的风景也越多，这不就是一种相互赠与吗。有时候听人说爬到了山顶就是征服了一座山，还有人说山高人为峰，可是事实上是，你下去了，山还在那里，你离开了这个世界，山还在按照它的节奏生长，到底谁征服了谁呢。在自然面前真的没必要总想着去征服，和谐相处才能安享自然的馈赠。抬起头能够看到群山之巅的一抹朝阳，然后看着这山林慢慢亮起来，听到山里人家的犬吠鸡鸣，这样的日子难道不是最好的吗。

说怀玉山和三清山是孪生姐妹是有道理的。没有怀玉山系这个巨大的花岗岩岩体的托起，还真的难有三清山的峻秀奇绝，当我们在怀玉山平缓的高山平地眺望远处三清山的玉京峰时，当然会想起身后这座山的广袤铺陈。我喜欢怀玉山这个名字，传说“天帝遗玉于此，山神藏焉”。故有怀玉之名。这个名字不但美丽而且十分贴切，这里有太平洋西岸最美的花岗岩，鸟瞰怀玉山，千山万壑之中真的很像一块圆圆的玉佩。如果说每座山都述说了一段地球的历史，那么怀玉山脉书写的这段无疑是十分精彩的。

因为从事地质工作，我许多次来到怀玉山脉。怀玉山和三清山在同一个地质年代诞生，三次大的海侵形成了几千米的覆盖物，而欧亚扬子等板块的挤压俯冲催生了底下的花岗岩岩体，这为两亿年前的燕山期运动提供了物质基础。所以当地壳运动导致岩浆向上入侵的时候，就在沉积物里边按照不同的密度而形成了参差不齐的岩体，而当它们终于冲出海面的时候就形成了最初的三清山的地形地貌。接下来的喜马拉雅运动开始了造景，岩体抬升加上雨水剥蚀和崩塌作用，逐步形成了现在看到的这样的山体。在这个漫长的地质年代里，三清山把陡峭雄奇的一面展示了出来，而怀玉山作为花岗岩母体，则展示了它的宏大圆融和伟岸坚实。这样的说明我想我们可以更形象地认识怀玉山这个名字了，再回头来看看怀玉山，大约也会有一种不一样的认识了。自然之所以需要敬畏，就是因为我们在自然面前永远都没有办法用已有的最新的知识来解释，如果一座山也有一生的话，那么人类和它共处的时间只是它一生里的一瞬间，我们如何能够完全地认识它们呢。在山的怀抱里我们是无知和渺小的，我们能够做的就是珍惜这短暂的一瞬间，在这一瞬间里，我们应该尽情地赞美它。

那么，在这个晴朗的清晨，走在华东最大的高山盆地，我再一次感到我此刻和大地岩浆那么切近，甚至能感到来自地球内部的能量。远处的花岗岩山体圆润平和，它同样带着大地的某种不易觉察的温度。在这里，这一丝不一样的感动是那么的真实，在一个巨大的生命体面前，人的这一点点思绪形成并且飘散在山谷之中，这恐怕才是来怀玉山的真正的不枉吧。

于是我想我可以任性地来赞美怀玉山，就仿佛在赞美生命一样。我愿意顺着前人的思路从玉说起。《孔子家语·问玉》里有这么一段译成今天的白话就是，子贡问孔子："请问君子以玉为贵而以珉为贱，这是为什么呢？是因为玉少而珉多吗？"孔子说："并不是因为玉少就贵重，也不是因为珉多而轻贱。从前君子将玉的品质与人的美德相比。玉温润而有光泽，就像仁；细密而又坚实，就像智；有棱角而不伤人，就像义；悬垂就下坠，就像礼；敲击它，声音清脆而悠长，最后戛然而止，就像乐；玉上的瑕疵掩盖不住它的美好，玉的美好也掩盖不了它的瑕疵，就像忠；玉色晶莹发亮，光彩四溢，就像信；玉的光气如白色长虹，就像天；玉的精气显现于山川之间，就像地；朝聘时用玉制的珪璋单独通达情意，就像德；天下人没有不珍视玉的，就像尊重道。《诗经》说：‘言念君子，温其如玉。’所以君子以玉为贵。”

管仲说玉有九德，孔子加了两德成了十一德，那么一座山被人称之为玉，这里面该有多少玄妙呢。中国人把许多美好都寄托在玉的身上，一块玉就是一方天地，而一座山，一座怀玉之山，我们该如何慢慢解读它呢。怀玉山山体巨大可谓博，怀玉山高处坦荡可谓平，山里白墙碧瓦掩映于桃李泉溪可谓和。如果再加上孔子对玉的评价，这怀玉山可算得上是一个活生生的儒学道场了。四时风景可以入眼可以入心，而一番感悟生于大地藏于心底而后又照应大地，就像玉一样。这样的一座山真的值得久久流连。如果，山中一日能让人想到这许多，那怀玉山带给人的就不仅仅是风景了，怀玉山是个应该常来的地方，或者是个可以待上几天的地方，人与自然相处时的感悟是不可多得的。十几年前我在三清山写过《三清询道》，如今徜徉怀玉山中来一次怀玉问儒，这是何等幸事啊。

二

说到这里，我想到了又一道眼神，这眼神是智慧的，它仿佛可以看清万物，可以看穿人的心底，这道眼神是朱熹的。同为儒者，这道眼神大约和孔子看玉的眼神是一样的，温温润润的。

我在写鹅湖书院的时候就知道，朱熹同时跟怀玉书院有着不小的渊源。《怀玉山志》记载“书院本唐海法寺基，追朱陆讲学于此，乃立为书院”。这说明了在朱熹来怀玉山之前怀玉山已经有了读书的场所，当时的怀玉寺就是朱熹讲学的地方，而朱熹为这个场所题写了“草堂书院”则是有根有据的。正式命名怀玉书院是在明嘉靖年间，清赵佑在《复建怀玉书院记》里说“怀玉诸书院旧点，自紫阳朱子与陆文安、吕文成、汪文定诸公讲道其中”。而朱熹自己也说在“鹅湖之会”以后，“吾痛不得自鹅湖，遂入怀玉，深山静坐数月”。由此可知，朱熹不是简单地应县宰的邀请为县学诸生讲一堂课，而是在怀玉山进行了不少学术活动。朱熹是一一七八年来的怀玉山，这时“鹅湖之会”才过去三年，怀玉山也刚好地处皖浙赣交界，陆九渊他们过来也还算方便。在这段时间朱熹完成了他晚年最重要的全论《玉山讲义》。

《玉山讲义》第一段朱熹说道：我来到这里，看到有这么好的学校和师长，看得出官员贤能们宣传正道教化民心的诚意，十分欣慰。还特意让我开设讲座，真的不敢当。“古之学者为己，今之学者为人。”教学不仅仅是为了让人能写好文章博取功名，还必须要使学生懂得格物致知，正心修身，治国平天下，这才是正当学问。大家在这里学习既要学有所成也要有所疑问，那么今天我们正好探讨，这对我们彼此都是有益的。

这是一个圣贤的开场白，于今看来都是那么亲切，儒家思想和为人师表的涵养流露在字里行间。我仿佛就置身书院，而这整个高山盆地仿佛也在回响着这儒雅的声音。不远处有“老子看经”，这里有“朱子讲学”，这该是天下读书人的一块福地和圣地，中国智慧在怀玉山应该形成独具特色的中国风光。

当时的县宰司马迈是个有心之人，跟函谷关关令尹喜留住老子一样，老子在函谷关写下了《道德经》，司马迈为了留住朱熹讲学，把讲学的场所都安排好了，就在怀玉山中的草堂书院，甚至连如何与朱熹互动都做了布置，朱熹当然不好再推了，再加上朱熹本来就是“讲会”的创始人，讲了就必须要讲好。《玉山讲义》就这样诞生了。

“鹅湖之会”以后，朱熹的思想大都以与陆九渊的辩论来传世，《玉山讲义》被认为是朱熹继承儒家学说并开创朱子理学的最集中的全论。朱熹在《玉山讲义》里把孔子的仁义礼智信和他自己提出来的“性”和“理”做了充分的融合，把

《大学》《中庸》等做了思想归宗，就是“存天理，灭人欲”。朱熹在《玉山讲义》里说；“是故君子尊德性而道学问，致广大而尽精微，极高明而道中庸，温故而知新，敦厚而崇礼。”这里既是把朱陆之辩画了句号，也是留给学生们的“晚年亲切之训”了。

也许我们在这里探究朱子理学怕是会挂一漏万，但朱熹的儒家思想和理学学说确是影响了后世学者，王阳明的“心学”就是在对朱熹深入研究之后创立的。从怀玉山走出来的学生带着满腹经纶和一身儒雅走到了山外的世界，整个玉山学风醇厚，数百年来长盛不衰，据说玉山县出过几百名博士，号称博士县呢。朱熹的儒者的目光点亮了怀玉山的山谷，也照亮了读书人的求学之路。那么怀玉山的生命又获得了来自人间的智慧濡染，这真是怀玉山的幸事。我进而想，三清山的道教文化造就了人清静无为的出世风骨，怀玉山的儒学传承不是也教会了人们如何提高自己的入世修为吗，说这两座山是儒道圣地该不为过吧。

三

那天清晨，当阳光把整座怀玉山都染成金色的时候，我看到了一双眼睛，那道眼神像玉一样明净，又像玉一样那么有质感，它蕴含的东西是那么丰富，使得这眼神投射得很远很远。而同时，这眼神是儒雅的，也有着玉的温暖，以至我无论在哪个角度，都能感到这目光的温度。追寻着这眼神，我来到了方志敏雕像前。

方志敏的故事我和许多人一样很小的时候就在课本里读到了，那时候在我们的心里就充满了对于这位先行者的崇敬，而此刻，当我和他的眼神交汇，对于他的一切在脑海里变得更加清晰起来，我再一次把这个人和玉联系在了一起。是的，眼前这座巨大的雕像就来自怀玉山中，它和这座山有着一样的质地和一样的属性，坚硬而且纯粹，带着大地的温度。作为闽浙赣革命根据地和红十军的缔造者，方志敏无疑也是熟悉怀玉山的。他在赣东北这块土地上领导军队和民众，创造了五十二个县和一百多万人的红色江山，创造了一个没有剥削和压迫，耕者有其田，有着平等的工作和休息权利，甚至有着受教育权的理想社会。这是一块他深爱的土地，正如他在《可爱的中国》里写的，“我爱护中国之热诚，还是如小学生时代一样的真纯无伪”。他曾经那么富有，有数百万之巨的款项可以支配，而他又那么清贫，在怀玉山与敌人遭遇的时候身上只有一块怀表和一支钢笔。怀玉山不能只说成是方志敏的落难之地，一块怀表可以指点江山，一支钢笔照样可以激扬文字。怀玉山收留了方志敏，而红色的种子在这座山里依然传播开去了。

所以，这眼神是深邃的，他看到了明天，它就像怀玉山的岩石一样，来自大地深处，因而有着无尽的能量。我想，怀玉山是最适合纪念方志敏并使之不朽的地方，这个人的品质和玉太像了。方志敏写过一副对联，上联是“心有三爱，奇书骏马佳山水”，下联是“园栽四物，青松翠竹白梅兰”。他的四个孩子也是以梅、兰、竹、松来取名。再仔细读读方志敏的文章，他其实是一个传统意义上的读书人，他的红色根据地正是儒家思想里“修身、齐家、治国、平天下”的实践成果。这就难怪我在方志敏的眼神里看到了执着，看到了血性，同时也看到了亲切。

朱熹在《玉山讲义》里深刻阐述了“仁、义、礼、智”四德，朱熹的学说用来教化人心，最终的理想与方志敏创造的社会是一致的。当时的革命根据地学龄孩子的入学率曾达到百分之九十，甚至社会各行业还实行了来自西方的八小时工作制，一种新的适合当时条件的生产关系在方志敏的心里已经形成并开始逐步实施。巨石雕像的旁边是一块镌刻着方志敏《清贫》全文的石碑。方志敏在《清贫》里说的“矜持不苟，舍己为公，却是每个共产党员具备的美德”。这里的美德跟朱熹讲义里的德是有颇多相同之处的。

并不是刻意把朱熹和方志敏放在一起来说，朱熹的学说属于哲学范畴，方志敏则是在进行一场伟大的实践，其实，每个读书人在自己的脑海里都有一个理想的社会或者是一个心灵的家园。方志敏在《可爱的中国》里用“欢歌”“笑脸”“富裕”“健康”“智慧”“友爱”“生之快乐”“明媚的花园”这样一组词描绘了他的理想世界。这大体上就是孔子所说的“老者安之，朋友信之，少者怀之”的大同景象。实现这个理想和营造这个家园有着不同的途径，而革命者内心却始终是纯洁的，还是《清贫》里写的，他们最喜欢的还是“清贫，洁白朴素的生活”。方志敏在被问到有没有一些财产时，他说：“让我想一想，啊，记起来了，有点有点，但不算多。去年暑天我穿的几套旧的汗褂裤与几双缝上底的线袜，已交给我的妻放在深山坞里保藏着。”每次读《清贫》读到这里，都禁不住为之动容。

那天上午在怀玉山我总有一种感觉，好像自己一直在被注视着，它不是来自怀玉山山民那淳朴的看待游客的目光，它仿佛就来自山顶又仿佛无处不在，是自然这个巨大的生命体对人类渺小生命的呵护。一介书生走在山间的怀玉古道，耳边却回响着来自久远年代的朗朗书声，先贤大儒的教诲正随着微微的山风飘荡在前后左右。

忽然想起孔子和他弟子们的一个故事“农山言志”，孔子叫弟子们谈谈自己的志向，子路说要金戈铁马成就伟业，子贡说要用自己的游说化干戈为玉帛，后来颜回说自己既不能文也不能武，他愿意教化民心使得铸剑为犁马放南山，百姓没有离散相思之苦，没有战乱的忧患。孔子很赞赏颜回的志向，赞道：“美哉！德也！”我想，孔子赞赏的这种志向所形成的社会生活状态，正是我在怀玉山这个高山平原看到的，这里数不清的“农家乐”全都展露着快乐的表情，这也正是方志敏那样的先行者矢志探索和不惜以生命为代价去创造的。

想到这里，觉得这趟怀玉问儒真的收获多多，仔细聆听，不远处的朱子殿的钟声又仿佛悠悠传来。

信江之幸

要说最能体现人与自然的密切关系的，我想应该是人与水的关系了。且不说水是生命之源，水流到哪里，人类文明就延伸和生长到哪里。那么多的人在那么多的岁月里，他们只要沿着河流走，就可以回到故乡，或者找到回家的路。

十几岁前我生长在长江边上，我那时就懂得这条江几乎给了我们一切，而同时，我又总在问一个问题，它的源头在哪里，它要汇聚多少水才能变得如此浩瀚。后来我们家迁居到了上饶，我发现身边也有一条江，它不浩瀚但却清澈，它几乎没有波浪但却静静地让白云和青山倒映其中，这就是古称“余水”的信江，正是这条江上游有三清怀玉这样的世界地质公园，中游有灵山龙虎这般的仙山福地，下游更有烟波浩渺的鄱阳湖，它让一万七千多平方公里土地变成五百万人口的鱼米之乡。当我知道少年的我站在长江边上看着江水滚滚东去，并掬起一捧江水的时候，眼前正有最少一滴水是来自信江的，我想，我就是从那个时候开始爱上这条江的，而且我知道信江是扬子江的上游，我的生命从一开始就与它有着天然的缘分，与水为邻是幸运的。

那么，该用怎样一堆文字来记述一条江呢，其实，这些文字又怎能完整地记述呢，江水可以承载一切输送一切，它本身也恰好可以记录一切，它见证过两岸青山的沧海桑田，它每天都还在看着一棵树的慢慢长大和岸边人家的辛苦或是幸福。好在清代的王赓言给我们留下了一首五言诗，写得真好。王赓言是山东人，乾隆年间的进士，他是五十七岁到当时的广信府任知府的，直到七十三岁离开上饶，他任了两次广信知府。这是个有着深厚学养的好官，并且由于任职时年事已高，所以任中所做的事是非常老成持重的。他牵头并捐出自己的俸禄重修了奎文塔，就是今天的龙潭塔，他让上饶从此有了地标，从此也让上饶人在心理上有了对家乡的归属感和认同感。可以说，这座塔带走了所有游子的乡愁，也带回了人们对故园的深情，谁能数过来塔下的江水融入了多少年代多少人的热泪呢。

王赓言的诗里有这样一些句子，“凡水皆东流，此水独西走。数折入鄱湖，汇泽出湖口”“此邦人情朴，硁硁多自守。无信民不立，有信交可久”还有，“余本牧民官，循循期善诱。防民如防川，何敢障以手”。他在这首一百八十字的诗里告诉了我们信江是向西流淌的河流，描绘了两岸的旖旎风光，由衷地赞美了广信府的民风，他还由衷地袒露了要造福一方的心愿。是啊，有什么力量能够阻止水的流淌，又有什么力量能左右人心的向背呢。我忽然想起欧阳修的《醉翁亭记》，那也是一个好官，那个太守会因为百姓的欢乐而欢乐，“乐其乐也”，而这个广信知府则“作此信江词，浮以太白酒”，那份坦荡呼之欲出。

我去过信江的源头怀玉山，也去过在鄱阳的入湖口，虽说主江干流绵延三百多公里，但要了解信江光看干流是远远不够的，它是流经了广信府才叫了信江的，它的支流竟有二十多条，就像无数的血脉一样滋养了整个广信大地和世世代代生活在这块富饶土地上的人们。源头金沙溪发源于玉山县怀玉山的平家源，向南流经金沙、冰溪、灵溪至上饶市南郊，与源出仙霞岭西麓的丰溪汇合后称信江。干流向西经铅山、弋阳、贵溪，至鹰潭转向西北，到余干县又分为东、西两支。西支为干流，称西大河，东支称东大河，最后经石口、龙口汇入鄱阳湖。这些支流都有一些不错的名字，比如丰溪、灵溪、贵溪、葛溪等，记得有位作者在描述丰溪河的文章里写道：“船儿慢悠悠地慢悠悠地，仿佛要划到丰溪河的梦境里去。”而这些吉祥的字眼和诗一样的文字携带了多少人们对母亲河的感激和对生活的祝福啊。

前文说过，人类的文明都与水有关，而信江的流经之地不但播撒了文明的种子，还共同创造了千年书院文化。中国书院的鼎盛时期是从这里开始的，早先的象山书院、东湖书院、三清书院、鹅湖书院、信江书院、叠山书院都在书院历史上占有一席之地，那个时候，朱熹、陆九渊，甚至是辛弃疾这样的诗人经常行走在赣东北这块土地上，谁知道铅山鹅湖岭下，上饶黄沙古道之上留下了他们多少足迹，当年信江里的哪一块白帆下曾经倒映过他们的身影呢。这里还得说说那位好知府王赓言，正是他在任职期间重修了鹅湖书院和信江书院，恢复了旧制，使得儒学一脉在“鹅湖之会”之后在信江流域得以传播和光大，鹅湖书院作为教学和研究机构就一直办到清后期的道光年间，而整个广信大地也因此深受程朱理学的浸染而更显得儒雅和潇洒。

儒家学说里的“仁义礼智信”，王赓言是深得其中之味的，他在他的《信江词》里用艺术的想象力诠释了广信的“信”字，孔子说：“民无信不立。”他在解释为什么这里没叫其他名字时借用了孔子的话，“无信民不立”。孔子的意思是执政者要取信于民，王赓言的意思是人与人之间也要有诚信。也就是说，在这位老知府眼里上饶本来就是一个“人情朴”“交可久”的地方。这样的诗句于今读来都不禁感慨多多，所幸的是广信的人们是有理由告慰这位长者的。

经常在朋友圈里看到有人把信江的美景图片晒出来，为之惊叹的同时也感到欣慰。是啊，这些美丽的照片所昭示的既是信江百姓之幸也是信江之幸，我们都开始懂得了，对于母亲河，它在给予了我们无尽的滋养的同时，也需要我们像对待母亲一样去热爱和呵护。

当晚霞的余晖让江面波光粼粼，可以看见一叶渔舟悠悠远去；当华灯初上，可以看见一座城市都倒映在凝碧的水中；当清晨江面上的水雾和农家的炊烟一起弥漫开来的时候，可以听见山中古寺传来的稀疏的晨钟。我想在江边上安静地坐坐，倾听一江碧水缓缓流淌的声音。

鹅湖书院

一

念中学的时候，语文考试中有一道题，让我们写出两个中国古代书院的名称，记不清当时写的是什么，只记得老师后来的讲解非常精彩，仰慕之情溢于言表。从那时，书院在我心目中就定格成非常神圣、纯净、高不可攀，是需要仰视的场所。合上眼睛，便出现山明水净中一片红墙碧瓦，以及墙内的竹影婆娑、书香墨韵。很长一段时间都在想，要是能一辈子住在书院，在一个远离尘世喧嚣的地方读书做学问，该有多好。

毕业后我到了江西工作，这才发现，原来赣东北这块地方竟集中了那么多有名的书院，中国书院的鼎盛时期在这里开始，也在这里结束。且不说南宋四大书院的白鹿洞书院、象山书院如何名噪一时，其他如东湖、三清、鹅湖、信江等书院在我国千年书院史上亦有一席之地。不少书院作为教育和学术研究机构一直坚持办到清代中期。

武夷山脚下的鹅湖书院几百年来就未被真正损毁过，并且在明景泰、弘治年间还做了两次大的修建。清代更是先后八次对书院进行维修和扩建，仅在康熙年间就进行了三次，康熙皇帝还为御书楼书写了“穷理居敬”四字匾额。而这一切都完好地保存至今，是并不多见的。

以前只是向往和崇拜，而一旦这些书院近在咫尺，叩门可入，真有些不知所措。

神秘感渐渐消失了，畏惧感却又悄悄袭来。这是一种高山仰止的畏惧，一种面临沧海的自卑，尤其是踏在先哲走过的青石小径上，那石子滚动的声响，仿佛都是戒尺击打在心头。

是的，有时候，我们会用文化沙漠这样的词来抱怨我们的生活空间；而有时，当我们面对山一样厚重的文化，和丰碑一样的先贤大儒时，又战战兢兢地绕着走开，似乎怕惊醒他们而暴露自己的浅薄，或是因为后学懒惰、学风日下而招来唾骂。

虽然自知是一俗人，但因为曾经有过的梦想和对传统文化的膜拜，所以当我一路辗转，终于来到心仪已久的鹅湖书院时，心里依然是战战兢兢的。

书院静静地坐落在江西铅山县的鹅湖山麓，距古县城（永平镇）十五华里，而永平镇则是古代闽、浙、赣三省的交通要道。古人曾经这样描述这里的环境：

邻于僧、远于市，东有书楼、鹅峰对峙，烟霞苍翠；高山仰止，流风宛然……

这里所说的山就是鹅湖山，据《铅山县志》载，相传东晋“有龚氏居山畜鹅，其双鹅育子数百，羽成乃去，更名鹅湖，亦名鹅湖山”。到唐代大历年间，山上建寺，始称鹅湖寺，这座寺庙就是书院的前身，历史上著名的“鹅湖之会”就是在这座寺庙里进行的。

二

那日进山正是秋雨绵绵，整座书院静默在薄薄的雨雾里。鹅湖书院是一个徽派的园林式建筑群，门前有牌坊，院子五进五出，两边有厢房教室，古朴端庄而又雍容大气。院子正中有一座墨池，池中有汉白玉石桥，池两边有两座碑亭，整个布局对称平稳，一派儒家士子的严谨风范。

墨池里残荷片片，院中遍种古樟，绵绵细雨汇聚成水珠，落在地上、池水中、树叶上，发出嘀嘀嗒嗒的声响，书院就更显安静了。

进门时，抬头可见石牌坊上“斯文宗主”的大幅牌匾，出门时，在同一牌坊的背面可见“继往开来”四个大字，令人不由得惊叹书院主人的博大胸怀，以及由此传递出的儒家文化的生生不息和磅礴境界。

面对着寂静的院落和斑驳的墙瓦，看着碑碣上依稀的往事，想着八百多年前，四十多岁的朱熹在讲坛上讲学、宏辩，说者口若悬河、字字珠玉，听者凝神仰视、几欲俯地，这该是何等境况。然而流年似水，换在今夜，清风弦月之下又是何等荒僻和颓败。“今人不见古时月，今月曾经照古人”，朱熹如果读过这两句诗，不仅会喜欢，可能还会把它当作其理学思想的一个注脚，可他不会想到，几百年后这两句诗会让人用来在他的书院前感叹韶华易逝和今人不古。

我们把时光回溯到公元一一七五年，在一个风和日丽的上午，朱熹带着学生离开河口镇向鹅湖寺走来。尽管离开官道后还有六七华里的山间小径，但路边的风景却让人心旷神怡。远处的黄岗、武夷巍峨雄峻，近处山势起伏平缓，鹅湖一带则是一片丘陵谷地，小小一座寺院却也背山临水、溪流环绕，更让朱熹高兴的是，唐人王驾还有一首《社日》描绘这里的田园风光：

鹅湖山下稻粱肥，豚栅鸡栖半掩扉。
桑柘影斜春社散，家家扶得醉人归。

的确，对这一带朱熹是很熟悉的，他生于婺源，又客居闽北的建阳崇安，讲学于闽、浙、赣、湘，来往此间多次。

此前不久，朱熹与浙江著名理学家“东莱先生”吕祖谦在这里逗留数日，正是二人都醉心于这里的幽雅风物，才决定在鹅湖相约，来调和与象山先生陆九渊等在学术上的矛盾。那么今天前来，对朱熹来说，颇有以逸待劳之感，应是称心如意的快事。

其实朱熹生活的南宋在现今看来，是一个充满屈辱、眼泪的时期，是一个动荡不安的年代。金人南下，入主中原，一个大民族被一个小民族宰割、追打、奴役，甚至连皇帝都被掳走。这样的年代民不聊生是肯定的，但却没有影响文学艺术和理论的繁荣。长江以北连年战乱，江南一带却相对平静，恰逢北方大批学人南迁，无形中造就了南方文学创作和学术研究的良好氛围和条件。

这段时间，名家辈出，像“东南三贤”的朱熹、吕祖谦、张栻，“三陆子之学”的陆九渊兄弟。而另几位词人如辛弃疾、陆游、李清照等，其名声同样如雷贯耳。

朱熹置身于这块土壤，学问精进也就顺理成章了。

南宋南迁后十几年，真正感觉到了教育停滞，人才匮乏，于是就匆忙兴建了许多太学、国学，而这些官办的学校，入学的大多是官宦子弟，结果自然与朝廷的本意大相径庭。因此，以朱熹、张栻为代表的一批有识之士和儒家学者纷纷开始创立新型书院。随后，南宋的书院，甚至可以说书院在中国历史上达到了鼎盛时期，光是江西就有二百二十九所，为全国第一，朱熹也从此开始了长达五十年的书院教育和理学研究生涯。

和所有的大学者一样，朱熹是不愿当官的。“仕于外者仅九考，立于朝者四十日。”他修注大量古籍，致力于理学研究，制定治学规范，被后世认为在孔门十哲中仅次于孔孟而位居第三，足见其学术成就。

朱熹主创了白鹿洞书院，亲自为书院订立教条。同张栻一起改革了岳麓书院，并为多所书院的改革撰写文章。他认为：“读书之法，莫贵于循序而致精。”可以说，朱熹的毕生精力都用在了恢复和发扬儒家传统文化的研究、教育和传播上了。

不过，朱熹仍没能摆脱中国文人的传统套路，他忧国忧民，主张抗金恢复中原，而文人忧国接下来的就是被贬遭禁。同样，他的大名出在身后，“朱子学”基本上是后面朝代的官方哲学。

“鹅湖之会”的邀集人吕祖谦是朝中史官，毕竟他要维护朝廷的利益。所以，这次聚会说是纯粹的学术探讨，而不带有任何倾向和色彩，就稍显勉强了。鹅会的辩论实际上是唯心主义内部问题的派别之争，其争论的最终目的是一致的，都是想用自己的观点来解释世间万物，并以此为普遍规律来维持纲常。无论是客观唯心主义还是主观唯心主义，都如黄宗羲先生所言：“同植纲常，同扶名教，同宗孔孟。”

朱熹倡导“即物而穷其理”，强调读书人应做个符合封建要求的圣贤，去博览群书。通过观察外物来启发内心知识，即“学者先须置身于法度规矩之中，使持于此者足以胜乎彼，则自然有进步处”。这是我们现在常说的形而上学。

而陆九渊则认为，要做一个朝廷要求的圣贤，首先要有主见的立场，强调“尊德性”“心即是理”，他认为，伦理纲常是所固有的本心，有了心才可以去“穷理”。

两派的出发点是一致的，那就是都必须要做个“圣贤”。

“鹅湖之会”的辩论激烈，吸引了闽浙赣众多学子，一时间鹅湖水贵，访者逾百人。尽管如此，也有一些花絮冲淡了硝烟，传成佳话。陆九龄在和陆九渊同来的路上做了一首哲理诗：

孩提知爱长知钦，古圣相传只此心。
大抵有基方筑室，未闻无址忽成岑。
留情传注翻榛塞，着意精微转陆沉。
珍重友朋勤切琢，须知至乐在于今。

此后，朱熹对此难以释放，也和诗一首：

德义风流夙所钦，别离三载更关心。
偶扶藜杖出寒谷，又枉篮舆度远岑。
旧学商量加邃密，新知培养转深沉。
却愁说到无言处，不信人间有古今。

诗中蕴含哲理，同时也显出朱熹作为一代宗师的胸襟。

哲学辩论自然很难有结果，而即便有结果，于今看来也已并不重要，无论是朱熹的“即物而穷其理”，还是陆氏兄弟的“道心如一”，都渐渐沉寂在历史长河中，孰长孰短的讨论已没有意义。但是有一点是必须肯定的，“鹅湖之会”前后，中国学术界首开了“讲会制度”先河，不同学派展开辩论。这一点在当时是非常可贵的，对后世学风的影响，对中国哲学思想的丰富和发展是有深刻意义的。

三

“鹅湖之会”后，寺庙和山村大体上又恢复了往日的宁静，人们修建了四贤祠，时常也有学人来探访，同时代的思想家陈亮、大词人辛弃疾都曾来过。但毕竟受当时交通、通信的影响，也因为后来朱熹的学说被当政者排斥，所以直到朱熹死后四十多年的淳祐七年，朝廷才正式赐名“文宗书院”。接下来的元代，全部书院改为官学，鹅湖又重归冷清。

风风雨雨，世事变迁，朱熹的学说也逐渐成为明清君主的治国思想。明景泰年间，朝廷重修书院，文宗书院正式更名为“鹅湖书院”，真正进入了鼎盛时期。而这时离“鹅湖之会”已过去差不多整整三百年了。

清代，书院渐渐被官学和学堂替代，完成了它的历史使命，这时它迎来了真正的寂寞。屋宿破败、草木凋零、墨池干涸，学者们也恋恋不舍地离去了。西洋文化的不断引进吸收，使我国的教育模式和教育内容发生了巨大变化，自然科学像一股清新的晨风，吹进我们的教室，也吹醒了我们的师生。

这时，人们才明白，原来人类，确切地说是洋人，已经积累了那么多的知识，并已非常系统，读书早已不仅仅是背诵古籍，钻研音律，或探讨儒道，自然科学早已走出了受哲学思想指导的阶段，精彩纷呈的自然科学充满了奥秘、诱惑和趣味，而这些知识一旦转化成生产力，又显现出巨大的力量和无限的生机。

我国的科学家在十九世纪中叶时，还仅仅是些匠人或术士，学科不系统，更不可能产业化，制造业基本上都是手工。虽然有些皇帝也钻研数学，喜欢钟表、永动机，但也只是觉得好玩而已。在西方，科学家和学者、诗人、哲学家同样受人尊敬，拥有同样优越的地位。

当我们的有识之士知道这一切之后，再也坐不住了。寂静的书院、散落的学堂是无论如何也承载不了教育变革的。教育必须与生产实践相结合，因此学校必须办在发达的城市，这样科学研究才有相应的物质条件，科学技术也才能更直接更快地转化为生产力。

书院的使命就这样结束了，人类的世界观在总体上已达成了共识，已没有更多的时间来探讨哲学了。书院无辜，但书院的寂寞却是不可逆转的了。

又经过了很多年。现在，鹅湖书院已被列入重点文物保护单位，经过修缮，当地政府把它辟为了一个旅游景点，昔日的光景，只能靠人们自己发挥想象力去追忆了。

一个没有学者的书院就如同没有僧人的寺庙，失去了最基本的构成也就失去了起码的活力。而寺院里的佛像还可以接受人们的叩拜，书院里的石碑呢，它又能留住多少顾盼的目光。

那天离开鹅湖书院，暮色正浓，远远地回望，高大的牌坊上“斯文宗主”四个大字依稀可辨，后面的整个书院则被包围在幽暗和宁静之中。忽然觉得，书院就像一个背对我们的老者，岁月无情地改变着他的躯体，但我们却永远看不到他的眼神。这眼神，可能是平静的，或者也可能是略带感伤的。

纸上石塘

一

每次看到人家挥毫泼墨笔走龙蛇总是心生羡慕，同时还夹杂着些许惆怅。一个喜爱文字并且能用文字来表情达意的人，如果同时能以书法的方式来表现文字的美，来传达对文字的敬重，这该是多好的一件事啊。遗憾的是我的毛笔字始终不能令我满意，而且，随着我对文字越来越痴迷，这一点惆怅也越来越多地袭来。

我们这个年龄段的人虽说没经历过多少苦难，但小时候也有不少事情很是纠结，作业本和纸张的短缺就是天天都要面对的。大概是念到小学三年级的时候我们多了一堂描红课，这堂课对我来说是一段挺美的时光，一般说来我不但不会受到老师的责罚，还可以收获几个好看的红圈圈。我喜欢把墨水描进红框框里然后使自己的字好看起来的感觉，我喜欢在教室前面的小池塘洗笔时看着墨汁在水里如烟飘散的样子。可是，我们的描红本太薄了，我把能够寻来的纸诸如牛皮纸、生产队的记账本等都拿来装订成作业本，这些尚且不足，又哪来更多的纸去练字呢。我想我对字的天赋是因为纸的原因而没有得以发挥。每次过年，看着父亲潇潇洒洒地为左邻右舍写春联，也和大家一起喝彩、一起称奇，可又有谁晓得，一个孩子正在心里为自己的字写得不太好而悄悄地怀揣着一点难过呢。

这种情况到了初三的时候才开始改善，可也是从那时起，我们都深陷题海，已不再有时间，也不再有心思习练书法了，毛笔就这样在视线里淡出。当我可以买得起整刀的真正的宣纸的时候，却似乎已没有了当年的那种心境了。

所以呢，当我上回在铅山县鹅湖山下的石塘古镇看到工匠“抄”出的满屋的纸张的时候，真的是怦然心动了。一种很久远的念想一下子溢满了心田，拥有这么多的纸该是多么幸福啊，用这些纸该能写出多少美字美文啊！正如对纸和字的情结隐没在我心里很久一样，我没想到，与我相距不过几十里，如此一个偏僻的地方竟然隐没着一座完好的千年古镇，隐藏着已有千年历史、名满天下的“连史纸”，以及用这种纸写下千首诗词、书法独步一方的当代隐士陈静吾。静吾老先生上世纪九十年代悄然离世，去年是他的百年诞辰，有一首他八十一岁时写的五言诗，意境高远，正好玩味。

小潭牛浴后，雨歇步东峰。

牛奔千嶂里，人语万松中。

二

其实铅山这个地方并不太适合隐居。

历史上的铅山是内地通往福建沿海的交通要道，也是几省通衢，而石塘镇则是最靠近闽赣分水关的大镇，南唐年间开始建镇，至今已经快一千年了。过往的岁月里，石塘因为纸业而商贾云集车水马龙，穿镇而过的官渠静静地流淌，枕渠而居的有本地的纸坊、外地的会馆和商号大宅，现在还能寻到很多古迹，而那些随处可见的精美的石雕砖雕木雕正述说着昔日的繁华。这里该是个遍地金银的喧嚣之地吧。

我们今天所说的古镇在古代其实就是一个商品集散地或人口聚居区，像周庄那样的江南六镇，还有景德镇，大体上都有一两种闻名遐迩的商品，最令石塘骄傲的就是纸业了，并且直到上世纪中叶才渐渐安静下来。这一切自然就留下了许多痕迹，以至时至今日我们还可以看到些当年的影子。可是，依然处在富饶之地的江南六镇，还在享受着人间芳华，而石塘呢，只能从岁月深处依稀听到和看到当年的桨声灯影了，如果我们把这个古镇当作一个隐者的话，那么它的辉煌和寂寞放在岁月长河里真的只像人的短暂的一生，它为我们保存的只是一个个时代的梦想以及许多人的斑驳的追梦的足迹。

那么，石塘到底是凭什么留住那些隐居者的呢，是交通便利水草丰美，还是民风质朴崇尚程朱，抑或是他们在此找到了真正的宁静？我想恐怕很难用某一个原因来解释。我们可以理解朱熹为什么喜欢这里，因为这里有他的讲坛鹅湖书院。朱熹在他成名以后许多次往返闽赣之间，而铅山刚好是水陆交通要道，不然他又如何在这里与吕祖谦、陆九渊举行中国思想史上著名的“鹅湖之会”，朱熹一定是因为这里远离政治而选择了在此逗留。这也刚好可以解释朱熹为什么没有赴辛弃疾和陈亮的历史之约了。

从上饶的带湖经黄沙岭到鹅湖山下的瓢泉，一路茅店溪桥、稻香蛙鸣，辛弃疾就这样走走停停地来到了石塘镇边上的一个地方。有学者认为，是这里的泉水留住了他的脚步，他想起了家乡泉城济南，于是就把这眼泉水取名叫瓢泉并且伴泉而居。他这时的心情比起早年在赣州写下“江晚正愁余，山深闻鹧鸪”时要好了些，不过在此后的将近二十年里，他并没有放弃年轻时的政治抱负。他与同样有抗金抱负的思想家陈亮志向相投，“酌瓢泉而共饮，长歌相答，极论世事”。所以，当他们在“鹅湖之会”十三年后约见已是大儒的朱熹时，却吃了朱熹的闭门羹。朱熹知道他们要谈的是“救济时艰”的话题，而比朱熹小十岁的辛弃疾估计也很难同意“遏人欲而存天理”的思想，第二次“鹅湖之会”于是没有发生，这应该是中国文化史上的一件憾事。

这一带好像再也找不出比这几位更出名的人物了，从隐士的角度来看，他们不能和不远处的庐山的陶渊明以及富春江上垂钓的严子陵相比，却并不妨碍他们彰显各自的雄才操守。世上应该是没有真正的隐士的，否则他们就不会青史留名了，正如陆游说的，“志士山栖恨不深，人知已是负初心”。所谓的隐士都是愤世嫉俗并且胸怀万仞的，他们总有办法弄出点动静让人们惦记着，有的推出鸿篇巨制，有的发布言论让当局者无法释怀并几顾茅庐。“处江湖之远则忧其君”啊。

于今看来，辛弃疾没有在这里实现他的抱负也未必是件遗憾的事，然而特别让我们这些后来人欣慰的是他在这儿留下了许多不朽的诗词。郭沫若在山东济南为辛弃疾纪念祠写了一副对联：“铁板铜琶继东坡高唱大江东去，美芹悲黍冀南宋莫随鸿雁南飞。”郭沫若的对联是写给志士辛弃疾而不是写给一位隐者的。但石塘有幸，让辛弃疾归隐于此，鹅湖山下从此平添了许多灵性，中国的隐士文化又多了一些内涵，石塘，从此就是历史的石塘了。

三

最早看到“连史纸”这三个字是在丰子恺先生的文章《给我的孩子们》中，文中有这样一段：“瞻瞻！有一天开明书店送了几册新出版的毛边的《音乐入门》来。我用小刀把书页一张一张地裁开来，你侧着头，站在桌边默默地看。后来我从学校回来，你已经在我的书架上拿了一本连史纸印的中国装的《楚辞》，把它裁破了十几页，得意地对我说：爸爸！瞻瞻也会裁了！”

丰子恺先生是学贯中西的大家，若不是对连史纸有一种特别的喜欢的话，他是不会在这样一篇深情的文章里提到它的。明、清两代的书画名家都把能得到皇上御赐的正品连史纸当作是一件无比荣幸的事，不说《楚辞》了，商务印书馆的《四库全书珍本初集》也是用连史纸印刷。可以说，连史纸的广泛使用，对于继承和传播中华文明发挥了极大作用。直至上世纪七十年代，铅山连史纸仍然是北京荣宝斋、上海朵云轩指定用纸。翦伯赞先生的《中国史纲要》更是把石塘纸业和松江棉纺织业、苏杭丝织业、芜湖浆染业、景德镇制瓷业并称近代江南五大手工业中心。由此我们可以想见当年的盛景了。

这是一种怎样的纸呢。连史纸和宣纸都是在唐代才开始用于书画典籍的，连史纸还稍早一些。宣纸是以泾县的青檀树为主要原料。宋、元之后，原料中开始以稻草为主，而连史纸是以得天独厚的山中的嫩竹为原料，同样经过蒸煮漂白制浆等工艺，宣纸是十八道工序，连史纸是七十二道，都要历经一年才能制成，并且一样具有洁白稠密、纹理纯净、润墨性强的特点，只是连史纸还要更白一些。有趣的是，宣纸被誉为“千年寿纸”，而连史纸则有“寿纸千年”的美称。明朝的时候石塘的纸工槽户人数过万，其中的赖永祥纸行原址还在，门头四个大字“品重洛阳”让人浮想联翩。清人程鹏益的一首《铅山竹枝词》记录了制纸的全过程。

未成荫竹取为丝，三伐还须九洗之。煮罢镗锅舂野碓，方才盼到下槽时。双竿入水搅纷纭，渣滓清虚两不分。揄手捞云云在手，一帘波荡一层云。

我没有能够在连史纸上写下一个字，这已是遗憾了，而当我在昔日的纸坊听一位老人说，最好的抄纸手艺已近失传时，不禁陷入沉思。丰子恺先生当年用过的《辞源》估计还能寻到，而新的典籍里，我们还能看到手工连史纸的影子吗！陈静吾先生已经仙逝十几年，他的大量的诗文都写在了连史纸上，他会同意这样的好纸和他一起悄然隐没在这阡陌深巷之中吗？

四

漫步在石塘的深深的小巷里，我总在想下一个拐角处，会不会遇见一位老者，他正夹着一刀纸悠然走来。循着老人的足迹我们来到古镇外面的丁马山村，那座破旧的三间小屋就是陈静吾先生的故居“三缘土屋”了，这里距辛弃疾的瓢泉竟然只是一溪之隔。

学界大家朱以撒先生在看过陈静吾的诗书作品后两次撰文写到这位隐居的老人，他在《另一种审美情怀》中写道：“读了静吾先生的作品后，作品中那种清新自如、脱俗无尘的气息总是让人遥想不已。”在一篇专为陈静吾先生写的评论《痕迹》中，朱以撒先生说：“对于一位不重视自己痕迹的人，他的成就更应该为我们爱惜和想念。”

是啊，让我们一起来想念这位老者吧。

陈静吾先生是山东郯城人，早年就读山东乡村建设研究院，师承国学大师梁漱溟先生，专攻经史典籍、唐诗宋词，是梁漱溟的得意门生，后来追随梁漱溟投笔从戎参加了抗日。二十世纪五十年代，四十多岁的他没去台湾，却为寻找失散的亲人辛苦辗转来到石塘，从此过上了清苦的樵牧行医的生活。朴实的乡下人一直都不知道，他们的这个自称“武夷樵客”的邻居竟是一位尝尽世态炎凉、通晓诗书礼乐的世外高人。而他的诗作却又是那么从容冲淡。“晚霞雨霁野烟，月明风驰瓜田，冰簟莲蓬葵扇，僮孙夜话，良宵不让神仙。”

录完这首诗，我不禁又想起了辛弃疾，他们有太多不同寻常的相同。他们同为山东人，同样为抵抗外敌而投笔从戎，同样在三四十岁时选择了隐居铅山石塘，他们甚至同样留下了五百多首诗词。我看过辛弃疾仅存于世的《去国帖》，他们的书法居然一样挺拔方正，只是静吾先生还有其他更丰富的取法。静吾先生七十四岁高龄时听说辛弃疾墓修缮竣工，独自一人前往凭吊这位老乡，八百年沧桑巨变，而辛弃疾的精神依然为今人景仰，感慨之余他写下了一曲《满江红》，其中有这么几句：

对月豪饮横剑气，感时词赋撼三峡，看千秋翰墨，照人寰，齐云塔。

应该说，虽同为隐居，但两人的境况却相差很大，辛弃疾当时已经成名且衣食无愁，却一直还在忧国忧民，报国无门继而纵情山水实在是无奈之举。而静吾先生可以说是一位真正的隐士，他过着一种真正的南方农民的生活，他钻研易经和中医，当起了乡村郎中，他一边干农活一边还“殚精竭虑求知，聚精会神读书”，特别是，他还在穷苦的日子里发掘出了天真和诗意。他活得真实而又透明，他用身体感受他的简单的世界，却用心灵穿越古今感悟生命。这会是一种我们永远无法感知的幸福吗！

像他这样的学家很少很少，他的学问走向完全根据自己内心的设定，他不追逐什么流派和时尚，他内心越淡定作品成就就越高，所以，当其弟子陈之耀在先生离世十多年之后向人展示恩师作品时，连朱以撒先生、李刚田先生都赞赏不已。而在南昌举办的静吾先生百年诞辰书法遗作展则被命名为“楚天寂寥”，很是恰当。

静吾先生的书法，拙朴之处宛如垒石，而飘逸之处则似激溪，提按之间像极了人生俯仰。我想，从先生的书法中能看出他的坎坷生平和心境胸怀，也正因为书法带走了或是收藏了他生命中的怨艾，所以先生晚年以及晚年的字都显出真正脱俗的浪漫气质。这是一位隐者的境界，是俗世中的书家无法企及的，藏露之法真的不是在滚滚红尘里能够领悟透彻的。

拉拉杂杂地写到这里，我的心境回到了安详，连之前的那点惆怅也悄然退去。

我开始觉得其实我们无须为石塘古镇的寂寞而遗憾，喧嚣过后安享这份宁静真的很好，脉脉的渠水带着古镇闪烁的灯火和依稀的人语流去又流来，这是何等动人啊。连史纸记录了上个千年的世界，也记录了石塘的千年往事，并还会把这些传递一千年，这份荣耀真的可以知足了，有时候故事只有在故事里才历久弥新。辛弃疾和陈静吾先生，他们隐居在这片山水之中，他们用生命陪伴自然，同时，他们也被自然永远地陪伴，有哪一种高贵比得上自然的高贵呢！面对他们和这一切，我们可以做的就是爱惜和想念。

三清询道

虽说离三清山只有两个小时车程，也去过几次，但都是来去匆匆。

后来，三清山成了世界自然遗产、旅游风景名胜，不断有外地朋友向我打听，有的见我不太清楚，反而向我推荐，看起来他们比我还熟。心中有些惶愧，觉得对不住朋友，身边有这么好的一个去处，却不邀大家来玩。于是我想，确实应该找个时间去山上仔细看看。

三清山分南山和北山，南山以自然风光为主，号称“小黄山”“江南第一仙峰”，建有游览索道，设施齐全，游客众多，节假日更是游人如云。说实在，南山的景色的确不错，作为自然风光景区，堪称上品。

但我真正想去的，也是从未去过的是北山。三清山的所有道教人文景观都集中在这边，而这边又恰好是山路崎岖，少有人去的地方。旅游公司对游客都明说，如果时间紧，又怕累，北山可以不用去。旅游公司这样说是很善解人意的。那一片千年遗址、断壁残垣能吸引几个人的眼球呢，再说，旅游本就很累，又有几个人愿意去探究这花岗岩石块里的道教玄机呢。

我想去看看，主要是为了给友人介绍这座山时，可以多一些谈资。

三清者，玉清、上清、太清是也。

这三位都是道教鼻祖，可见三清山的名字取得不可谓不大，几乎是神仙的聚居点了。号称“江南第一仙峰，天下无双福地”，虽然有些夸张，但毕竟这里曾是真正的道教宗教场所，而且多位先师曾驾临布道，称为仙山福地也算实至名归。山上有玉京、玉虚、玉华三座顶峰，据说是分别象征三位道教祖师，三清山正是因为这三座巨峰而得名。又听说还有一座山峰叫“老子看经峰”，我就想，这山到底跟老子有什么关系呢，传说肯定会有，那究竟是个怎样的传说呢，这关系到三清山道教文化的底蕴到底有多深。

史书上关于老子的记载，其人其事大致在公元前五百一十六年前后。老子弃周而去，西出函谷关，被关令尹喜留住，讲道三日。于是，“关令尹喜曰：子将隐矣，强为我著书。老子乃著书上下篇，言道德之意五千余言而去”（录自《史记·老子韩非列传》）。

老子留下了《道德经》这部影响中国两千多年、博大精深又充满玄妙的巨著后，绝尘而去，仙人一般，从此杳如黄鹤。《道德经》中的所有玄妙都留给后人自己去悟了。

老子和庄子为代表的道家学说是一个重要的哲学派别。《道德经》中的大部分内容是建立在哲学思想上的经世为人、治国强军的道理。而同时，在老子的学说里也有“长生久视”“谷神不死”这类说法；庄子也有过“真人”“神人”之说，更有“不食五谷，吸风饮露”“乘云气，御飞龙”的具象描述。这些字句显然超出了一般的哲学范围，也许是一种朴素的唯物主义自然观的浪漫主义表达，而这恰好为民间的先生、方士所宣扬的神秘文化提供了思想依据。

因此，到了东汉中叶，当道教作为中国土生土长的宗教正式形成的时候，老庄的道家哲学思想就成了它的思想渊源，老子也就成了道德祖师，进入神坛。

既然老子已被尊为道教鼻祖，那么再讨论道家与道教的异同高低似乎意义不太大了，尽管史书上并无老子的炼丹通医的记载。

有学者认为道教是作为纯哲学的道家思想的普遍堕落和腐败的产物的看法是毫无道理的。道教的思想体系中包含了道家的哲学思想所缺少的因素，而这些因素在现实生活中对于人来说却是至关重要的。例如，道家诉诸心灵和理性，而道教却诉诸人的情感、情绪和性趣。

我想这段话可以理解为，道家学说和道教教义是可以同时进驻同一个人的思想的，只不过作为学说是理性的部分，作为教义则是较世俗的一部分。历史上的方士、教徒大都隐居深山，力图把自己的身体修炼得跟自然完全融合，从而羽化登仙，这正是实践老子在《道德经》中所提出的“人法地，地法天，天法道，道法自然”。

再回到原来的话题，老子离开函谷关之后的去向，众说纷纭，各执一词，大家都说老子到了自己的修炼之地。这很好理解，老子到过的山，不用自己夸，谁都会认为是仙山。

三清山也不例外，传说，老子骑青牛南下，回到了楚国老家，在江西龙虎山选了个山谷，用茅草搭了个棚子，开始重新研写《道德经》，可是却始终摆脱不了世俗的纷扰，就又骑牛走到三百华里外的三清山。

他发现这座山负阴抱阳，深得自然之妙，遂又聚草为棚，继续研写《道德经》，后人就把一座形神皆备的巨峰叫作“老子看经峰”了。传说到这儿就没有下文了，其实这已足够，足以让天下方士顶礼膜拜，足以让世人肃然起敬。

所以，当我这个凡夫俗子前来登山访古时，心中不禁生出无限的敬畏。因为有老子的仙峰在前，加上传说的亦真亦幻，此次登山似乎就不只是简单的访古探幽，更像是寻仙问道，而整个行程就变成悟道了。

踏进“众妙千步门”就开始真正登山了。山路崎岖陡峭，路边草木丛生，十米之外，古木参天，目力所及，只是眼前的几十级台阶。走过“好汉坡”之后，已是大汗淋漓，开始感到此行的艰辛，而正在这时，一条平坦的小径出现在眼前，抬头望去，石壁上刻着“逍遥路”三个字。路稍宽了些，有阵阵山风吹来，令人心旷神怡，苦尽甘来，难易交替，平险相生，自然界如此，人世间又何尝不是如此呢。仙山福地果然不同凡响。

再往上爬，就到了三清宫，这里海拔已达一千五百三十来米。这是一个山顶小盆地，眼前豁然开朗，身心倍觉清爽，不过想起刚刚经历的艰辛，疲惫却也一时难消。

我想，道观之所以建在很高的山上，并普遍高于佛寺，怕是有自己的讲究。因为道人的修炼非常强调自我，以及身边的自然环境，“我命在我不在天”，人与万物有先天的近亲关系，把人类与天地万物看成相互连合一起的大系统，并进而相互融合，就可以长生不老，即所谓得道成仙。所以远离俗世的地方，也就是最适合修炼的境界。

我想，登山是可以悟道的，而修道的确应该在高山之巅。

山顶上整个建筑群是以三清宫为中心，并深得阴阳之妙，前有涵星、清华、映辉三口天然泉池，后面有千年古木，东边有龙首山作为屏障，西面有虎头岩拱卫着。依照《先天八卦图》，建有龙虎殿，方士羽化坛、玉零观、飞仙台等建筑，其中以震位的风雷塔最是震撼人心。这是一座六层五面花岗岩石塔，两米多高，塔顶为攒尖式，五百年来，静静地立在崖边上。每当晴天日出前后，云蒸霞蔚，剪影如画。动静、巧拙、虚实、藏露浑然一体，相应相生，让人浮想联翩。

山上最古老的建筑要上溯到一千六百年前的东晋升平年间，炼丹术士、医家葛洪上山结庐炼丹，宣传道教教义。可以说，葛洪是三清山的开山鼻祖。

史书上记载的葛洪，常被称为炼丹术士或医学家。而从道教的角度来看，他更像个职业传教士。他曾带兵打仗，曾经为了生计南下广州，四处游走，他还著书立说，广收门徒。他在道教史上未进仙人谱，但却是个非常特别的历史人物。他信仰老子“道生一，一生二，二生三，三生万物”的理论，他长期炼丹，坚信只要炼出入火不焦，入水不腐，入地不朽的灵丹，自己就有了与之相同的属性，从而与自然万物一样，获得永恒。

同时，葛洪也强调儒道融合，他在《抱朴子内篇》中写道：“欲求仙者，要当以忠孝和顺仁信为本，若德行不修，而但务方术，皆不得长生也。”不过，他总体上还是认为道本儒末，“道者，儒之本也；儒者，道之末也”。

他心目中境界最高的道士必须是儒道双修的，入世可以治国安邦，出世可以得道成仙。

葛洪或许就是那种既有理性，又通世俗的人。他既是道家，又是道士，思想上又融合儒家纲常。或许也是因为这一点，葛洪才被后世尊崇，三清山更是因为有了他的到来，名声鹊起。

到了唐代，道教被尊为国教，葛洪炼丹的地方建起了老子宫观，正式奠定了“三清福地”的基础，随后，又建起了葛仙观，供奉葛仙翁、李尚书像，至此，葛洪被尊为仙人，三清山也巩固了在道教史上的重要地位。

整个唐宋元明，三清山香火鼎盛。三清宫在明代建成，这前后，朱熹、王安石、陆游、徐霞客都曾慕名而来，更为三清山增添了浓重的人文主义色彩。

直到清代，朝廷兴佛抑道，三清山才渐渐沉寂。至此，这座仙山福地整整风光了一千三百年。

今日的三清宫，早已没有道士，几百年的风雨剥蚀和人为毁坏，已使这些建筑面目全非。只能在遗址的数量上想象当年的规模，只能从精美的石雕上看出昔日的尊严。

现代人把信仰、膜拜和敬奉只浅浅地放在心里，需要时，想一想罢了，而这只是人群中的极少数，人们的心里已经很少有敬畏的东西，狭窄的胸中甚至都留不下对一座山峰的崇拜和对自然的包容。谁也成不了神，大约谁也不想成为什么仙，何苦庸人自扰。那么，道教的寂寞在所难免，尽管这是曾经扎根在我们脚下的土壤，并生长在我们民族心中的文化。

下山后，心中有一种说不清楚的感慨，南山的风景区游人如织，北山的三清宫却门庭冷落。我不知道，当人们站在玉京峰上俯仰四顾，感叹自然造化的鬼斧神工的时候，会有多少人能对这一片千年道场投来一束哪怕是叹息的目光呢。

无法收拾自己的心绪，随手翻开一本书，书中有一首清代诗人程光壁写给三清山的七律，拿它来做个结尾，觉得还算合适。

蚕丛辟出耀灵光，仙迹神工总异常。

怪石虬松忘色相，晴峰雨嶂变沧桑。

盘空涧道三天落，不老须崖万古苍。

极目树云无际处，千山紫色入斜阳。

灵山访贤

记不清是哪年秋天的哪一个黄昏，大约是迁居到上饶后不久吧，我站在家里的阳台上扶栏远眺，这本该是一个宁静的时刻，然而当我的目光停留在不远处的灵山时却感受到一种少有的震撼，而这种震撼正是眼前灵山的安详和宁静带来的。我爬过那么多山，却第一次那么深切地觉得这座山是活着的，它像极了一位女子，正在绚烂的夕阳里慵懒地小憩，它分明是一个美丽的生命。

这么些年过去了，灵山也不再是养在深闺，仿佛也不再是一位寂寞的隐士，随着“鄱阳湖生态经济区”国家战略的启动，它的和谐的生态、奇绝的风光和深厚的道教文化使它在去年成为国家级风景名胜区。然而当我又一次凝视着它的时候，我依然觉得灵山不仅活着，并且看起来还是那么年轻。是的，灵山作为上饶人心中的圣地，它和缓缓流淌的信江一起环抱着这一块土地，滋养着这一方百姓，孕育了古朴丰润的饶信文化，它呼吸吐纳的灵气完全和这里的人们息息相关，面对如此博大鲜明的生命属性，谁还能怀疑它的生生不息呢！

因此，当我怀着敬意要去探访的时候，我感到是那么亲切，亲切得就像是去看望一位熟悉的人。而我想要记录的也正是灵山的那几个人，或许正是这些人使得灵山跟不远处的黄山、三清山那么的不一样，才使得灵山充满了灵气。

我想说的第一个人是石人公，一个石头人，他虽然不是真正的血肉之躯的人，但他最值得仰视，他甚至超过了这座山上所有的神明，他是天地造化，他代表了自然的神奇和伟大，他是可以真的与天地同生的。山脚下有个乡叫望仙，多好的一个名字。

石人峰是灵山的镇山之峰，它原来是一座高达三十六丈的人形石峰。明代地理学家郑浩说："以是山而镇一郡，又以是人而镇一山，岂非宇宙之奇观哉！"如果从地质学来说，在所有的地貌里边，灵山的环状花岗岩峰林地貌是世上十分罕见的，这也正是灵山七十二奇峰的成因，也是山势宛如龙蟠四面皆景的原因；而山上众多的如石人峰这样的圆润的巨石则又是这种地貌里少见的。所以，当灵山无数奇峰异石撞进眼帘，当它的钟灵毓秀拂走包围着我们的凡尘俗气的时候，我们有理由为这鬼斧神工而感叹。

是啊，有时候当我们人类在面对自然而无能为力的时候，总是期望能有神仙来帮助我们，再一想，这座石人峰亿万年以来要经过多少个万年不遇的巧合才能站立在人类的面前，如果要说神奇，又有哪位神仙能比得上他神奇呢！据说灵山曾经吸引了道教祖师东晋的葛洪来结庐修道，又据说这被尊为“天下第三十三福地”的地方曾建有九十九座宫观。我相信这是真的。道教是我们民族土生土长的宗教，葛洪的架炉炼丹也是希望能让自己拥有和自然一样的属性从而永生，也就是说我们土生土长的神仙从一开始就是敬畏自然的。联想起那个暴戾的年代，这座石人被人破坏，而之后又被无数的善民一点一点垒起，如今他依旧巍然矗立在群山之巅，这其中该昭示着人与自然和谐相处的多少玄机和宿命呢！

山风徐来，看看山顶的石人，再看看山腰的道观以及山下的阡陌人家，忽然仿佛明白了这位石人怎么能够那么深地留在世人的记忆里，那么清晰地出现在上饶游子的思乡梦里。当我们匆匆离开这个世界以后，这位石人还会站在这里俯瞰苍生红尘，他还会用他无尽的资源和奇绝的风光为一代代的百姓造福的。自然是永恒的，石人是永恒的，那么，对自然和对这位石人的敬畏也该是永恒的吧。这么一想，上灵山真的是很值得的。

如果赶上了每年九月的灵山脚下石人殿的石人庙会，那么我们就会从来自几个省的数万人的口中听到一个名字，他就是我想要说的第二个人，是被百姓供奉了千年的信州刺史李德胜。他是最值得感念的，这一点似乎胜过了其他几位位列仙班的真人。

在说李德胜之前，我不能不先说说灵山上更早的一位神仙，他就是和诸葛亮同时代的同样字号孔明的胡昭，胡昭是汉代的大智者，大到让曹操都求贤若渴而终不得，同时也是一个大隐士，可能正是因为如此，他的许多故事像一把珍珠一样散落在历史的星河里。我曾经在富春江的钓台上感悟严子陵的风骨，也曾在庐山寻找陶渊明遗失的诗篇，我开始怀疑有些隐者其实是怀着大抱负的，他们要么以出世的精神彪炳后世，要么有意无意地流露自己绝代的才华，他们在让人们为之扼腕叹息的同时也就不再是真正的隐士而成为显士了。那么胡昭呢，据说他是信马由缰来到灵山的，而来到灵山之后他基本上就成了追随老子的道家了。民间对他的传说大都是口口相传，这刚好说明了胡昭是位真正的隐士，论智慧他不输于诸葛亮，而作为隐者他为中国历史上的大大小小的隐者争得了不少名节和骨气，他值得尊敬并且值得我们在灵山上去寻觅他的草庐和他的仙踪。

本来，任何一座山拥有了胡昭都是一大幸事，然而当我在闻名遐迩的石人殿驻足时，却发现这座本来只供奉胡昭的大殿却同时供奉着李德胜，稍加了解，明显觉得人们对这位后来的李老真君更有感情，而宋代和明代的几位皇帝赐封的也大都是他。原因似乎不难找，论历史地位，李德胜当然无法和胡昭同日而语，然而老百姓却未必会去欣赏一位隐士的才华和气节，他们更需要的是一个能给他们带来福祉的贵人，而李刺史恰恰就是这样的人。

石人殿是一个庞大的建筑群，有牌坊有碑亭，还有门前的旗墩，可以想见当年的气派了。这里记载了唐贞观元年的那些往事，那年大旱，信州刺史李德胜来赈灾祈雨，鞠躬尽瘁感动上天遂普降甘霖，李刺史也因功德圆满而羽化登仙。其实这里还有许多古迹述说着这位好官在赈灾过程中的点点滴滴。非常有意思的是，灵山脚下的很多村庄都有这位李老真君的行宫，据说都是他做过好事落过脚的地方，朴素的百姓谁不希望有这样一位高邻呢。

为官如此爱民如此，真的让人景仰和感叹。灵山真的堪称福地！正如大殿中明代宰相夏言的对联里写的：“秀水奇山信郡无双福地，佑民护国江南第一名神。”

我想写的第三个人其实是一群人，他们就是灵山脚下的地方干部们，是许多和他们一样的人在很多年里悉心地爱护着灵山，并把灵山打造成国家级风景名胜区。灵山良好的生态无疑会成为“鄱阳湖生态经济区”产业链上的一颗明珠。他们是更应该被记住的，尽管他们的名字不为多少人所知。

在石人殿，他们如数家珍似的为我介绍灵山的文化和风俗，他们告诉我，这里每年都有九月庙会，从农历九月初一到初十，尤其是初一，为了抢“抬头香”，凌晨时分会有上万人往大殿涌，场面蔚为壮观。这里还有明清时期的古戏台，有民间自发组织的“打串堂”社戏表演，还有从晋代流传下来的盛大的“石人桥灯会”。在说这些话的时候，我能从他们的眼中读出他们的自豪以及他们对这块土地的挚爱，我被深深地感染着。

在石人乡小叶的引领下我们开始了登山，这是一条石板铺就的古道，远处的石人宛如立在云端，号称江南最长的看不到头的石人源瀑布漫过花岗岩石壁，跌落在丛林灌木之中，然后又从另一个峡口飘洒而出，最后汇成溪流从我们的脚下汩汩淌过。道旁时有怪石突兀，又常有古亭羽立，一派道教名山的清净幽深。在清风亭休息时小叶告诉我，他和同事们时常来这里，因为这里能让人心静，有些烦恼的事在这里会变得简单，也更能想得明白。我在感动的同时不禁生出几许羡慕。他们爱这座山就仿佛是爱一位亲人，而灵山回馈的正是这满山的灵气，也许人只有在最贴近自然的时候才更有力量更有智慧，如此的山明水净带给人的又何止是神清气爽呢。

下山的时候已是薄暮时分，夕阳把山顶染成金色，而山谷则呈现一层神秘的黛色，山脚下就是远近闻名的明清一条街，这个时刻，它显得那么安详和幽静。走马楼式的木屋沿着鹅卵石街道慢慢延伸着，李老真君的行宫掺杂在古旧的民居之中宛若邻居，斑驳的骑楼木墙上毛主席语录依然醒目，再往前走，一个新农村建设活动中改造的典型村落亮丽地出现在眼前。驻足在当年王安石走过的“王安石桥”，轻抚五百年前宰相夏言手植的高大的银杏，轻吟辛弃疾写给灵山的“烟水蒙蒙”的句子，禁不住思古的幽情浮想联翩。是啊，有哪条街能够用两百米的距离串起那么多的年代，它简直是一幅历史画卷在我们的眼前不紧不慢地展开。

漫步在暮色里的小街，不经意地看到这样两句诗：“木屋小店转弯处，卖烛姑娘迎面来。”好温馨的句子啊。走在这条街上即便没有进香买烛，那些无处不在的神灵也一定知道我此刻的思绪并赐福给我们吧！

告别了小叶他们之后我在想，灵山的灵气无疑与石人有关，也当然和李老真君及胡昭这些个真人有关，而同时也应该是与眼前这些可爱的灵山人分不开的。石人公本是自然造化，李德胜是来疏导自然造福一方的，他们理应受到人们的膜拜，而灵山人他们是来保护灵山保护自然的，可以说是自然让这些人被同时记住了，事实上，石人公正是这里的人们让他获得重生的。

也许几年或多年以后，灵山会成为真正的游览胜地，也许再过一个千年，灵山早已名满天下。那时的人们除了还会拜谒石人公和李老真君，一定会记得当年有一些人为了保护好开发好灵山，他们寂寞地在这里工作了好多年，或许他们也会被请上神坛接受人们的感恩呢！那天晚上因为想到了这一点，兴奋得好久好久没有睡着。

老家婺源

一

香港凤凰卫视拍了一部很美很美的电视片，片名叫“寻找远去的家园”。还在这部片子拍摄的时候，我就被它感动，为它期待了。不为别的，就为这片子的片名。这个名字显然就是片子的主题，这几个字里面有悠悠的沧桑感，有现代人难得的对失去的东西和流逝的日子的无奈，有感悟历史的渴望和追忆往事时的淡淡的感伤。如今又有了一台山水实景演出“梦里老家”，老家就不完全在梦里了。

岁月真的很无情，无情的岁月里人有时也很无情。有时，我们站在一堆千年遗址边上却会浑然不觉，不知道那斑驳的墙缝里充填的是那些先人的汗水和智慧。时光是条单行道，日子一刻不停地往前走，有多少人会频频地回望，并记住那越来越远的东西呢。也许人们觉得累了，觉得值得珍惜的东西越来越少了。知识日新月异，商品不断换代，坐在电脑前，还有多少时间让你酝酿感情并给心爱的人写一封可以永远珍藏的信呢。

终于有一天，有一帮人决定停下来歇歇脚，他们决定掉回头看看。岁月如烟，早已不再清晰，但他们还是想站在人类的高度来寻找，来追忆。他们坚信，在那渐渐远去的家园里，一定有我们的祖先辛勤耕耘的足迹，一定有人类之所以生生不息的秘密，一定有一些无比珍贵而且正在失落的东西。这是一种责任和使命，这是珍藏在人类心底的大爱。

他们选择了婺源。

文化这个词现在用的频率很高，似乎什么跟文化沾了边儿，马上就变得更有档次更有品位。企业要有企业文化，地方要有地方文化，社团要有社团文化。这些林林总总的文化多半是写在纸上，出现在文档里，或表现在一些着意安排的活动里。这些文化是肤浅的，有很大的随意性，其内容也可以因人而异，随人的喜好而变化，因而也是缺少生命力的。

可是婺源不一样。在婺源，无论你站在什么地方，或山脚田间，或溪上廊桥，或前朝驿道，或深巷古宅，也无论是在和谁交谈，或在博物馆与前人旧物进行精神交流，都会感到一种氛围的存在，看到一些独特的文明的印记，实实在在地触摸到一种只属于这里的文化，它那么完美地融化在这一块土壤和空气中，那么自然优雅地写在每个人的脸上。

这个文化就是徽州文化。

追本溯源，徽州文化有八百年历史。和南方其他的地方文化相似，徽州文化也是脱胎于北方文化，这都跟历史上的数次北人南迁有关。可以说，徽州文化是对中原文化的包容吸收和重新整合。它既有强悍大气的一面，又兼有理性细致的一面，它以“程朱理学”为思想基础，再把宗法旧制和农耕文明，以及商业精神掺杂在一起，从而形成一种渗透到社会生活方方面面，以及每个角落的做人处事的原则和基本方式。

二

婺源在徽州文化的形成和演进过程中，地位非常独特。

先从地理位置和行政区划来说。皖浙赣三省交界的这块地方，丘陵多山，水陆交通发达，是古代沟通南北的重要通道。魏晋时称新安郡，宋徽宗宣和三年改为徽州，一府六县正式形成。婺源在元代时也是州，与徽州同级，明以后改县，并一直隶属徽州，与绩溪、休宁等县比邻，一九四九年划归江西省。可以说，在徽州兴盛的八百年里，婺源作为一府六县的成员，一直就是个重要角色。

有学者曾打过一个比方，婺源之于徽州，就好比曲阜之于山东。曲阜因为有孔府而雄居齐鲁大地，婺源则因为有朱熹而闪亮于一府六县，朱熹的祖坟在文公山，在福建武夷山市五夫镇府前村有一座紫阳楼，据说，是朱熹的义父刘子羽为朱熹母子建的，一楼二进，十分雅致，朱熹在此读书约四十载，门前巨大的古樟是朱熹亲手栽下的。之所以叫紫阳楼，就是因为朱熹祖籍婺源紫阳山之故。如今，这里已不仅是个故居，同时也成了后世学子乞求学有所成高考中第的祭拜场所了。这些都说明朱熹与婺源不同寻常的渊源。

朱熹的儒家理学在中国思想史上地位显赫。明清时期，朱子学更被奉为治国学说。那么，朱熹故里自然就占风气之先了。整个徽州，士子才人把朱熹奉若神明，“读朱子之书，服朱子之教，秉朱子之礼”。蔚然成风，成为人们修身兴家的必修课。由此可见，朱熹儒学对于徽州文化的巨大影响。儒家思想本来就不息地流淌在中华民族的血液之中，而这种思想一旦根植到每个平头百姓的心中，它的影响和力量就更显无比巨大了。

来婺源的人常常会惊叹于婺源方圆几十里竟集中了一百多位历代高官，以及无数的进士，这毫无疑问是徽州文化的组成部分，或者说正是由于“朱子学”的影响，才使得这一带人们特别尊师重教，并且因此而人才辈出，代代相传。

婺源理坑，一个北宋时期建立的小村，竟出了七品以上官员三十六名，进士十六名，这些人的著作居然有五部七十八卷被选编进《四库全书》。至今，村子还伫立着明朝天启年间吏部尚书余懋衡的“天官上卿”府第和崇祯年间广州知府余自怡的“官厅”。在另一个叫坑头的村子，潘姓一家在整个明朝竟难以置信地出了十多位进士，其中有四位官至尚书，即所谓“一门九进士，六部四尚书”。近年来声名远播的江湾村则更是人杰地灵，钟灵毓秀，阅尽古今，无出其右。

在婺源的一些古宅里，能见到这样一副楹联：“几百年人家无非积善，第一等好事只是读书。”

这副楹联文辞质朴，几近白话，却反映出婺源深受儒学思想影响，崇礼重教的社会风气。

三

徽州的文化博大精深，它的根基深厚表现在它的载体众多。婺源就有徽菜、徽派茶道、徽派民居、徽派四雕、徽派方言、徽州商人等。我不敢说自己对徽文化了解多少，但仅凭知道的这么点，到婺源就感到目不暇接。而稍微深入地探究一下，禁不住就被深深地吸引，不容商量地认同，以及如痴如醉地欣赏。

婺源的风光很多人有所耳闻。在凤凰卫视摄制组到来之前，这里就被媒体称为“中国最美丽的农村”了。这个美丽的含义有很多，不仅仅是指秀丽迷人的风光，同时也包括这里的历史、文化、经济、民风等。而在这些个因素中，最先进入眼帘的，最先打动人心的，还是婺源的自然风光和人文景观。

我在春秋两季都到过婺源。春天到处郁郁葱葱，阳光明媚，山川秀丽，田野碧绿，无疑是个美丽的季节。我觉得真正吸引我的，让我流连忘返的却是秋季。

婺源的山并不太高，但海拔却不低。深秋时节，山沟里、山顶上、田野里、水面上，在清晨都会飘荡着一丝丝、一层层、一堆堆的雾气，随着阳光慢慢升起，这雾气会一点点消散，同时把一个仙境似的婺源一点点呈现在世人面前。婺源的雾不太浓，也不太淡，婺源的雾白得像纱，雾气里会带着些樟树和稻草的味道，这是一种真正属于自然的味道。所以，婺源的晨雾真是不可不看的一道风景。

半亩方塘一鉴开，天光云影共徘徊。

问渠哪得清如许，为有源头活水来。

朱熹的这首诗被后人引申出了许多意思。也许人们认为他是个哲人，诗句当然就该蕴含哲理，而我觉得，这首诗完全可以看作是对婺源自然风光的真实描绘。

婺源的水是以溪流为主。深秋时节，天高云淡，山中的杉树和樟树这些常绿植物依旧苍翠欲滴，而田间却出现片片金黄。溪水更清更浅，悠悠地流淌，大些的水塘正如朱熹说的，像镜子般清澈。

有时人们在田里烧草木灰做肥料，于是一缕轻烟在无风的傍晚，便会扶摇直上，慢慢消散在空中。

这些如画的景致如果当作背景，那么它们衬托的则是散落在山脚下、溪流边的片片村落。这些村落都是白墙碧瓦，错落有致，与山水自然无比和谐。

深秋的婺源风景更有层次，色彩更加绚丽端庄，一切都更从容大气。这里没有险峻的奇峰，却有山水相依的田园；这里没有高耸连片的楼群，却有千年不倒的徽式民居；这里没有刻意打造的经典，却有小桥流水映衬下的古老楹联；这里没有富丽堂皇的酒楼茶肆，却有随处可见的茶亭桥廊以及当地人淳朴儒雅的笑脸；这里没有精心维护的野生动物园，却有数百亩水域的鸳鸯湖，一到秋天，一湖碧水就引来几百对鸳鸯。湖光山色，翠羽碧波，这种自然和谐的景致怕是人间少有。

文化的婺源，风景是这样的与众不同。

徜徉在婺源的村庄里，没有谁不被这里的正宗的徽派民居所吸引。这里的房子多是砖木结构，外墙刷白石灰，高高的马头墙也叫防火墙，墙头覆青砖，重檐飞角，雍容大气。青是青，白是白，平行周正而又互相扶衬，尽显儒家理念。

走近这些民居，又有许多独特的地方引人注目。首先是大门门檐上的砖雕，这些砖雕都是用青砖刻制。清朝以前的房子大多是平雕和浮雕，清以后的建筑，则追求镂空效果。

砖雕在国内其他地方并不少见，但镂空雕刻却是不多见。中国古代艺术中，镂空雕刻相比其他艺术手法，并无优势可言，而婺源民居却集中了这么多，并且层次繁复，剔透玲珑，细致入微，有些人物表情都栩栩如生。可以想见当时这一带的富庶以及整体的不俗的品位。

婺源民居还有一个与众不同的地方，大凡明清时遗留下来的建筑都是朝北居的，这与其他地方的官府民居正好相反，所谓坐北朝南在这里却没被接受。原来这里面有一个特殊原因。

徽州多商人，民居中也多有商贾宅院，据五行推演：商属金，南方属火，火克金。那么大门朝南，岂有财可生之。所以明清时期徽商鼎盛，这些商人回乡建房，就一律坐南朝北了。

四

是的，我们该说说徽商了。

在婺源四处走动时，我总在想，这个在今天看来交通并不算发达的地方怎么竟出了那么多的商人，甚至竟有了“无徽不成商，无徽不成镇”的说法。想当年，北有晋商，南有徽商。北方有钱，南方有物，何等不可一世。

近年来，人们开始研究晋商，开始注意到他们当年“走西口”的时候大都连字都不识。但同时也注意到，晋商的骨子里埋藏着经商最为重要的品质：注重信誉，仗义疏财，百折不挠。

那么徽商有什么呢。有人说当年这里的交通是算发达的。不错，可这样的交通条件在全国比比皆是。又有人说，这一带物产丰富，而且是南北通衢。也不错，可这也只能解释这一带为什么富裕，无法解释徽商的形成原因。事实上，徽商的经营场所遍布全国，有的还做起了国际贸易，足迹遍及暹罗等地。

买卖谁都会做，天下商人何止千百万，而徽州商人却能组成集团，并能创造自己的品牌。在找不出更多的客观条件之下，我认为，还是得益于徽州文化，或者说，徽州文化就是徽商的品牌，徽州文化是徽商共同的永不枯竭的精神源泉。其实，文化本来就应该是高于其他条件的最优越的先天条件。

婺源最早出去的商人是谁已无法考证了。最早的这批人大约是去卖茶，他们沿长江东去，到了当时中国商业最发达的江浙一带，他们很快就达到了自己的目的，卖掉了货，又赚了钱。随后，他们无比兴奋地迅速回来。他们开始总结，他们得出了结论，经商并不难，只要公正平和、诚实守信就可以了。他们发现，自己的老祖宗留下来的儒家理念和传世祖训在商场上竟那么管用。

他们开始强烈地认同自己的传统文化，他们把平时生活中的规矩带到了行商之中。渐渐的，徽州的商人就形成了一个与众不同的人群，人们开始把他们称为徽商，还有一个更特别的称呼：儒商。“贾而好儒，贾儒结合”，这是当时对徽商的一个说法。

在婺源，现在还能见到一条古老的驿道，窄窄的，青石铺就，一直往山里延伸。在这条路上，有一个真实的故事。

很久以前，这条驿道上人来人往，这些人大多是背井离乡外出经商的，也有一些是衣锦还乡的人士。有一位老婆婆，看大家非常辛苦，行色匆匆，于是她就修了一条小道，并在道边建了一个小茶亭。她每日在这里烧茶，免费供来往行人饮用。年复一年，不知哪一天，老婆婆没有来，不久，路边就添了一座新坟，老婆婆故去了。来往行人知道了这件事，他们每次经过就往坟上堆一小块石头，以示感激和追忆，这座坟就被称作“堆婆坟”。后来，过了许多年，真的坟已找不到了，于是，路边就出现了很多“堆婆坟”，人们一直在怀念这位老婆婆。

老婆婆是商人们永远的支持者和最稳固的后方。我相信，所有外出的人从丢下石头的那一刻，他就获得了一种来自本土的力量，这力量可能会鼓舞着他勇往直前。而回来的人丢下一块石头，心中对故乡的感激之情会油然而生。

徽商重感情，念旧。桑梓情结、宗族观念特别浓厚。他们秉承着家乡的农耕文明，他们念念不忘家乡给他们的养育，以及家乡文化对自己的濡染，于是徽商就特别恋家。他们之中很多人回来广置田产，收购古玩珍宝，过着一种世外桃源般的日子。

婺源也留下了当年商人建造的古祠堂、民居、戏台、廊桥等。在一些讲究的商人宅院里，还建有“客馆”，这是很少见的。这种客馆建在宅子里面，非常考究，显然与其他房间不同，原来这是为商界客户准备的，这个客馆，家中的女人是不让进的。由此可见，徽商十分重视礼仪，并且非常看重商场上建立的感情。这样一联想，不禁又扯到徽州文化上来了。

五

在婺源的时候，我去了县博物馆，因为据说这里保存着不少当年徽商遗留下的珍宝。

博物馆建在紫阳镇儒学山上，居高临下，婺源山水尽收眼底。那天，馆里派了个中年馆员为我们讲解。他瘦而且高，高度近视。不知是眼镜镜片的原因，还是他的眼睛的关系，每次他为我们指着一件宝物时，眼睛都睁得圆圆的，那眼里显然有一种光，什么叫如数家珍，从这目光里就能看得出。

他在这里工作了很多年，见我们这行人都能听得懂他的介绍，他就越发兴奋。最后他神秘地说，他将拿几件镇馆之宝给我们看。果然，他和同事小心翼翼地捧出了几样东西。

其中有一幅唐伯虎的真迹，一颗据说是全国第三的价值千万美元的猫眼石，还有同样十分珍贵的犀牛角。他告诉我们，那猫眼石曾有韩国人要买，那犀牛角刮一点粉就能治好发烧，听得我们也跟着一惊一乍的。

这个馆员是婺源人，他对这些宝物的感情让我想起许多婺源人对他们家乡的深情。胡适先生在自我介绍时说过："我是安徽徽州人。"言语之中充满了自豪。在《寻找远去的家园》电视片中，有一个有趣的片断，一位中年汉子说："我们这里三四华里就有一个茶亭，他们江西就没有。"此言一出，让我颇为感慨。

在行政区划上，婺源现在属于江西，但是在文化上却是与徽州一脉相承，这个徽州不是指现在的安徽，而是特指历史上的一府六县的徽州。五十多年过去了，婺源人在内心里对徽州依然有一种强烈的归属感，这不是经济上的，也不是地域上的，它完全是文化上的一种情结。

这也正好说明了徽州文化的源远流长，生生不息。

徽州现在已称黄山市，不知道多少年以后，徽州才会被人淡忘；也不知婺源是不是会被划出江西。徽商已经成为一个历史名词，而徽文化的其他产物却正在为世人欣赏。从二十世纪八十年代开始，徽派文化就被国家正式列为研究课题，称为徽学，与藏学、敦煌学并列为全国三大地方学。

任何生命的存在都有相应的条件，一种文化的生命力是否旺盛，关键是看这种文化扎根的土壤以及存在的条件。文化的演进就像酿酒一样，是靠自身的因素酿造，越久越醇。婺源多年的沉寂以及婺源本地学人对徽文化的强烈认同，使得这种文化在婺源得以保存和繁衍。

现在，旅游开发的热潮一浪高过一浪，婺源人的行商方式也从历史上的走出去变成了现在的请进来。真希望婺源能对文化心态也作一个适时的调整，对文化内涵进行些许的补充。这样，婺源在成为现代的婺源的同时，她还是我们的老家，徽州文化在婺源也会继续传承下去，一个文化的婺源一定是婺源人乃至徽州人最愿意看到的。

篁岭的美丽乡愁

当我在这个傍晚走在婺源篁岭安静的石板台阶上，听到脚下的小溪汩汩地流向远处的时候，我的心变得湿润而且柔和，有一种清淡如水却又真真切切的东西在心里弥漫开来，那也许就是从来都不曾失落过的乡愁吧。

可能是自己不再年轻的缘故，这些年，只要是途经苏皖这一带或是受徽派文化影响的地方，总是不经意地在一些景物面前停下脚步，进而在它们那儿寻找些老家的影子，甚至有时候在完全不相干的地方，只要看到一个似曾相识的情景也会不禁陷入片刻的怀想。所以，祖籍安徽的我对篁岭这个古村是心仪已久的了。

是啊，乡愁不仅是对于故乡而言，它其实是对从前那些年代的美好东西的追忆，是对那些无法复制的情感的深情的呼唤。有时当我们的日子过得越好，这种情绪反而越是强烈。并不是故乡真的回不去，也不是不想马上拔腿就走。乡愁是属于内心的，我们其实更想把乡愁幻化成一种祝福，远远地望着，淡淡地想着。那一刻的温暖只有自己才能真正品尝出来。

慢慢走进篁岭的小街，不远处的一盏路灯悄无声息地亮了，天还没黑下来，这盏路灯显得并不太亮。忽然我想起在哪里见过它，对了，它看起来一点都不陌生，灯具和场景虽然都不同，但那孤单的一点亮光却是一样的。记得那是在南京老家读书的时候，每天下午放学我都要走很远的路才会到家，好多个黄昏，在风里在雨里，一个孩子歪歪斜斜地在乡路上走着，他的眼里一直盯着闪烁在远处的一点灯火，那正是从自家门里照出来的，这点灯火后来就一直陪伴着我走过了好多好多地方，想一想就会心头一热，它永远都不会隐没在都市霓虹之中。

我喜欢黄昏，唯有这个时刻，我们才会回想一下这一天发生的事情，才会舍不得太阳落山，同时心里又期待一个宁静的夜晚的到来。我愿意在这种宁静之中自由地呼吸自由地走走。我走到晒秋的架子旁，我知道这里是人们晾晒辣椒和红薯玉米的地方，那些淳朴的老人可能刚刚回家；走在显得冷清的小巷里时，我知道弯弯的山路上正走着晚归的村里人；而当我站在高高的岭上看着山中的雾气慢慢升起，看到远处的闪烁的稀疏的灯火时，那一抹乡愁又一次浅浅地袭来。

是的，我们都是从乡村走来，可当我们想要再走回去的时候，乡村却不知还在不在，我们要去哪里才能找到回乡的路啊。这会儿，我忽然觉得好像以前来过这里，也是这样久久地站在这里，甚至也有着一样的思绪。合上眼睛，好多熟悉的景象一幕幕闪过，好多熟悉的人远远近近地走来，过世多年的爷爷奶奶外公外婆的笑容还是那么慈祥，他们看起来竟都不怎么显老。我知道，我们心里的原乡是朴素的并且是永不会褪色的。

在朋友们的引导下，我走进了篁岭的这间书屋。篁岭被称为是“中国最美符号”之一，这间书屋大概可以叫“篁岭的最美符号”吧。

人类自从有了文学就有了思想和历史的传承，而一个村落哪怕是最初的草棚，一旦炊烟升起，就开始了一段永无止境的生活，并且无关幸福或者是苦难。这两者何其相似，文字记录着篁岭的古老，篁岭的古老又不停地生发更多的文字。而这间书屋坐落在这个小巷之中，它忽然让篁岭平添了几分书卷气，这是多么让人心生温暖的事呀。

书屋不大，当四周的店铺陆续打烊，当阑珊的灯火一盏盏亮起又熄灭的时候，这个小书屋的灯光却一直照亮着它的门前，照亮着这个山村的一个角落。而当它这样出现在我的眼前时，我觉得我们都被它照亮了。

山里的早晚比较冷，书屋里的两个女生一袭白色的冬装，干净大方，一如这书屋的陈设，几件小摆设透出主人的慧心。书屋有个小小的窗口，在这个窗口可以望见坡上坡下的人家和从那里透出来的点点灯光，她们告诉我，下午就坐在这窗口等着隔壁酒坊里那位老者的笛声响起。据说那位老者每天都在吹他的笛子，却时常一整天也卖不出一杯酒。我没能听到这笛声，然而我想，他的笛声就是篁岭的一种天籁，他的酒虽然没有卖出多少，他唤起了多少游客的多少客居的乡愁，又有谁知道呢。

这让我想起《诗经》中《小雅·何人斯》里的句子："伯氏吹埙，仲氏吹篪。"这里的篪就是笛子，而"伯埙仲篪"后来就指一种和谐的关系，那么这从遥远年代飘过来的笛声它勾起的该是我们民族的乡愁吧。是的，我们的先民那么热爱我们的故土家园，我们最美的乡愁诗篇也可以说是从《诗经》开始。"昔我往矣，杨柳依依。今我来思，雨雪霏霏。"多么动人啊，一片雪花一片柳絮都能承载他们对故土的思念。那么篁岭梯田里的金黄的油菜花，它怎能不留住我们许多流连的脚步和回望的目光。

十几岁的时候，最喜欢用四处弄来的一点点钱买一本书，然后躺在长江的江滩上或芦苇丛里一直看到太阳落山。在篁岭，我就想坐在高高的红豆杉树下或这间书屋的窗口旁看几页书。近来，许多人都在说我们需要"记住乡愁"，的确，我们有太多的东西需要用乡愁来修复和覆盖，我们的心灵太需要洗去阴霾，回到从前的清清朗朗的世界了。

离开篁岭的时候天空已是深深的黛色，车子越走越远，篁岭的灯火都看不见了，从车窗吹进来的夜风带着清甜的油菜花香。闭上眼睛，我生命中的那盏灯光还有篁岭的街灯又在我心头亮起，大概，那就是我永远不敢忘怀的和我在篁岭感受到的美丽乡愁吧！

黄岩参禅

一

早听说这山里有座古寺，在一个细雨绵绵的上午，独自一人，关掉手机，端一把雨伞，进山寻访。俨然是个香客。

山很平常，不高，也不幽深，甚至连个正式的山名都没有，一点也看不出这里是个风水福地。赣东北这块儿山太多了，一座小山淹没其中，即使山中有寺，也很难引起多少关注。或许因为这里是红土地的缘故，加上寺庙是依山而建，人们就把这寺称作黄岩寺。

据说寺中只有一位上了年纪的老和尚，尽管如此，这里仍是真正意义上的佛寺，平淡的日子里，却也咏诵着天底下一样的经文，并不影响把上天的福祉带给一方生灵。同时，把人们虔诚的膜拜献给佛祖，同样的香烟缭绕不绝，消散在山顶上寥廓的空中。

江南的五月，是个多雨的季节，是个容易让人感伤的时候，阴沉沉的天空和怎么也下不完的细雨，叫人坐立不安。窗前独坐，除了滋生些不着边际的忧郁，做不成一件像样的事。

那日黄昏，也是这种光景，若有若无地听到山顶上寺庙的钟声，觉得很奇怪，以前似乎从未听过，现在何以竟有了钟声，或者是这样的光景正该有这样的钟声，而由自己心中生发出来的。

总之是马上就想去看一看。

第二天上午，下着蒙蒙细雨，一个人煞有介事地上山了。其实我不是佛教徒，但对佛教的与人为善、珍爱生命却是非常赞同的。一介书生，最希望天下太平，人人友善，正好专心地读书作文。对佛门子弟的清静无为及寺庙的幽深宁静也颇为心仪。

古代不少书院都愿与寺庙比邻而居，不是为了沾什么仙气，而是冲着这种氛围去的。因此，我始终认为寺庙和书院一样，不应该是旅游点，不是一个可以玩的地方，所以每次我都选择一个人去。

我去过宁波的普陀，佛塑金身，庙宇巍峨，香火旺盛，真的是海外仙山，是进香还愿的好地方。香客自然很多，可其中也有许多游客，他们在导游小旗的引导下，或右或左，或停或走，个个神色紧张，生怕掉队。

既无心拜佛，又何必来寺庙呢。

天下的寺庙除了庙堂和佛像的大小有区别外，其他都大体差不多，尤其是，他们普度众生的宏旨都是一样的。

那次我也是游客中的一个，本以为来这里可以感受一下宁静，或者还可以参悟一下道理。却不想一路要听小喇叭的招呼，要看小旗子的指引。隐隐觉得有点亵渎佛祖，又有点委屈自己。于是，以后就更少去寺庙了。

对寺庙印象的改观是在福建昭安的那一次。

那座寺庙的名字已忘记了，在县城边上，说是寺庙，其实除佛事外，当地的一些公祭也都在这里进行，如新官上任、宗族大事等。初一、十五香火很旺。寺院很小，依山临海，古树参天。一起去的同事都说没趣，因为不太热闹。我却想多逗留一下，临走时，忽然发现古树下有一石碑，碑上居然镌刻着乾隆皇帝的一首诗。乾隆并没有到过这里，而是听人说这里有这么个寺，当时交通不便，但龙心已动，于是就欣然题诗，诗中最精彩的两句是：

草色斜阳僧唤渡

钟声夜雨客参禅

那天晚饭后，我撇开众人，独自又到寺中徜徉了一会儿。什么都没想，什么也看不清，心里却一点都不觉得空，我不知道这算不算一种境界。或许是因为这里的安静，因为有一首情景交融的诗，或许是因为这里能带给人一种说不清楚的安详。总之对寺院，尤其是这种不算旅游点的寺院生出了不少敬慕。

二

雨一直细细密密地下，山坳里有一些雾气，山路上似乎只有我一个人。

其实在山下的小镇上工作生活好几个年头了，却不知山里边还有这样的景色。也许是心里想着佛的缘故，对周围的景致特别留意，觉得附近的一切都像着意安排的一样，非常和谐。比如这小雨，它不停地下却反而让山里更显得宁静，而如果满山映山红盛开，虽也无声，但一定显得热闹，更不符合参佛的心境。再比如林间的石板路，弯弯曲曲的，因下雨而无人走动，正好为远处的古寺增添了几分神秘，正所谓：曲径通幽处，禅房花木深。

走着走着我发现，路边的石壁上每隔三五米就雕刻着一尊佛像，虽然不大，刻法拙朴，却也形象各异神态清晰。我不禁一尊一尊地仔细看过去，我叫不出这些佛像的名字，却为这座山感到不俗。在别的很出名的大寺，像南京的栖霞寺，我也见过类似的石刻，更大、更精美，数量也更多，但是，却没有这里的让我感动。

不知道刻者是个怎样的人，甚至猜不出他穿着什么年代的服饰。他拥有几分手艺，却无半点炫耀，明知这里香火不旺，却不改自己一片痴心。不知他为此花了多少时间。

我总想找一块记载点什么的石壁，却始终没见。其实根本就不会有，刻者的本意就不是为了留名，倒是我们这些俗人总爱按着俗法去揣度。

走在路上，思古幽情掺着丝丝禅意，浅浅地袭来。我越加觉得，参禅拜佛跟寺院佛像的大小没有太多关联，最重要的东西恐怕还是只能在心中。

佛是没什么不知道的，他一定知道，这荒山古寺，还有人心静如水，诚心拜谒；如果他真是公平的，那么，普照的佛光是不会漏掉这样的一些角落的。

山上有个大石洞，佛堂大殿其实是占了半个石洞，依山建成。站在安静的大堂中间，思绪不知怎么一下断了，不知在想什么，不知该想些什么；本来也不是为了什么来的，而此刻却非要确定自己心中的念头。看来，俗人终究是俗人，生怕佛不知道自己所求，生怕自己的欲念一次又一次重复着破灭，而没有一丝转机。不愿相信自己信佛，却阻止不了内心不断生灭的欲念，以及向人倾诉并获得力量的渴望。一时间，思绪又变得纷乱了。

不知不觉，还是拜了下去。

男儿膝下有黄金。

阿弥陀佛。您一定知道我今天来，您也一定知道我一路在想什么。您既然是万能的，就一定知道这荒山古寺的往事，那么您不为这里虔诚的弟子赐福吗？您怕寂寞吗，如果不怕，那为什么会接受高大的庙宇和每日无数的拜谒。您真的想帮我们吗？如果想，那为什么总端坐在大殿里，而不住在人的心里，时刻关注并纠正着人的欲念。您知道我想法很荒唐，也不是诚心来拜谒，您一定不会怪罪并继续保佑我吧。……

阿弥陀佛，施主已拜多时了。

像忽然醒来似的，我这才发现，一位老僧正在拨弄香烛。刚才这句话就是他说的。

老僧七十多岁，是这寺里唯一的僧人，生活起居、柴米油盐都由山下的善男信女照顾。他告诉我，从前是在庐山东林寺的，辈分颇高，来这里差不多有二十年了。他到过许多寺庙，走到这里就忽然不想再走了。

那么你不觉得太清苦，太寂寞了吗？我问。

没什么。

没什么怎么理解，我可不可以理解为无所谓或者无奈呢？

没什么就是——没什么。

其实在前两句，我就发现我的提问太浅薄，对面的老僧修行不浅，他已经把我牵进禅味十足的佛家谶语里了，能不能继续交谈下去，就看自己的悟性了。

老僧看出了我在思忖，他笑了，他说我是个难得的施主，并且从我一进来他就看出来了。

我和老僧继续聊下去。

他没有告诉我我为什么是个难得的施主，其实这是我最想知道的，他给我说了不少佛学禅理，我知道老僧其实是让我自己想，怎么想就怎么是。

我总是想知道的另一件事是，在这么荒僻的山中和这么清寒的寺里，难道真的就没想过走吗。其实以他的修行和辈分，什么寺都是去得的。

这回老僧正面回答了我。

他说：真正的修行就是清心寡欲，心无旁骛，越是远离尘世喧嚣，就越有利于悟道，而随着修行的加深，身外的欲望就越少，内心却变得更充盈，对肉体的生存要求就越低越淡。许多高僧能素食苦行几十载，道理就在于此。

我们交谈时，老僧的眼睛一直看着外面。这双眼并不很清澈，也谈不上有神，它只是一双眼睛，宛如搁在神龛上旧鼎里的半鼎水。

我一会儿听得明白，一会儿又琢磨不透，但大体上明白，我们还是在谈一个关于修行的问题。

三

人人都有欲望，修行本身就是僧人的欲念，只是俗人的欲望更具体更多一些。

在尘世里生活，这件事本身也是修行，比如你今天失去了点什么，那么肯定有人在这同时得到了点什么。如果你失去的东西很珍贵，那么它对别人的帮助也就越大，这有什么不好呢。人每天都要工作，工作的结果一定是使他人受益，这也正合佛旨。

高尚的人在俗世红尘中生活其实是一种真正的修行，只是他们不会意识到，也不愿认可这一点而已。高尚的人的幸福是伴随着心灵的升华一起增加的。

我似乎有些感悟，因为我已不再问自己今天是为什么而来，其实我今天本来就不为什么来的，可自从踏上进山的第一级台阶，思绪就不停地搅动，一直到了山顶，拜见了老僧，听了许多似懂非懂的话，心境却反而更加清明了。

我觉得我明白了寺庙为何多建在山里。进山的路程本身就是一个抛弃杂念的过程，累意一点点增加，眼前的景物一点点变得更开朗，到了山顶，再见到清苦参佛的僧人，谁会没一些感悟呢。清清静静的眼中，明明朗朗的心里，还有哪里能容下一己私念呢。

我边想边顺着老僧的目光看过去。殿外就是个山崖，蒙蒙细雨还在下，远处的景物不很清晰，山崖下有大片的松树林和农田，田那边有公路和铁路，因为离得远，汽车火车似乎都是无声地移动着。目力能及的地方，还有一条一年四季静静流淌的信江和江边上一簇簇樟树、树下的大大小小的村落。

俯视万类，心胸豁然开朗，颇有超凡脱俗的感觉。我很想把这种感受告诉老僧，甚至想告诉他我的一些感悟。侧脸望去，老僧的目光却依旧平静，平静得仍像佛龛上的半鼎水。

老僧其实就是佛，他的心里是什么都知道的。

那日的雨一直未停。傍晚时分，我坐在窗前，想再次听到山顶上寺庙的钟声。可钟声一直未响，也许寺里老僧今日与我这个施主谈了半天，有些倦意，早早地歇息了。

肆

读 书

交有用的人不如读无用的书

前些年我结识了一位实业家，而令我和他成为朋友的原因是，他同时是一位藏书十万册的藏书家，我经常在他的一排排书架前一待就是半天。这朋友其实没有多少时间看书，但他有一天告诉我，他知道这些书在这里，就好像知道有那么多智者在身边，心里就踏实多了，他时常回乡下老屋住住，也是为了去陪陪那些书。朋友的话让我思忖良久，在这个什么都讲实用的时代，与书为邻，实为幸事。

孔子说："古之学者为己，今之学者为人。"可见，读书无论是为了修身养性还是治国齐家，都是有目的的。而从小到大，我们总是被谆谆要求读有用的书，比如无数的课本和考试资料，比如许多专业书以及职场攻略处世哲学等不一而足。有时候我看看《史记》或什么典籍，也会被人善意地提醒，不要把时间花在这些无用的书上。于是书就被人们分成了有用的和无用的两种。

有用的书就如同日常饮食，饿的时候需要它，解决的亦是眼前问题。而所谓无用的书它解决的不是饥饿的问题，不是升迁聘职挣钱的技能问题，它的用处不在当下，它是培元固本的东西，就好比是中医的调理，能够让人活得更有质量，是可以让一个人从根本上好起来的东西。

读无用的书没有急功近利，所以可以以一种冲淡平和的心态来读。身处这样一个纷繁的世界，一颗平常心有时比什么都珍贵。打开《诗经》，一句“杨柳依依”“雨雪霏霏”会让许多渐渐远去的日子又回到眼前；重读《陈情表》，忽然发现我们的生命中还有许多亲情比升官晋爵重要得多；要是翻开《围炉夜话》，很容易就会读到这样几句：“习读书之业，便当知读书之乐；存为善之心，不必邀为善之名。”古人老早就把读书和善放在一起来说了，只是《围炉夜话》怕是已成少有人知的无用书了。是啊，就是这样一些无用的书，它会把我们带回遥远的年代，重温骨子里的我们民族共有的那些淳朴，让我们以儒者的宁静面对纷繁的世界，以平和的心境去容纳每一场突如其来的风雨，这样多好。

铁凝先生讲过这样一个故事，在秘鲁的一个小城，那里的警察常常脾气不好，市民意见很大。市长想了一个办法，给警察每人放三天假，同时要求他们在这三天里读三部文学作品，后来，警察们的脾气有了改观，市民们的怨气也小了很多。无法考证这个故事里警察们读了什么书，我想大约就是所谓无用的书吧，而正是这些无用的书，它可以让人先安静下来，然后哪怕只获得一点点熏陶或唤起心底一点点善意，人对人的态度就起了一点点变化。那么，这样的阅读是有用还是没用呢。铁凝说："这便是阅读的无用之用吧，它内在的文化含量并没有因表面的无用而打折扣，这里的无用本身便是作用了。"

多读点无用之书除了上面说的可以修养性情，读书的过程往往就是抛弃杂念的过程，是一个养心的过程。我们有时评价一个好人常常说他有教养、斯斯文文的，我想这肯定与他读过的书有关。《人民日报》"夜读"里有一个很好的题目"你读什么书，决定了你是什么人"。的确，我们的经史典籍解释和规定了我们从哪里来，并且为什么会是这个样子。不知道这些，如果只读实用的书，那也只能成为一部有实用价值的机器，人生还谈什么灵魂和境界呢。于是我又想起一本无用的书，那是一千四百年前颜之推写的《颜氏家训》。在书中的"勉学篇"里有这样一段话："若能常保数百卷书，千载终不为小人也。"我们现在开始重提"斯文"，也知道"斯文在兹"的意思，这本书告诉了我们怎样做才是一个有家教的斯文的人。

多年前读许地山的《落花生》，我第一次知道"有用的人"是指什么，那是对我们个人的品格和境界的要求，我同时认为，这也应该是我们出现在他人眼里的"有用的人"的标准。然而，这篇文章已经许久无人提起也成了无用的了。时下不少人每天都在朋友圈里寻找有用的人，或者寻找一切机会结交有权势的所谓的有用的人。甚至说到一个新地方首先要认识十个人，包括官员、警察等能用得着的人。尽管可能会行事方便，但潜意识里，自己已经做好了不守规矩的准备了。其实我想，真的读了我说的那些无用的书，懂得了爱和善，学会了礼和信，又何须急吼吼地去找一票有用的人呢，或许那些自己也认为自己很有本事很有用的人，还没有被用上，他自己就已经走上不归路了呢。

交十个所谓有用的人还不如读一本所谓无用的书，那十个人只会让人知道什么是功利，而一本无用的书教给我们的往往正是与功利无关的珍惜和崇高，这才是立身之本。母亲常常对我说一句话“我没用了，什么都帮不到你们”。可是母亲就是一本书，就跟藏书家朋友说的那样，知道她在那儿，儿子心里就踏踏实实的了。是啊，对于我们来说，生命中最重要的不是什么有用的人、有用的书，而是母亲倚在老屋门框上送我们的目光，还有父亲转身回屋的弯背的身影。

且耕且织且珍惜

有的书是可以反复读的，比如《史记》。离开学校二十多年了，《史记》是经常放在案头的，时而翻一翻已经成为习惯。前次从北京地坛回来，脑子里总是遐想着古代祭拜土地的情景。坐在熟悉的书桌前，翻开到第十卷《孝文本纪》，那个久远的年代仿佛又回到了眼前，那些我们民族共同的祖先又亲切地款款走来。是的，司马迁留给我们的不仅仅是一部历史母本，那些如星星般闪烁在历史长河中的人物都是一个个鲜活的人生样板。

汉文帝开启了中国第一个太平盛世“文景之治”，司马迁在《孝文本纪》里说了很多他的事和他颁布的诏书，而我觉得最让我感动的还是他对土地农耕的看重，尤其是通过祭祀表达出的对土地的崇敬。那真是一个很好的年代，是一个最适合平民生活的年代。汉文帝即位第二年的年底接连发生了日食和月食，刘恒马上想到这一定是自己的德行出了问题，他说："农，天下之本，其开籍田，朕亲率耕，以给宗庙粢盛。"他觉得一定要自己亲自耕作打出粮食并且用来祭祀，才对得起土地神明和黎民百姓。他说到做到，这一做就是十年。十年后他又说了一段话："农，天下之本，务莫大焉。"没有什么比农业更为重要，农和商要加以区别，应该免去土地的租税，"轻徭薄赋"就是说的这件事。

或许大地对人的回报就是在人和它亲近的过程中教会了人如何做事。汉文帝在去世前留下了一份遗诏，开头有这样几句，"死者天地之理，物之自然者，奚可甚哀！"这是一个感人至深的遗诏，它亲切得仿佛就是家里的长者离世前的叮嘱。他说了，生死是一种自然规律，没有必要为此而悲哀。更不需要耽误了耕种节气，特别是别中断了祭祀土地。葬礼只能进行三天，一切礼节从简。即便是自己的墓地霸陵那个地方的山山水水也要保持原貌，不要改变。这样的话语换在今天都是难能可贵的，一个皇帝把自己当作一个普通的生灵生活在世上，穿着粗布衣服，亲自耕作，他感恩天地，到死都没忘记祭祀大地。难怪司马迁在《孝文本纪》最后写道："汉兴。至孝文四十有余载，德至盛也。"

是啊！西望长安，我们依稀还能看到刘恒的背影，也许他们从来就没有走远，他们缔造的那个盛世在大地上被复制了好几次。因为有了他们，我们感谢养育我们的土地，我们有理由在记住曾经的苦难的同时记住大地给予我们的一切。

可以说，中国历史上的盛世最明显的标志就是对土地的坚守。

懂得感恩土地，生命才有尊严。掩卷沉思，我不禁想起秦兆阳在《大地》里的两句诗：“最应该感激的最易忘记，谁诚心亲吻过亲爱的土地。”身处当今盛世，我们已经走出了农耕文明，面对土地，不少人只晓得吮吸乳汁，却已经失去了仿佛在母亲怀抱里的那许多天真和快乐。人们对大地的索取也越来越多，耕地减少而且已不堪重负。地坛的祭祀也只剩下模仿和表演了，这其实是一件很遗憾的事。

当年的地坛有书市，我在那个园子里读《史记》也读史铁生的《我与地坛》，我加深了对于生命和土地的认识。史铁生在地坛获得了涅槃和重生，我重读《孝文本纪》也生出了无限的感慨。作为国土资源系统的一员，我深知土地和资源是不可再生的。前两年我在上饶县任挂职副县长，我当时就想，为官一任守土有责，我们要让资源造福人民就必须制止任何形式的滥采和浪费，用牺牲土地和资源得来的经济增幅却会让我们同时失去未来，我宁愿不要这样的“政绩”。现在我们地质队在做地质找矿和地理国情普查工作，我总是告诫自己，爱护耕地、节约资源，首先要把最真实的家底摸清楚告诉国家，地大物博已经成为历史，过度地开发利用，可持续就无从谈起。我们今天站立的地方汉文帝他们也站过，而我们也应该像他们那样尊敬大地，保护农耕，过一种资源节约型的朴素的生活。明天的小康社会和史册上的“文景之治”，最可依赖的除了脚下的大地，还能有什么呢。

《汉书》里说：“一夫不耕或受之饥，一女不织或受之寒。”如今我们已经远离了那个年代，可百姓还是一样的百姓，即将出台的“十三五”规划的实施须有一个重要理念，就是让百姓“共享”发展。我们仍旧生活在先民曾经生活过的土地之上。爱天爱地，怎么能不爱身边每天都在耕织的却还并不富裕的他们和她们呢。两千多年前的汉文帝都做到了，那么我想，对于大地对于劳动者，且耕且织且珍惜，或许是我们每个人每天都应该记取的吧。

读孔子做君子

闲时喜欢在书橱前站一站,《论语》和《孔子家语》是每次都要看看的，我会很小心地翻阅，然后同样很小心地把书放回原处，在我心里，这一刻仿佛就在听孔子这位可爱的老人谈经说道。孔子是一位教我们如何成为一个君子的君子。

习近平总书记在曲阜孔府考察孔子研究院时曾经饶有兴致地翻看了《孔子家语通解》和《论语诠解》，并且说“这两本书我要仔细看看”。“君子务本，本立而道生”就是他在世界互联网大会上引用过的《论语》中的语句。中国君子和东方智慧随着总书记的多次引用而庄严地走到了世界面前。

辜鸿铭说：“孔子全部的哲学体系和道德教诲可以归纳为一句，即君子之道。”《论语》是微言大义，今本《孔子家语》是三国时王肃收集并撰写的十卷本，一千多年来，虽然有过质疑，但该书依然广为流传,《四库全书总目》论述说：“特其流传已久，且遗文逸事，往往多见于其中。”《孔子家语》详细记录了孔子与其弟子门生的许多对话和故事，十分生动地再现了孔子的音容笑貌和人格形象以及当时的背景和环境，我觉得《孔子家语》中的孔子是丰满可亲的，我们甚至可以跟随着他一起去思考，并且可以像他的学生那样一起和他讨论，这样读来的收获一点不比读《论语》差。这两本书都有一百多次说到君子，结合起来看，君子就显得真实和亲切多了。

“君，尊也。”从社会地位来说古代君子是层次较高的人，从道德层面来说就是人格品行高尚的人。所以，君子不仅是“有位者”更是“有德者”。孔子在两本书里从德、言、行上为君子贴上了许多标签，其中“德”说得最多。“芝兰生于深林，不以无人而不芳；君子修道立德，不谓穷困而改节。”孔子把最美的表述送给了德，真可谓美德啊。这位可敬的老人带着一众弟子到处传播他的学说，那么淡泊，那么无私，那么信念执着而又不改初心。我想这样的品行大概就是君子的品行吧。

君子文化很早就植入了我们民族的文化基因，“正人君子”“谦谦君子”成了人们的人生样板和理想人格，“量小非君子”“君子成人之美”更是成了口头语。时至今日，我们依然呼唤“仁义礼智信”的回归，我们的核心价值观涵盖了君子文化，而君子文化也传承着我们民族的信仰和敬畏，我们这个时代也同样需要多一些君子。多一些君子就多一些有道义有担当的人，多一些君子这个社会就多一些人注入正能量。

孔子之所以在许多篇章里都要提到君子，就是因为再好的治国理政方略都需要落到实处，而品行高尚的君子正是国家和民众最可信赖的人。

阅读孔子可以使我们像君子一样做人和处事。首先，阅读本身就是君子行为，“君子坦荡荡，小人长戚戚”。心存杂念又怎能静下心来读书，连书都不好好读，患得患失，又如何尽心竭力为他人做事呢。同时，每一次阅读都是一个思考的过程，荀子也说过“君子博学而日参省乎己，则知明而行无过矣”。也许我们不会去研究什么是“君子文化”，但面对古之君子，我们应该打量一下自己，是否愤世嫉俗而又爱憎分明，面对逝者如斯常发对于生命的思考，心系家国命运也能记得住乡愁，是否人淡如菊还流露并坚守着儒雅和正直呢。更为重要的是，中国的儒家思想深刻影响着我们的文化和日常生活，由此衍生出来的君子文化集中体现了人们的价值观和善恶观。《孔子家语》引用《诗经》里的“恺悌君子，民之父母”，其实就是希望人群中的“关键少数”真正融入人群之中。中国的事情最好的解决办法就是运用自己的中国传统智慧。

我们每天都在做着想做的和不想做的事情，也时常感叹人心不古，而站在别人的角度来看看，自己又给了他人多少“信”呢！冉有问孔子：当人们富裕了以后该怎么办呢？孔子说：“教之。”那么，我们自己浮华满眼的时候又有过几次真正的自我教化呢？山东郯城县有一座亭子叫作倾盖亭，孔子就是在这里遇到了程子，并且在这里一谈就是一天。听说现在这里游人颇多，可我不知道，当我们在吟诵着“有朋自远方来不亦乐乎”的时候，有几个人能求知若渴，像君子一样为一个刚刚认识的志趣相投的朋友“倾盖而语”并且赠之以帛。

“君子有所为有所不为。”读书是所有作为的起点，不可不为。如今我们的领导人大力倡导读书，有学者还提出“重建经学”，这是我们读书人的幸事，我们赶上了一个好时代。这就需要我们每个人都来读读经典，理清楚哪些可为哪些不可为。一个信念和一个信仰的建立不仅仅是要明白我们的终极理想是什么，即我们要往何处去，还要知道我们是从哪里来，要知道我们民族的心路历程。

前不久读到了常江先生演讲集书稿，并且遵先生所嘱为之作序，我在序言里说常江先生就是一位君子。他是一位地地道道的地质队员，一位“帐篷诗人”，他在三十余年数十篇演讲中倡导读书，弘扬地矿文化，如今年事已高却还四处奔波，大声呼吁用优秀的文化来引领和促进地质工作实践，先生说的和做的一样好。联想起古代学者教育家也曾矢志不渝宣扬人间正道，不忘初心正是古今君子的比较一致的品德吧。

在时下这个社会生活和政治生态都在发生深刻变革的当口，面对复杂情况和多元思潮，不少人觉得无所适从。那么读一读《论语》和《孔子家语》吧，学一学君子身上的千年智慧。《论语》说得很透彻：“政者，正也。子帅以正，孰敢不正？”《孔子家语》里子张问孔子做官的事，孔子告诉他，好的东西要懂得分享，要注重学习教化不要拒绝劝谏，要庄重谨慎，说错了话不要曲意辩解，不好的事不要继续做，好的事不要拖延，奢侈浪费和专断独裁是不能成事的。做到了这些大约就算得上是君子了，孔子说，君子入官，做到这六条，“则身安誉至而政从矣”。于我看来，入不入官不要紧，按照孔子说的去做，一辈子心安理得，做个平头百姓也没什么不好的。

读先贤散文邂逅淡泊人生

每次去拜访朋友，总是要在人家书橱前站一会儿，一来是想淘一淘有什么好书，二来也想借此了解一下主人的阅读喜好，好多一些谈资。我喜欢古代散文典籍，我会很小心地翻阅然后同样很小心地把书放回原处，在我心里，每一本书都宛如一位先贤，翻阅它们就是与这些前辈的一次邂逅。

习近平总书记系列讲话里多次说到这八个字：“民惟邦本，本固邦宁。”这句话出自《尚书》里的《五子之歌》，而《尚书》正是我国最早的历史文献，也是最早的一部散文集。这句话以及这本书因此而举世皆知，我们的许多经史典籍以及中华民族的智慧也随着总书记的无数次引用而庄严地走到了世界面前。

中国的典籍里散文是最值得读的。首先，我们的历史本身就如同一部散文，它从神话开始切入，或紧或慢，潇洒浩荡，一路走来，中间夹叙夹议，无数英雄人物闪烁其间，而儒家思想虽历经百世或有罢黜，却依然端坐在我们民族大众的心头，正可谓“形散而神不散”。同时，我们的史书也选择了散文作为与之最匹配的文体，这些散文书写了几千年的史实、文化、思想、哲学和信仰，它们记载了过去，也规定了我们的未来。《尚书》记录了两千多年，《春秋》两百多年，《史记》三千多年，《资治通鉴》一千三百多年，其中《史记》被认为代表了中国古代散文的最高成就。这些散文里蕴藏和传承的“仁义礼智信”，比西方的“普世价值观”要具体和实在多了。许多人生样板鲜活得如在眼前。

我读《史记·孔子世家》和《孔子家语》时，就想着那一日黄昏与孔子在郑国的城门口相遇。孔子与弟子们走散了，一身尘土满脸风霜站在那里，当听人说自己“累累若丧家之狗”时，孔子欣然笑曰：“然哉！然哉！”笑得一点都不勉强。我喜欢这位老人！他带着一众弟子到处传播他的学说，那么淡泊，那么无私，那么信念执着而又不改初心。作为读书人我愿意追随在他身后。

《陈情表》是古代抒情散文的代表作，我试着走进李密的心灵。无论他的抗旨不遵出自怎样的考虑，有一点是肯定的，那就是他说的“臣尽节于陛下之日长，报养刘之日短也”。生命中比做官更重要的还有孝敬九十六岁的老祖母。中国的科举制往前推一点就是从“举孝廉”开始，因为孝的名义，我们可以和李密同行。

翻开嵇康的《与山巨源绝交书》，我遐想着走进魏晋时的那片竹林与嵇康对饮，我想问问他为什么不愿从政而专心在城外打铁，是担心身为曹家孙婿必遭排挤，还是有意言辞激烈，与山涛划清界限从而使朋友免受牵连。有一点我知道，中国文人的节操风骨就是从那时开始萌生，我们骨子里从来都驻留着他们的基因，淡泊名利、刚正不阿、矢志不渝成了中国文人的金字标签。

每次这样的阅读都会让我掩卷沉思，这真的就是一场珍贵的邂逅，在这一刻我们可以重温一章历史，聆听一段人生，发现一条心路。“以古为镜，可以知兴替。以人为镜，可以明得失。”我们时常呼唤文人情怀的回归，那么，我们在与圣贤邂逅的时候，有没有打量一下自己，是否愤世嫉俗而又爱憎分明，面对逝者如斯常发对于生命的思考，心系家国命运也能记得住乡愁，是否人淡如菊还流露并坚守着儒雅和正直呢。

在前行的路上有时候也需要回头看看，看看我们是从哪里走来，有着怎样的初心。作为一名地质工作者我执着于追问地球的历史，而作为一个有文化的公民，我愿意每天在阅读里和我们的前人邂逅，去濡染他们的文人情怀，去寻找他们的人生足迹，同时去追问我们自己的前世今生和明天。

沧浪浮生

一

初读《浮生六记》的时候，是在十几年前。虽说我对这本清代名著的观感也和读过它的许多前辈一样，爱不释手，却每次只读前两记，就是“闺房记乐”和“闲情记趣”，其他的部分常常是粗粗地翻一翻，这一方面是因为前两记的文字美到了极致，而后面因为内容繁复和作者的不确切而略显艰涩；另一方面，那时我与书中主人公沈复和芸的年纪相仿，我们都相信生活和爱情是美好的，而认为像《浮生六记》后几记中的不幸和坎坷都是不应该发生的事情。

是啊，未经沧海，怎知道浮生如蚁、世事维艰。等到看了林语堂先生对这本书的点评之后，就越加不愿意往后看了。先生在《浮生六记》英文版的序言里第一句就说：“芸，我想，是中国文学一个最可爱的女人。”他还告诉我们，这个女子之所以可爱，是因为她就仿佛是你隔壁人家的美丽聪慧的少妇，你随时可以不邀自来地和他们夫妇一同进餐，并且在你和她夫君畅谈之后打瞌睡时，会轻轻在你们腿上盖块毯子的女人。这是个谁都会为她真心祈福的女子。

因此，我不愿看到芸和沈复之后的颠沛流离，更不愿相信芸这样的女子刚刚四十岁的时候，会在一个风雨飘摇的夜晚“一灵缥缈，竟尔长逝”。这会是真的吗？谁能够告诉我们，沈三白在这部自传里，为了博得读者的同情和眼泪，是不是杜撰了芸的悲剧，把原本没那么凄婉的事情写得如此令人黯然神伤。

也许因为这个缘故，来来往往苏州许多次，也看了苏州的很多园林，却一直没去城南的沧浪亭。而沧浪亭正是芸和沈三白婚后一起度过最幸福的一段时光的地方，也是隐隐感到不幸将至的地方，而这一切竟然全是真实发生了的。

是的，去沧浪亭该带着怎样的心情呢，是欣赏赞美这对贫贱夫妻的爱情，还是感慨叹息他们昙花一现似的婚姻，或者，我只把自己当个游客，去游览这座苏州最古老的小园林。知道自己是为赋新诗，庸人自扰，也是因为苏州园林看得多了，这样一搁就搁下了。

那年冬天，我在吴江工作，特别的寒冷，加上工程项目进展不顺，正是心绪纷乱的时候。那天晚上，从太湖上刮来的风夹带着雪花铺天盖地地袭来，寒风一阵阵拍打着窗户，不远处工地上的灯光闪烁着像是随时都要熄灭。

年关将至，窗前独坐，脑子里竟是一片空白。第二天醒来，风雪早已停下，复工却有待时日。遥想千里之外，子弱妻娇，他们还在等着我回去置办年货，正盼望着我早日踏上归程，不知那五彩的气球和红红的灯笼是否已挂在了门前。想到了这里，心里不禁涌出几许酸楚。然而另外一个念头忽然无端地生出：去一下沧浪亭吧。说不清这个念头产生的原因，是想着去填补一个游历的空白，并借那个温情的园子遥寄一点对家园的思念，还是想借此放松一下身心，消散一下心中的无奈和阴霾。也许都有一点吧。

“因过竹院逢僧话，偷得浮生半日闲。”想起李涉的这两句诗，心一下变得平静了。浮生若梦，人生几何。这难得的半日闲暇，谁能说不是上苍的一个恩赐，谁能说这不是上苍让众生稍稍休憩一下，然后待到冰雪消融去迎接一个新的开始呢。

人非有品不能闲。《浮生六记》的闲适，以及沧浪亭的幽静，也许从来就不是为俗人所设，也许真的读懂了它们，品就有了，一切就跟着有了。今天这个闲暇无须去偷，捡起便是。然而内心的真正的闲却不知几时能获得，又有多少人能尝出闲情三昧。这更像是生活给我的一个单独的馈赠，那么剩下的，就看我能够领悟多少了。

这么想着，沧浪亭如梦似幻地已近在眼前。

二

知道这个园子平日游人不多，没想到这会儿如此安静。这使我隔着院墙的花窗就看见了园中的景物，花窗据说有一百零八扇，果然是花式各异，透过这样的花窗看过去，园中景象若隐若现，却是相映成趣更见风致了。这种未入园而先观景的园林制式在园林艺术上是很少见的。雪后的园子朦胧润泽，四处里如烟似雾，一潭清水与园外弯弯浅浅的溪水一起把这方山水滋养得钟灵毓秀。虽是隆冬，园中却未见凋敝，水边古木参天，复廊里竹影婆娑。门前巨石虽遮挡了部分视线，然而转过巨石，顿时如柳暗花明，只见回廊百转，临水而居，而凌驾回廊之上的沧浪亭正有羽化飞升的姿态。

沧浪亭的山水相依，园内外景致的相互映衬，亭台水榭的俯仰交辉，都不停地提醒我，这园子的主人绝不是一般的儒生后学。

事实果然如此。那是北宋庆历五年，一个郁郁寡欢的诗人来到了深春的江南，这个人就是苏舜钦，他和范仲淹一样因直言上书而遭贬，退居苏州。一个炎热的日子，他来到郊外，在绿水环绕的林木深处，发现了一个废弃的园子。这位诗人的个性和他的诗一样，奔放不羁，他一高兴，就用四万钱买下了这个地方，随后，他在北面的高处建了一个亭子叫沧浪亭。那以后，他就经常乘一叶扁舟，登临此亭，把酒赋诗，与鱼鸟同乐，过起了神仙般的隐居生活。

面水轩前的一大片水，就是所谓的“沧浪之水”，诗人当然见过更大的水面，却为何把这一小潭水称为沧浪呢？一般的解释是，沧浪也有苍绿之水的意思，然而联想到屈原的《渔父》，似乎就不那么简单了。“沧浪之水清兮，可以濯吾缨；沧浪之水浊兮，可以濯吾足。”这里的沧浪差不多就是滚滚红尘和混沌世界了。诗人在《沧浪亭记》里说，人的身体得到休息，心灵得到了净化，看到的和听到的没有邪恶，那么人生的道理就明白了。他又说，如果每天和利害荣辱纠缠不清，远离了纯真的性情，那就太庸俗了。“隔此真趣，不亦鄙哉。”

很小就读过《沧浪亭记》，一直觉得只是一篇古人感时伤怀的文章，然而今天在园中重念，禁不住心潮起伏，随之而来的却是如沧浪之水一般的宁静，这文中的淡泊今天才读懂了一点。这雪后微晴的上午，这冷清寂寞的园子，莫不是冥冥之中的谁给我设的一个课堂，此刻，所有的俗事纷扰早已被拂水而过的寒风一挥而去。人的一点点烦恼和忧郁往岁月的沧浪里一丢，哪里经得起几下沉浮。这么一想，抬头看天，天好像真的要放晴了。

三

信步在园子里沿着复廊走，不知不觉已走了几个来回。

耳畔传来几声断续的评弹，听不太明白，其实那是社区的几个老人一直在唱着的。循声望去，原来这曲声是从昔日的“我取轩”那个方向传来。忽然想起这“我取轩”正是沈三白和芸消夏的居所，我不禁把脚步放得更轻，仿佛生怕惊扰了那对闲居的伴侣。

我相信我们先人的有些情怀并不见得没我们浪漫，我也相信中国传统文化里的简约的文字一样能传递复杂的情感，读了《浮生六记》之后，这点感触特别深。每次翻开这本书，随便拣几行读一读，都觉得口齿留香。俞平伯先生评说道：“虽有千雕百琢一样的完美，却不见一点斧凿痕。”我也写过几篇散文，却无论如何也没有办法把二者扯在一起。我想，这应该是出自沈复历经坎坷之后的散淡的心境，以及对过往的人和事的深情的追忆。由此，我开始相信，芸是真实的，进而想，她当年正是在这个园子里袅袅婷婷地走来走去的。

水边有一株高大的合欢树，在冷涩的寒气里一动不动地立着，也许是昨夜的一场风雪打落了它最后的几朵残花。然而我想，就在不久前，这里肯定是一片粉红，那连天接地的绒球似的合欢花，红得就像一抹彩云落在了沧浪亭边。或者说，就在中秋时节，当人们在这合欢树下驻足的时候，当合欢的花香浅浅袭来的时候，任谁都会想起曾经生活在这里的那一对夫妇。

我愿意在这个寒冷的上午，在这个因为寒冷而显得格外冷清的园子里，在园中的石径和沧浪亭的飞檐下，回想《浮生六记》里温暖的词句。不为别的，只为了那些极其美丽的文字，为了那些极美丽的文字讲述的一个极普通的寻常夫妻的家中琐事。如果还为了点什么的话，我想此刻我正期待着一份心灵的鸡汤，谁能料到这鸡汤会带给我怎样的滋补和抚慰。

其实弥漫在《浮生六记》字里行间的除了幸福和恬淡之外，还有一种或浓或淡的伤感，这在中国古代叙事作品里是很少见的，可以说，正是作者的这种情绪感染了读者。他在叙述甜蜜的往事的时候，不时地提醒着自己，斯人已逝，一切已成追忆。这就使得曾经拥有的显得更加珍贵，而现在失去的更加让人扼腕叹息。

沈三白和芸是青梅竹马，他们的交往平常得没有任何波澜，而一碗特别私藏的暖粥基本上就成了两人的定情之物。花烛之夜，两人先是以《西厢记》为题调侃，接着“比肩调笑，恍同密友重逢。戏探其怀，亦怦怦作跳，因俯其耳曰：姊何心春乃尔耶？芸回眸微笑。便觉一缕情丝摇人魂魄，拥之入帐，不知东方之既白”。

这样美艳的文字真的可以和西厢比肩了。芸是才女，移居沧浪亭取我轩之后，夫妇二人终日“课书论古，品月评花”，饮酒行令，“人间之乐，无过于此矣”。

中秋之夜，夫妇俩在沧浪亭中铺上一块毯子，席地而坐，煮茶望月。当时，“一轮明月已上林梢，渐觉风生袖底，月到波心，俗虑尘怀，爽然顿释。”芸说：“若驾一叶扁舟，往来亭下，不更快哉”。

我不得不整句整段地引用书中的原话，然而即便如此，仍然不能尽显原文之美。但是，我不愿提及他们夫妇在七月鬼节时的那场惊吓，以及他几次三番的不祥之感。我宁愿相信沈三白那些宿命的预感是不存在的，是后面加上去的，我宁愿相信人世间的美好在它完全呈现的时候只有美好，而没有任何其他。我们在沈三白的笔下一同领略了芸的美丽，“削肩长项，瘦不露骨。眉弯目秀，顾盼神飞”。一同感受到了夫妇俩的俏皮活泼，芸居然穿上男子的衣服，二人携手出门。效男子拱手阔步，遍游街庙，竟没让人认出芸是女子。闲情如此，真趣如此，实是难得。

四

那天在沧浪亭，我仍然没有回想《浮生六记》的后面几章。日出飞檐，园中的游人渐渐多了一些。毕竟这里已难有昔日光景。沈氏夫妇的坎坷虽然动人心魄，但那早已成为浮尘往事。世间的幸福基本相同，而烦恼却千差万别，知道如何面对，用什么心态去思考，这或许才是最重要的。沈三白的追思里面更多的不正是甜蜜吗，他淡泊的笔调里不正显示了他对世态炎凉的感悟，和对生活真趣的重新追索吗。只怕是我们淡不过他，也闲不过他。

早就知道沧浪亭的柱子上有一副著名的对联：“清风明月本无价，近水远山皆有情。”那次去才知道了这副对联的来历。原来它不是一开始就有的，是清朝江苏巡抚梁章钜在欧阳修和苏舜钦的诗中各采了一句联成，他太喜欢这件作品了，以至于他一辈子都认为自己的书法不配书写这副对联并流芳后世。所以，现在刻在亭柱上的是清代学者、书法家俞樾书写的。一副对联，四人成就，这应该算是中国文化史上的一段佳话了。

吴江的工作早已结束，此刻我安闲地坐在家里书桌前，我仍然在想，那十几个字的对联传递出来的情怀是那么浪漫，浪漫得使我们即使在今天都可以一百次地引用在一百个场合。我们真的应该感谢天地造化和我们的文化传统。忽然天真地担心，每到明月当空，清风徐来，那沧浪亭衔远山含近水，俯瞰浮生如粟，该不会看不惯世间浮躁，舍下我们乘风而去，去到天堂为沈氏夫妇遮风挡雨吧。那样的话，何止人间少了一处胜景，谁知道它又会带走多少人的多少人间清梦呢。

闲读《论语》

好几年前，我去一个比较偏僻的地方任职，出发的时候，悄悄地从书架上取出《论语》放进行李。我想，这是一本微言大义的书，宋代开国宰相赵普不是“半部《论语》治天下”吗？那么工作的时候读一读，应该是有益无害的吧。

之前当然是读过《论语》的，所以再次读的时候就不会从头到尾地通读了，大部分时候是翻开哪页看哪页，并不带有什么目的性，有时在忙碌之余瞅上几眼，也不失为一种放松，就好像听一位老先生不紧不慢地讲课。

不知道这是不是读《论语》应该有的态度，但那种正襟危坐式的拜读似乎也并不可取，毕竟我们现在对知识和信息的摄入量远远超过了孔子的弟子们，而孔子的许多言论也早已成了黄口小儿都知道的东西，有些更是早已成了人们习以为常的行事准则。这些年不少学者大声疾呼要重振国学，并以此为己任，这肯定是不会错的，但把这些经典像古董一样小心翼翼地供奉着，或像流行歌一样让大家都能随口唱出，并不见得多有效果。儒学曾经在那个血脉偾张的年代被生生割断，重塑一根精神支柱绝不是十年八年的事，还是要学学孔老夫子那样不辞辛劳、学而不厌、诲人不倦啊。

要想让人接受首先要让人喜欢。所以，作为一个永远的学生重读《论语》，我选择用一种闲适的心境，选择把孔子由一个圣人变成一个可亲的老人，读《论语》就如同在听他讲课，而且这个课堂的气氛是融洽的，融洽到可以在课堂上进行讨论。这样一来，关于《论语》的很多事情就变得很有意思了。有时候想想，孔子长年累月带着一众弟子四处游走，一会儿钟鸣鼎食，一会儿又寄人篱下，那份执着实在是可敬又可爱。那一回，孔子在郑国的城门口与弟子们走散了，连他自己都笑自己像一条“丧家之狗”。这样的一位老人，真的让人想去拥抱他。

虽然《论语》里孔子的学生们只记录下了孔子最经典的话，但这些话里所阐述的思想都是有前后语境和形成过程的，而这个过程却常常被忽视。国学里许多经典都是需要人去参悟的，它们没办法全部用当时的文字和工具记录下来，《道德经》更是这样。“道可道，非常道。名可名，非常名。”简直无法用白话文去翻译，每一次的解释都是一次失去，能够说清楚的道理已经不再是其本身了，任何的苦思冥想都没有太大的意义。

相反，追寻他们的思想形成过程和散落的足迹，恐怕才是读懂他们的最好办法。孔子的思想是可以实实在在触摸到的，随着他的思路去思考我们可以弄懂很多东西；孔子的足迹是温暖的，顺着他的足迹走也会走向温暖。

“子贡问政”就是非常好的一件事。子贡问如何才能治理好国家，孔子说“足食，足兵，民信之矣”。子贡问如果不得不去掉一个，先去掉哪个呢？孔子说去掉军备。子贡又问如果不得不再去掉一个呢，孔子说那就去掉粮食，人都有生生死死，可如果百姓对执政者失去了信任，那么执政的根本就没有了。“自古皆有死，民无信不立。”

其实孔子说这番话是有针对性的，子贡原本是个有钱的商人，他不缺衣少食，他最希望的就是社会稳定，孔子一开始是把“足食”放在第一位的，而在子贡一再追问下，孔子还是把“信”和“立”摆在了最重要的位置上。所以后来据《吕氏春秋》记载，子贡自己花钱为鲁国赎回在国外为奴的人，却又“不取其金”，也就是说不要国家的补偿，孔子就批评他说，要是都像你这样，以后就没有人做这样的好事了，因为他们也不好向国家要补偿，如果要了反而会被人看作不义。

这个故事这么一说就比较完整了，在这里，孔子并不像以前很多人说的那样处心积虑地维护统治者，如果子贡是一个食不果腹的人，恐怕就不会有后面的追问了，也许孔子就真的只说“食”的问题了。“子贡赎人”，国家给予一定的补偿，这恰恰是个“信”字，国家和子民都能彼此信任了，那么“食”和“兵”也就都不会失去了。这话倒过来说也是成立的，子民们如果连自己基本的活命的条件都不具备，又从何谈起“信”字，国家则从何谈起“立”呢。

还有一个故事许多人都知道。有那么一天，一个学生提着一束肉干来找孔子，要求做他的学生，孔子很高兴地收下了他，并说：“自行束脩以上，吾未尝无诲焉。”意思是说，自愿送给我十条干肉的人，我从来没有不教诲的。孔子没想到，此言一出竟然引起了两千多年的争论。有人说“圣人教人也要钱”，朱熹都出来打圆场：“束脩其至薄者。”

我想，我们还是没有把孔子当成一个活生生的人来看，他的语气能看得出来他当时心情不错，而这恰恰符合常理，他在说这句话的时候并没有说不拿束脩来的他就不教，其实像颜回、子路这些穷人他也一样教了，而且教得很好，不是有“子路负米”的故事吗。孔子还有另外一句话叫“有教无类”，一种理解是教育是不分人的类别的，一种理解是教育可以使不同地位不同种族不同资质的人变得没什么差别。春秋时期一般平民是有名无姓的，而孔子的学生中除了南宫敬叔、司马牛等之外，大多是没有姓的平民。

所以我认为围绕“束脩”的千年之争其实意义不大，它并不影响孔子作为一个伟大教育家的地位，相反，这更加让孔子变得可亲可敬。换一个角度来说，孔子毕生都在呼吁恢复周礼，要求“博学于文，约之以礼”。而“自行束脩以上”正合尊师之礼，他的教育获得了成果，他为什么不高兴呢。其实那些参与争论的学者谁没有收过“束脩”呢，可又有谁能那么坦然地欣慰地说出来呢！

这样读《论语》应该是比较轻松了，而对孔子言论的理解却并没有因此而衰减，但是《论语》实在是太精练了，过多地去想象和联想又有可能出现理解上的偏差，所以我想，另外一部书最好在同时也看一看，这就是《孔子家语》。今本《孔子家语》是三国时王肃收集并撰写的十卷本，一千多年来，虽然有很多质疑，以至在宋代被正式列为“伪书”，但该书依然广为流传，《四库全书总目》论述说：“特其流传已久，且遗文逸事，往往多见于其中。故自唐以来，知其伪而不能废也。”《孔子家语》详细记录了孔子与其弟子门生的许多对话和故事，十分生动地再现了孔子的音容笑貌和人格形象，我觉得《孔子家语》中的孔子是丰满可亲的，我们甚至可以跟随着他一起去思考，并且可以像他的学生那样一起和他讨论，这样读来的收获一点不比读《论语》差。

《孔子家语·致思》有一段是这样的：

孔子之郯，遭程子于涂，倾盖而语终日，甚相亲。顾谓子路曰：“取束帛以赠先生。”子路屑然对曰：“由闻之，士不中间见，女嫁无媒，君子不以交，礼也。”有间，又顾谓子路，子路又对如初。孔子曰：“由，《诗》不云乎：有美一人，轻扬宛兮。邂逅相遇，适我愿兮。今程子，天下贤士也，于斯不赠，则终身弗能见也，小子行之。”

大概意思是：有一次孔子到郯国去，在路上碰到了一个叫程子的很有学问的人。孔子特别高兴，当时两个人把车都停下来，两个车盖紧紧地靠在一起，谈了一整天，非常亲热。孔子还叫子路拿一束帛赠给程子，子路不太愿意，理由是这个人没经过中间人的介绍，就像女子出嫁而不经过媒人的介绍一样，君子对于这样的人是不可和他们相交的，因为这是礼节的问题。孔子两次叫不动子路，就劝子路说：《诗经》上说，有美一人，轻扬宛兮。邂逅相遇，适我愿兮。今天正是特别适合我的心意的时候，我能在路上碰到程子这样的天下贤士，在这时候不赠送给他，怕是以后再也见不到他了。子路你就按我的话赶快去办吧。

这个故事里的几个细节栩栩如生，孔子的神态举止看起来是那么亲切，《论语》里记载了他的话：“有朋自远方来，不亦乐乎。”没想到生活中的孔子为了一个志趣相投的人竟然表现得那么率性那么爽朗，甚至拿《诗经》和美人作比，还非要送给人家一份礼物，何其浪漫啊，他自己为自己的话作了最好的诠释。再伟大的经典经过两千五百年也会被世俗打磨得铅华不再，但一个发生在那时的故事却依然让人感动，让人隐约还能听得到那珠玉落盘的清音。

我想我已经把读《论语》的一些感受和如何读《论语》的一点思考表达清楚了，并且通过这一番梳理，越发觉得孔子的伟大，他既是一位智者，创立了无数崇高的理论，同时他又是一位实践者，几乎毕生都在路上。

我们每天都在做着想做的和不想做的事情，也时常感叹人心不古，而站在别人的角度来看看，自己又给了他人多少“信”呢！冉有问孔子：当人们富裕了以后该怎么办呢？孔子说：“教之。”那么，我们自己浮华满眼的时候又有过几次真正的自我教化呢？郯城县建有一座亭子，就是根据上面所说故事建的，叫作倾盖亭，这里游人颇多。可我不知道，当我们在吟诵着“有朋自远方来”的时候，有几个人能为一个刚刚认识的志趣相投的朋友“倾盖而语”并且赠之以锦。

工作之余读读《论语》这个习惯我一直保持着，没有什么功利，倒更像是个爱好。手头上有一本一九七四年中华书局出版的《〈论语〉批注》，这是从一位藏书家朋友那里寻来的，十分难得，翻看了几篇，这里面充斥着偏见和争斗，这当然已属于历史，合上书我不禁感慨万千，一部两千多年前的经典却被我们在短短百十年里从顶礼膜拜到彻底抛弃，从彻底抛弃又到顶礼膜拜，这到底是古人出了问题还是今人出了问题。

孔子在《论语》里说过，仁就是“爱人”，在《孔子家语》里说：“爱与敬，其政之本与。”我想，常怀仁爱之心，并用这样的心去膜拜一位圣人去崇敬一位老者，那么，研读《论语》就会变得亲切益智，眼前的纷繁俗事就会变得简简单单，身外的这个世界就会变得清清明明。

附　录

尘世的抚慰

龚鹏程

中西为文之道迥然异趣。西方文学的根本原理是摹仿，摹仿外在世界、世界背后的理念，或动作。中国则基本上相信言为心声，要求诗言志或缘情抒感，总之要以文章来表现自我。

不同的各种文体间，其表现自我之能力未必一致。一般说来，小说戏曲本属代言叙事，故其抒情言志之本领略逊于诗文。诗与文相比，文章往往涉及外在世界之具体物事，抒情言志又不如诗那般纯粹。因此诗在我国文学传统中是最受推崇的。

不过，仔细推敲，你就会发现：诗虽以抒情言志为旨归，然而诗之语言比较晦涩，多歧义、常比兴，含蓄幽渺，常令人莫测其底蕴，以致论诗者也不免常感叹：“诗无达诂。”它，仿佛一张毛玻璃，虽知屋内藏着美人，可实在不易遽睹其音容笑貌。文章就不然了。记事议论，固然要令读者易晓；就是言志抒情，也较直截，故诗辄如谜，以至王士禛《戏仿元遗山论诗绝句》曰：“一篇《锦瑟》解人难。”文章则是友朋晤话，可以曲曲尽情。或许从文学艺术的角度说，有些人会因此认为文如白开水，诗就仿佛酒了。可是若以表现自我的作用说，诗有时倒还不如文章呢！

中国的情况如此，西方其实也一样。早期讲摹仿，故文体中最重要的是戏剧，没什么文章可说。如有，也只能举出那些演讲辞、论辩记录罢了，完全不以表现作者情志为念。但近世文章，自蒙田、培根，英国诸散文小品大家以降，谁不以表现作者自己的脾性为职事？因此，中西文轨，异曲同工，似乎都显示着散文这种文体在表现自我方面特具优势，文家亦多勠力于此。

夏磊的散文，放在这个脉络中看，可谓正宗。他也记事，也议论，但讲来讲去，皆只在说他自己。自己的阅历、感想、思致、个性、情愫、喟叹，本是附文而见的，到头来却都成了主角。且这个角儿并不佯羞遮面或掩拢着扇子，乃是喜欢把喜怒哀乐皆向读者倾诉的那一型。

这类作家，大抵均有童心，善良而多感。夏磊尤其有江南文秀之气，非草泽豪杰大声镗鞳之流。他的表现也很自然，不造作。有些文痞，会造作一些腔调和姿态来表现自己。可是其表现其实类如表演，是舞台上的我，而非书斋或孤独的行旅中自己对着稿纸说话的我。夏磊好读书，也好旅行。他的旅行，曾常是去山水自然之中探勘矿藏，故他静对自我的时候会要比一般人多些。他的文章，常以面对读者的口气发言，实则听众往往只是他自己。

他得过许多文学奖，可见这独白亦不真是独白，反而真诚动人，能引生许多共鸣。

因为他写的，乃是一个变动时代中的寻常人物。有些文化修养、有些社会关怀、有些道义担当，但在大时代里终究还是力量微弱的。他可以观察、可以感慨、可以伫思、可以追怀，而实不可能对这个大时代起什么作用。这不就是我们大部分人的状态与所站的位置吗？夏磊比一般人多的，只是他的心还能逸放出去，做些流浪。流浪在他乡、在古籍、在诗文里。因此获得了对现实的纾解，心渐至平静乃至蕴藉了起来，心香墨韵交织为一，令读着他的人也感到若有些尘世的抚慰了。

性情与情怀

李朝全

夏磊是江西散文作家群的重要成员。其创作主要在散文上发力，摘取了一些散文奖项。他的散文集《一枕清霜》以孙髯翁在昆明大观楼上题写的长联结句作为书名，如同书中每篇作品的题目，多取某些意象或有意蕴的文字，切中主题，亦见出作者在文字及作品人文韵味方面的追求。如《秋以为期》《月碎沱江》《桥边红药》《沈园春雪》……，从标题即能读出作者所写对象，所追求之意境或化境。

夏磊散文似乎以游记为主。足迹踏遍江南，行旅脚印，一一重拾，历历在目。仿若一名高超的导游，引领读者去看那一处处风景，体味种种风物人情。而在描述游历时，往往藏匿具体行踪，而更多地凸显景致中的人文内涵，鲜明地表现出作者的一种文化情怀。作者自言：旅游，可以当作是一次沐浴，沐浴在历史的醇香中，沐浴在生活的温馨和暖和的阳光下。《秋以为期》从纳兰性德的词，引出家乡的花草，幼时去河边照螃蟹的经历。千丝万缕的思绪，牵系着的都是家乡情和无尽的乡愁。而后引《诗经》的诗句，点破主题：大约在秋季，相约在秋季，再去家乡看蓼花，回忆乡间往事，读读纳兰的词和《诗经》，去怀想故友……这是一种带有淡淡忧伤与惆怅的相约，也是一种具有文化情调和智性情怀的约定。《月碎沱江》写湘西、凤凰，自然回避不开沈从文。作者于是写到自己在凤凰的漫步与感怀，写到沈从文墓志铭“从文让人”的佳话，以及种种的湘西风物。这样的书写令人感受到历史文化的气息扑面而来。这也是夏磊游记散文的突出特点，把游记写出历史文化散文的味道来。

《桥边红药》写扬州风情。在作者笔下，那是《广陵散》里的扬州，是唐诗《春江花月夜》里的扬州，也是宋词《扬州慢》里的扬州。作者感喟：扬州的每一片花叶都被岁月的醇香熏陶过，每一滴湖水都溶入过太多的脂粉和眼泪。那是不愧于一座历史文化名城的扬州。在《沧浪浮生》中，作者踏访苏州回忆沈复的《浮生六记》，重温沈复与芸的爱情曲折，品味其中的幸福与忧伤的滋味。这样的写景游记，无疑是人文和性情的追思，是对历史和古人的追怀，也是对已然逝去的那些情愫、本真性情的体悟与感通。

游记中见人文情怀，文字中见个人性情。这大概是夏磊散文的一个共同特点。他的散文，真实地贯穿了“有我”之境，处处注意“以自我为中心”。写的是我的步履、我的见闻，更是我的体悟感触，是“我”之情思烛照下的风物、人文。作者在回思历史、往事时，试图重返历史和人物生活现场，设身处地地揣测臆度人物的心情、感受、思想。譬如《沈园春·雪》，那哪里是踏访沈园，那是寻找一次与陆游、唐婉的不期而遇，是再次的“踏雪寻梅”，再次“遥遥望见”那场冬雪与红梅的相遇、重逢。陆唐故事、名篇《钗头凤》成就了一座爱情名园。作者所要做的，就是以“我”之无尽思绪，重现那样美而忧伤的千古爱情绝唱。

夏磊的散文往往能切中肯綮，抓住风景的关键。如写周庄、乌镇等南方古镇，突出它们共同绘就了一幅水墨江南的美景。写青城山，抓住其与都江堰的双璧交辉。《做客客家》，突出永定土楼所凝结着的勤俭持家、尽享人伦之乐的传统，这也是中华民族文化和日常生活的重要特征。《水上嘉兴》着力写浮在水上的船；写三清山则突出道教文化；写婺源则探究其与徽商之关联牵系；站在香格里拉，则努力去聆听自己如天籁般的心跳，体会感动与安详……那些事物、那些花草，十里秦淮、爱晚亭、杜鹃、油菜花、海棠、芦叶、菊花脑……都一一化作诗意馥郁的意象，走进了他的散文。应该说，作者作文总能紧扣关键主题，展开富于个性特点的抒写，因此，常常使人觉得其文中有我，有个性之我在。夏磊的散文，可谓是个人性情与人文情怀的统一。